JN191589

ムスティ
アルブム
カアトス
レプス
探索者パーティ シムルヴィーベレ
白金
ニル
登場人物紹介

ヴルペス
アンヌ
サイザワ
太郎
アルディシア

どうやら女神像の安置は上手くいったようだ。
「あなたのおかげで助かりました」
「アルディシアさん、本当に困ってたんだな。
なんかお役に立ててよかったな」
今までの人よりも少しイチローの収納能力の方が高いのかな、
本人を含めて周囲はそのぐらいの認識だったのだ、その時は。

異世界で貸倉庫屋はじめました

OOTORI MOMO presents
Isekai De Kashisoukoya
Hajimemashita.

1

凰百花
Ootori Momo
イラスト：
さかもと侑

CONTENTS

第一話　始まりは、テンプレ？

（うわ、これはアカンやつだ。しかも巻き込まれ案件だなんて）

山田太郎《やまだたろう》二八歳、独身。どこにでもいそうな普通のサラリーマンである。中肉中背というにはやや細めの体型、顔つきもやっぱり平均点と本人も自覚している。

久しぶりの定時での退社、コンビニでビールとから○げクンも買った。これから自宅の安アパートに帰って晩酌をするつもりだったのに。残念ながらお預けか、とテンションは低い。

（この年になって、異世界召喚って。やってらんないわ。仕事、どうしてくれる。ああ、週末の予定が……）

彼のテンションが駄々下がりになったのは、謁見《えっけん》の間に着いてからだ。

会社帰りに寄ったコンビニの駐車場ですれ違った高校生の三人組。すれ違った瞬間に、足元が急に光りだし、よくわからない文様が足元に浮かびだしたときには、何事かと思った。次の瞬間には四方を石壁に囲まれ、窓一つない部屋の中だ。だが、部屋の壁際にはかがり火が四方に設置されているために全体を見渡すことができた。足元の床にはこの場所に来るときに輝いていた文様そのものが描かれている。その文様の四方には大きな石が据えられているのが目に入った。

唯一の出入り口であろう重厚な扉の前では、四人の聖職者のような祭服を身につけた人がこちらを見ている。中心にいた年配の男が呼びかけてきた。

「ようこそ、異世界から来たりし方々よ。お待ちしておりました」

彼と三人の高校生は聖職者たちの厳かな雰囲気に気圧《けお》されて、気がつけば長い廊下を経て王様の待つ謁見の間へと案内されていた。彼らが到着すると王の指示の下、魔導師たちが鑑定鏡を用意し、高校生たちから鑑定をはじめた。鑑定鏡は人のステイタスを観ることができる魔導具のようだ。高校生たちは、男の子二人に女の子一人。男の子は二人とも太郎よりも背が高い。

一人は何か武道でもやっていそうなゴツい感じで、鑑定結果は『勇者』。大剣とか持たせると似合いそうだ。もう一人はスラリとしたイケメンで鑑定結果は『賢者』と出たため、周囲がどよめいている。かけてはいないが、眼鏡をクイッとかしそうなタイプ。残る女の子は茶髪、ちょっと気が強そうだが可愛《かわい》い感じの子で、こちらも『聖女』という鑑定結果が出て、盛り上がりは最高潮だ。

「勇者殿は、全魔法属性に加え、剣神、武神、固有スキル『勇者の鉄槌《てっつい》』を持ってらっしゃる」

「賢者殿も、全魔法属性だけでなく、固有スキル『創造魔法』で新しく魔法も作れるようだぞ」

「おお、聖女殿は聖魔法属性をお持ちだ。完全治癒まで使えるようだ」

一般的なスキルで『鑑定』と『収納』もあるようだが、固有のスキルなどの方にも目を奪われているようだ。謁見の間にいた王や魔導師、ローブ姿ではない高そうな服を着こなしている人々は貴族だろうか。彼らの盛り上がりと、それにうまうまと乗せられている高校生三人組。太郎は彼らの様子を少し離れたところから眺めていたが、ふと自分たちを連れてきた男がニヤリと笑うのを目にしてしまった。束《つか》の間《ま》だったとはいえ、嫌な感じの笑い方だ。その笑い顔で冷静になって周りを見回すと、こちらを値踏みしているような人々の目つきに気がついた。

周囲の盛り上がりを鎮まらせ、王は玉座から見下ろした形のまま重々しい口調で彼らに告げた。

「我が国には魔王が率いる魔族や魔物が度々侵攻してくるのだ。勇者の方々には、ぜひともその侵攻を食い止め、願わくは争いの元凶である魔王を成敗していただきたい。誠に勝手ではあったが、そのために勇者殿たちを召喚させてもらった。もう、我が国には、貴君らの活躍に頼るしか術《すべ》がないのだ」

そう言って、頭《こうべ》を垂れた。周りの期待に満ちた目にその気になったのだろうか。勇者と言われたゴツい高校生がそれを受けて、

「できるだけのことはしよう。もともと身体も鍛えている。役には立つと思う」

賢者は、言葉にはしなかったが頷《うなず》いて勇者の言葉を肯定した。

「私は戦うのは嫌だけど、治療専門なら考えてもいいわ」

聖女の子もそう口にした。


(偉い人が頭を下げてお願いするってのは、タチが悪い。やっぱり高校生ぐらいだと周りに流されやすいのかなあ。でもそれ以外は口にさせないような周りの雰囲気もあるか。俺もさっきまではちょっと浮き足立ってたし。でも、王が椅子にふんぞり返ったままでっていうのはないわ。本気でお願いしているとは思えないよなあ)

周囲が盛り上がっている反動もあり、太郎は冷静にそんな彼らを見つめていた。

（それに王が本当のことを言っているかどうかなんて、わからないじゃないか。あの雰囲気、無理難題を押しつけるときの上司とおんなじなんだよな。特にあの目）

太郎には、仕事を押しつけてくるときの上司の顔と王の顔が同類に見えていた。周囲の人々のこちらを値踏みするような視線からは、取引先の人間と同様のモノを感じる。それに王にも周囲の人々にも、そんなに切羽詰まったような切実な状況に置かれているような雰囲気はない。じっと周囲を観察している太郎の姿は、傍目《はため》にはぼうっと彼らを眺めているように見えたかもしれない。そこへ鑑定鏡を持った魔導師がようやくやってきた。四人目の存在、太郎のことを思い出したのだろう。高校生三人組でえらく盛り上がってしまい、そこで達成感があったためだろうか。おまけのような大人は忘れられて後回しになったのだ。

「職業は『巻き込まれた異世界人』、固有スキルは『トランクルーム』？」

魔導師は固有スキルに戸惑っている。聞いたことのないスキル名だったからだ。それを見ていた高校生の賢者君が反応してボソッと呟《つぶや》いた。

「トランクルームって、モノ預けておく倉庫みたいなやつだよな」

「ああ、なんか小さい部屋のやつとか、外に置いてある大きいコンテナみたいなやつよね」

鑑定鏡で再確認をしたが、他には一般スキルの『鑑定』しかなかった。高校生三人組は、巻き込まれた異世界人という部分に同情はしたものの、自分たちの能力の高さに酔いしれているのか、太郎の能力については少々見下したような言い方になった。悪気はなかったのかもしれないが。

前の三人であれだけ盛り上がった周囲は、太郎の鑑定結果に目に見えてがっかりしている。戦闘スキルはおろか魔法に関するスキルもない。それも影響したのだろうか、高校生たちの会話の内容や太郎に収納スキルがなかったことで、どうやら収納と同等の能力だろうという話になった。

収納はこの世界では割と一般的な能力でサイズは様々ではあるが、所有している人間は多いのだという。また、収納ボックスという収納用の魔導具もあるらしい。

トランクルームのサイズについて周囲から尋ねられた賢者君は答える。

「トランクルームっていったら、王様が今座ってる玉座の場所ぐらい、下手すると半分の広さもないかもしれない」

と率直に述べた言葉が受け入れられて、太郎のスキルはハズレのスキルと見なされてしまった。

高校生たちの収納は無限収納だったから余計だ。周囲の人々の目線に軽蔑というか侮蔑《ぶべつ》というか、あまり良くないものが漂っている。

(俺、いなくても全然問題ないよな)

不要な自分が居座ることで、どんな目に遭わされるのかわかったものではない。

「どうも私の職業は巻き込まれた異世界人ですし、能力も戦いには向かないようなので、できれば元の世界に戻していただけませんか?」

駄目元と思わなくはなかったが、聞いてみた。残念ながら、予想していた台詞《せりふ》が返ってきた。

「申し訳ないが、それはできない。神の力で貴殿らを召喚したが、我々には元の世界へ帰還させる力はないのだ。だが、神の思《おぼ》し召《め》しでこの地に来たのだ。勇者らが魔王を討伐した暁には、神の意で帰還が叶《かな》うだろう。申し訳ないが、それまで待ってもらえぬか」

王ではなく、王の近くにいた偉そうな男がそう宣《のたま》った。先ほど、宰相閣下と呼ばれていた者だ。

（やっぱりかよ、胡散臭《うさんくさ》さ倍増だね）

腹の中ではそう思ったが、そんなことは口には出さないのが吉だ。

「わかりました。でも、魔物との戦いには向かない能力のようなので、帰還が叶うまでは、この地で一般の市民として暮らしていきたいと思います。お役に立てない上にお世話になるのは申し訳ありませんから。ただ、できればここの生活に慣れるために、最初だけでもしばらく金銭的な援助がいただけると大変ありがたいのですが」

極力、気に障ることのないようにお願いをしてみる。高校生の見えないところで、闇に葬られるのは遠慮したい。

「そうだな。こちらが一方的に呼び寄せてしまって申し訳ないが、そうしてくれるとありがたい。勇者殿たちが無事に魔王を成敗した暁には、神のご加護できっと元の世界に帰還できると思う。その時に、そなたも一緒に戻れるだろう。だが、勇者が召喚されたことがわかると魔王が警戒するかもしれない。だから、召喚されたということは他言しないでほしい。この国には、古くから迷い人が別の世界から来ることが知られている。だからもし他の人間に怪しまれたら、迷い人だということにしてほしい」

どこまで本当かはわからないが、それについては了承した。断る理由がないし、下手に断ればどんな処断が下されるかわからない。

「疑うわけではないが、もしもということもある」

ということで、神殿契約を結んでほしいと契約書が渡された。太郎はその文章がまったく問題なく読める。内容的には召喚に巻き込まれた異世界人だと他言しないようにということが記されていた。

ただ妙に契約文と署名欄との間に空欄がある。細かな字の追加事項はなかったのだが、空欄に斜線が入ることもない。宰相がその契約書に先にサインを認《したた》める。急《せ》かされながらも、もう一度内容をきちんと吟味し、上着の内ポケットにある万年筆を取り出してサインをした。

ただ、なんか色々と癪《しゃく》だったのと日本語で書いてもわかるまいと思ったこともあり、漢字で山田太郎ではなく山口一郎《やまぐちいちろう》と別名を書いたのは、太郎にしてみればお茶目な意趣返しでもあった。

では、と盛り上がっている謁見の間から一人出ていくことになったが、扉の前で待っていた兵士が一人先導してくれる。どうやら彼が案内役のようだ。

まずは、小さな部屋に通されて服を与えられ、それに着替えさせられた。スーツなんて着ているとこの世界の人間ではないとすぐにバレてしまうし、城から出ていくのにそんな怪しい格好のままにしておけないのだろう。脱いだスーツは自分の持ち物と一緒に、兵士からもらったズタ袋の中に。

準備が整ったところで、手切れ金である金貨一五枚、銀貨二〇枚の入った袋を受け取る。

「何かあったときに、身を守るものも必要だろう。常に身につけておけ」

そう言われて銀色の鞘《さや》に納まった小振りの短剣も一緒に渡される。それらを受け取りながら、随分と気前がいいことだ、何かあるのかなとふと思ったがそんなことはおくびにも出さない。

「色々とお心遣いありがとうございます」

丁寧に礼を言うにとどめた。案内してくれた兵士はどこか威丈高《いたけだか》な雰囲気で太郎を見下しているようだが、ずっと太郎が低姿勢だったためか何事もなく出口まで案内してくれた。

案内された場所は、使用人が出入りしたり城へ物品を搬入するための裏門のようだ。貴族ではなく商人などの庶民たちの行き来が見える。それに交じって城外へと出ていったが、さてどうしようと思っていたところで、丁度、搬送を終えて街まで戻ろうとしていた馬車を見つけた。声をかけて、お願いしたら街まで乗せてもらえることになった。

「すみません。今日、手伝いで初めてここに来たんですけど、一緒に来た人たちに置いてかれちゃったんです」

「イイってことよ。お互いさまさ。ジョルカ町までだけどいいかい。こっちも寄り道はできないんで、途中なら降ろしてやれるが」

「ええ、その町まで送ってもらえればありがたいです」

上手《うま》いこと話を合わせつつ世間話をしながら馬車に揺られていく。馬車は城門を出て、街中へとさしかかる。太郎は初めて見る街並みに、どうしてもキョロキョロと周りを見回してしまう。声をかけてくれた男はオルカといい、いつも搬送に来る男が来られなくなって臨時で来たらしい。荷物の受け渡しをするだけだからと頼まれたのだそうだ。一人で来たので帰りに話し相手が出来て、少し嬉《うれ》しそうだ。

「王都は、人で賑《にぎ》わっていてすごいだろう」

「ええ、本当に人が多いですね。街並みは石造りなんでしょうか。家は二階建て、ああ、三階建てもありますね。道は、石畳を敷いているんですね」

太郎は興味深げにあちこちを見ていて、オルカはそんな太郎を温かく見守っている。

「しかし、王城への搬入でそんなことをする奴がいるとはな」

王都では、収納スキルを持っているので仕事を探すために田舎から出てきたぽっと出を、無登録のまま雇い、低賃金で働かせる連中がいるという。ひどい場合だとただ働きをさせられることもあるらしい。臨時雇いとして利用するだけ利用して、適当なところでポイ捨てするというのだ。

だから、太郎が雇い主の店の名前もあやふやな様子だったことも、怪しむどころか田舎者の太郎が騙《だま》されてただ働きさせられたと勝手に思い込んでくれたようだ。また、キョロキョロと周囲を見回してあれこれ聞いてくることについても、開拓村か辺境の村から出てきたばかりで石造りの王都の街並みが珍しいのだろうと、オルカの思い込みをよりいっそう強めたようである。

そのせいかやけに同情的で、収納スキル持ちにはポーターという荷物持ちの仕事が正式にあることや、商業ギルドでの雇用登録の仕方など細かな話をしてくれた。

ついでにジョルカ町の安くて美味《うま》い食堂や、宿も兼業している店などについてもいくつか教えてもらえた。商業ギルドはジョルカ町と隣町の境にあるので、ジョルカ町の宿屋をとって、明日にでもポーターの登録に行くといいと別れ際に勧められた。

「収納サイズにもよるけど、仕事は沢山あるからな。もう騙されるなよ」

「ありがとう、オルカさん。今度会ったときは今日の御礼にご飯を奢《おご》れるぐらいには、頑張るよ」

「おお、期待しないで待ってるよ」

わざわざ寄ってくれたのだろうか、一番お勧めの宿屋兼食堂の近くで太郎を降ろしてくれた。送ってくれたオルカを太郎は手を振って見送った。

さっそく、店に入って食事と宿泊をお願いした。

「あんた、運が良いよ。ウチの宿は割と人気なんだけどね。今日は空いてるよ。オルカさんから聞いたんなら、少しはサービスしてあげるよ」

ちょっとふっくらした女将《おかみ》さんは、そう言って部屋の鍵を渡してくれた。

「部屋は二階の一番奥だよ。この鍵のキーホルダーに彫ってある模様と同じ模様がドアに付いてるからわかるよ」

鍵はちょっと大きめでクラシック。部屋の前で、図柄を確認し部屋に入る。部屋にはベッドとサイドテーブルだけがある。ビジネスホテルよりも簡素だ。ドアの方を見ると、内鍵の役割だろうか掛け金がついている。さっそく飯だと階下へと戻った。

この宿屋兼食堂が人気だという言葉に嘘《うそ》はなく、食堂の席はうまっていたので宿泊者用の席に案内された。メニューは決まっていてシチューとパンだけだったが、空《す》きっ腹のせいか美味かった。出された食器は少し厚めの陶器だ。スプーンは木製で、水を頼むと木のコップで出してくれた。

「さて、これからどうするかな」

部屋で一人、ベッドに腰掛けてズタ袋から荷物を取り出した。コンビニで買ったビールはもう温《ぬる》くなっている。

（すっかり忘れてた。から○げクンはもう食べちゃわないとまずいかな、ここには冷蔵庫ないもんなあ。ずっと常温で持ち歩いてたし。でもビールは温いしなあ）

それでももったいないのでモゴモゴと食べながら、城でもらったものに鑑定をかけてみる。

「そうきたか」

銀の短剣は紐《ひも》付きで、持ち主の所在がわかるような機能付きだと出た。もしかしてと思い至り、もらった服も脱いでパンイチになって全部に鑑定をかけてみた。シャツのボタンの一番下に同じような機能が付いている。

太郎が鑑定持ちなのはバレている。鑑定で短剣の能力に気がつかれ、短剣が手放されることになっても追えるようにということだろうか。いや、二つが分かれた場合、太郎が逃亡を図る可能性があると判断して速攻で始末するつもりかもしれない。それとも王の温情をありがたがって鑑定する想定をしていないか。普通に考えればシャツまで鑑定しないか。

これを持ったままで王都周辺にいる限りは手を出してこないかもしれない。それでも用心したほうがいいだろうなと思いつつ、気味が悪いので脱いだシャツで短剣をくるんでベッドの脇にあった机の上に置いた。とりあえず問題がないズボンをはき、シャツはもともと着ていたワイシャツを取り出して身につけた。

「ほんと、どうすっかな」

王城での雰囲気を見る限り、自分があまり良い場所にいるとは思えなかった。だから、情報収集をして別の国に逃亡しようかとも思っていたのだが。どうもそう簡単にはいかなさそうで頭を抱えた。王城側がなぜ自分にまで執着するのか理解できない。

「勇者じゃなかったんだから、放っておいてくれればいいのに」

日常がガラッと変わってしまったコッチの身にもなれよと思ってもみたが、向こうにとっては他人事《ひとごと》だ。それでも今日明日で殺されることはないだろうと気分を変えて、自分のスキルであるトランクルームを確認することにした。勇者の召喚に浮き足立ったあの場では、太郎が自分のスキルを確認するような雰囲気も時間もなかった。

「ステイタスオープン」

ボワンと眼の前に半透明な文字盤が現れた。

名前：山田太郎
職業：巻き込まれた異世界人
スキル：鑑定　レベル1
固有スキル：トランクルーム　レベル1

どうも鑑定鏡と同じで、能力値のようなものは表示されないようだ。固有スキルであるトランクルームって一体なんだろうと首を傾《かし》げた。

説明書きとか出てこないかと、ウィンドウにあるトランクルームの文字に触れてみる。するとボワンと目の前に真っ白なカードキーが現れた。表面には薄く銀色で模様が付いている。そのカードキーを手に取ると、目の前にカードキーの差し込み口のあるドアが現れた。どことなく、そのカードキーとドアの様式に見覚えがある気がしないでもない。そのままカードキーを差し込むとドアが開く。兎《と》にも角《かく》にもドアの内側へと入ってみる。

「えっ」

そこは、太郎が借りているトランクルームだった。

そのトランクルームを借りたのは二ヶ月ほど前のことだ。滞在型トランクルームが会社の近くにできて、オープン記念価格とかで一年間は割引価格だったので試しに借りたのだ。荷物の整理というよりは「滞在型」という名前に引かれた。契約したときにわかったのだが、滞在型といっても宿泊などはできない。多少部屋で過ごすことができる程度だ。残業の時に泊まれるかな？　とちょっと考えていたので少し残念だったのだが。

それでもかなり割り引かれていたし、もともと部屋の荷物をどうにかしようと考えていたこともあり、せっかくだからと一番大きな部屋を借りた。地震とかがあって家に帰れないとき用にと、色々と物を置いておくと便利だと思ったのもある。部屋は一〇畳ほどの広さだ。値段が通常に戻ったらもっと狭いトランクルームに移ろうとか考えていたが、そのトランクルームにつながっていたのだ。

（よくわからんけど、広い部屋を借りたあの時の俺、グッジョブ）

明かりは、スイッチを押したわけではないが灯《とも》っている。壁の一面は本棚で、その横には机の上にノートパソコン、他の壁に設置した棚に趣味の山道具や残業の時の着替えや季節ごとの洋服といった雑多なもの、防災グッズなどが置いてある。非常食としてインスタント食品や湯沸かし用のポット、小さなホットプレートも置いている。このトランクルームには元からコンセントもあるためだ。忙しいときには、昼飯や夕飯時にちょっと入ってカップ麺とかを食べたりしていた。

さっそくパソコンの電源を入れてみる。フォンと立ち上がると液晶画面が明るくなる。

『トランクルームへようこそ』

と大きく文字が打ち出される。どうやらパソコンとしては使えなくなったようだ。その文字の下に、

『質問がありましたらココへ入力ください』

と示されている。

『トランクルームの使い方』

と入力してみた。エンターキーを押すと画面が替わり、

『アシスタントを起動しますか?』

という文字の下に『はい』と『いいえ』がある。そこで『はい』の方をクリックしてみる。

『アシスタントに切り替わります』

その文字が出るとパソコン自体がノイズが入ったかのように揺れて消え去り、太郎は何かの圧を受けてその場所から弾《はじ》かれ、尻もちをついた。

次の瞬間、ボンッという音とともにパソコンのあった場所に少年が現れた。机に腰掛けた少年は、

机から下りてきて尻もちをついた姿勢のまま唖然《あぜん》としている太郎に手を差し伸べて言った。

「アシスタントを起動しました」

　ほぼ無意識にその手を取って立ち上がる。


「えっと、君は？」

「アシスタントです」

「ああそう。パソコンが言っていた奴か。パソコンが君になったのか？　じゃ、名前は。なんて呼べばいい？」

「アシスタントです」

「それ、機能だろう。いや職業か？　名前と違うんじゃないかな」

　少年は無表情のまま首を傾けた。

「個体識別のための名称ですか。それでしたらありません」

「え、呼ぶのに不便だから名前あったほうがいいな。アシスタントじゃ呼びにくいよ」

「そうですか。ではマスターがつけてください。認証します」

「え、マスターって俺？　なんかちょっとカッコいいかも。じゃあ。ポン太はどうだ」

　ポン太はもともと、パソコンにつけていた名前だ。

「ポン太ですね。認証しました」

「ちょっと待て、それでいいの」

太郎は慌てて聞いたが、そう言われて少年は真顔のままだ。いや、ここで名前が気に入らないとかなんとかのやり取りがあるのが定番だろう！　と突っ込みたかったが、少年があまりにも無反応なのでできなかった。

よくよく見れば銀髪碧眼《へきがん》色白、美少年と言ってもいい顔のつくりで体の線も細い。これで名前がポン太……世の美少年好きのお姉さま方がここにいたら文句を言われて叩《たた》きのめされそうだ。

「いや、ポン太やめ。今、考えるから待ってて」

そうは言っても太郎には名付けのセンスはない。

「ポン太はやめた。名前は白金《しろがね》だ。そう認証し直してくれ」

「了承しました。名前はポン太から白金に認証し直しました」

銀髪だから白金、そんな単純な発想だった。

「で、白金。ここの使い方とか説明してくれるか」

「はい」

ひとまず落ち着いて話をしようと、角に置いてあった折りたたみ式の椅子を持ってきて白金に座らせる。キャンプ用に買ったものだ。自分は机のところにある椅子に腰掛ける。

白金の説明によるとトランクルームには「滞在区」としてのことと「保管区」として別区画があるという。しかしながら、別にはなっているが同じ空間を利用しているため、保管区に荷物を入れた分だけ滞在区が狭くなり、滞在区を充実させれば保管区が狭くなる仕組みらしい。またトランクルームには持ち主と、持ち主が許可した人間のみ入ることが可能だと説明を受ける。

（鍵でドアを開けるという収納方法は明らかに異質だし、いちいちそうしていたら不便そうだ。外でそんな方法で物を取り出していたら王城に目をつけられ、連れ戻されるかもしれない）

そう思って、白金に他の方法で物の出し入れができないか尋ねる。

「そうですね。何を出し入れするのかを明瞭にイメージして念じてください。収納のように使うのでしたら、入れる場合はその物に触れてトランクルームに入れると念じ、出す場合は出したい場所に触れて取り出すと念じれば可能です」

それならば問題なく使えそうだと、試しに机の上にあったマウスを手に取って念じてみた。だが、『入れる』というのが感覚的によくわからない。戸惑っている太郎を察したのだろう。

「わかりやすく、鍵を使ってはいかがでしょうか。鍵に触ることで部屋に入れると意識してみるとかはどうでしょう」

白金の右手には先ほど、トランクルームに入ったカードキーがいつの間にか握られている。それを太郎の目の前で月と星を象《かたど》った持ち手をもつ金属製の一本の鍵に変化させた。左手にはいつの間にか一本の革紐を持っている。その鍵を革紐にとりつけると太郎に渡す。

「身につけていただけますか」

太郎はそれを受け取ると、自分の首にかけてみる。

もう一度マウスを右手で持ち、左手で鍵を触る。それから鍵を開けてマウスを仕舞うとイメージしてみると、マウスは手から消えて机の上に戻った。

「お、できた」

「その感覚に慣れてくれれば、鍵がなくともトランクルームに簡単に収納できるようになります」

一通りトランクルームの使い方の話をした後に、今後の対策についての話へと移る。白金がどれほどこの世界についての知識があるかはわからないが、人と話をすることで考えをまとめたい太郎だ。

「王城の動きがそんなに気になりますか？」

「いや、だってさ」

太郎は白金に自分が鑑定した銀の短剣とシャツのボタンの話をする。

「どう考えたって、有用そうだと知られれば戻ってきて尽くせとか言われそうじゃないか。勝手に人のこと攫《さら》ってきた奴らとは、もう関わりたいとは思わない」

ウンザリしたように口にして、銀の短剣をトランクルームに仕舞うとどうなるのかを白金に聞いてみた。

「そうですね。トランクルームで保管すると魔力はたどれなくなります。スキルの収納で収めた場合は、収納の出し入れをするときに魔力が漏れて持ち主の居場所の特定ができますが、トランクルームの場合はそうした魔力漏れがありません。完全に封入されるのが特徴です。ですから痕跡が追えなくなります」

その説明を受けて半ば独り言のように呟いた。

「じゃあ、トランクルームに預けるのはやっぱりやめたほうがいいか」

「王城ではマスターの位置を確認できなくなります。ですからどこかに移動している最中《さなか》に適当な場所でトランクルームに入れてしまえば、どこにいるのかわからなくなります」

「でも、いなくなったその場所までは特定できるかもしれないだろ。その場所からすぐに捜索がかかれば見つかりやすいだろう。逃げるといっても、俺はこの世界について何も知らない」

太郎は力なくうなだれる。

「しばらくは王都での生活をお考えですよね。まずは情報を集めることからはじめてはいかがでしょう。それに、すぐにどうこうされる話でないようならば、トランクルームのレベルを上げることをお勧めします。そうすれば別の手も打てます」

白金がアドバイスをする。

「そうだな。情報収集は基本だな。でもレベルを上げるって？」

気を取り直し、前向きに考えようと頭を切り替える。

「トランクルームは、レベルが上がれば様々なことが可能になります。とりあえず、今のレベルでしたら、宿を借りておいて夜間はトランクルームで寝起きしてはいかがでしょうか。夜間に襲われることへの心配はなくなります。それから一度起動しましたので、昼間でも緊急事態の時はトランクルームに退避することも可能です」

白金は淡々と言葉を続ける。彼の表情はほとんど変わらない。

「退避って、どうやるんだ」

太郎は前のめりになって白金に問う。

「簡単です。トランクルームに入る、と念じてください。追っ手はマスターの姿を見失うでしょう。ただ、戻るときも同じ場所になりますから、捕まる前に退避してください。勿論《もちろん》、先ほどのように鍵を使って入ることも可能です。トランクルームに入室する場合は、鍵を宙で回してください」

感心してほうっと息を吐く。

「へえ。トランクルームって収納スキルと同類だって言われたんだけど、そういったことが違うのかな」

太郎の感想を受けて、それまで淡々と話していた白金が眉《まゆ》を顰《ひそ》めた。

「収納ごときと一緒にしないでいただけますか。収納はただ物品を保管できるだけです」

無表情で淡々と言っているはずなのに、その言葉には棘《とげ》がある。

「でも、俺の世界のトランクルームも物を収納するだけだったよ」

ちょっと疑問に思って聞いてみる。

「このトランクルームはマスターのスキルです。現在、こうやって部屋の中におりますが、収納に滞在する機能はありませんし、私のようなアシスタントは存在しません」

「そうなんだ」

白金の迫力に太郎は押され気味だ。

「はい。収納は物を亜空間に所持できるだけです。それ以外できません。レベルが上がれば物理的な変化を停止させるような機能をもつものもありますが、その程度です。ですがトランクルームはレベルが上がれば、もっと様々なことができます。レベルが上がるまではどのような能力かはお伝えできません。情報制限がかかっておりますので。私の記憶範囲もレベルとともに解放されることになります」

白金のトランクルーム推しは十二分に伝わってくる。無表情に熱く語る白金にちょっと引き気味の太郎ではある。

その後は今後のことを相談し、所在が判明してしまう銀の短剣と服については外に出したままでトランクルームには入れないことにした。夜は宿の部屋に置き、昼間は身につけて所在がわかるようにする。常に相手が太郎の位置を把握できるようにしたほうがよいだろうということになった。王都であっても護身用として短剣などを身につけている人も多いということなので問題はなかろう。そういえばこれを渡してきた兵士も「護身用に」と言っていた。短剣用のソードベルトみたいなのを購入するまでは、カバンの中でも十分だろう。身に危険が迫ったからといって、太郎自身は短剣で防衛できる気がしないから飾りのようなものだ。

外に出して使うカバンについては、元のトランクルームに預けておいた荷物の中に古い布製のショルダーバッグがあったので、とりあえずはそれを使うことにした。収納に見せかけるのにもカバンは必要だ。

そういえば、太郎にはもう一つ気になっていたことがある。神殿契約についてだ。白金はこの世界についても詳しいだろうか。大元がパソコンだから情報収集が得意かもしれないと、城でのやり取りと契約書についても話を聞いてみた。

「マスターはその神殿契約書にサインをしたんですか」

「ああ、した」

「その契約書は、文面の下部と署名欄の間に空欄がありませんでしたか」

「ああ、あったよ。契約内容が少ないからかなと思ってたけど」

白金はそれを聞くと目を閉じて腕を組んでしばし停止した。太郎は何が起きたのかとも思ったが、考えているのかもしれないと静かに動きだすのを待つ。しばらくして、目を開けると真っ直《ます》ぐに太郎を見た上で結論を口にする。

「神殿で受理されるまでは、契約書内容は変更が可能です。署名しただけでは成立していません。ですから、一般的には神殿で契約書に署名し、すぐに受理してもらいます。もしくはその空欄に斜線などを入れて新たに記入できないようにします。神殿側からすると神殿で受理されたときに書かれている事柄が、この世界の神を仲介者として契約されることになります」

それからさらに付け加えていく。

「マスターがサインした契約書の空欄部分に神殿で契約を結ぶ前に追加で何か書かれてしまったら、マスターが内容を把握していなくても、同意したものと見なされます。しかも契約を破棄するのはかなり難しいことになります。マスターを追い出した後に、何か追加された可能性は高いでしょう。あるいはマスターの出方次第で内容を変えるためにまだ神殿に持っていく前かもしれませんが」

はあー、と溜息《ためいき》が出る太郎だ。そうはいってもあの場では署名しないで退室することは無理だったろう。

「胡散臭い奴だと思っていたけど、そうなんだ」

「そんなのんびりと構えていていいのですか。何を追加契約されるかわからないのですよ」

白金にしてみれば、場合によっては契約書の奪還を考えているかもしれない。

「でもあの契約書、割といい加減だったぞ。血判は押さなかったし、偽名で書いても何も言われなかったしさ」

「偽名？」

思案顔で太郎が答える。

「うん。日本語で似たような名前を書いた。でも、なんにも言われなかったんでいいかなと。そんなすごい契約書なのに、偽名が書けること自体おかしい気もするけど」

白金は呆気《あっけ》にとられた顔をした。

「神殿契約書に偽名？」

白金は、その発言に少し驚いたようだ。

「だって、別に神官はいなかったしさ。なんか癪だったから。ああ、でも俺が書いたっていうことで機能するなら問題があるよな」

太郎は少し困ったような表情で腕組みをし、左手の人差し指を唇に当てた。

「よく偽名が書けましたね」

「え、問題なかったよ。俺の万年筆で書いたけど文字も漢字で書いた。見てた連中も何も文句言わなかったし。大体一緒にいた高校生だって俺の名前なんて知らないしな」

それを聞くと白金がクツクツと笑いだした。

「本来なら神殿契約書に偽名なんて書けないのですよ。神に虚偽を申し立てることになりますから、精神的に制約されますのでそのようなことはできません」

その言葉には呆《あき》れさえも滲《にじ》んでいるように聞こえる。

「マスターは、この世界の神にそれほど強く影響を受けていないのでしょうか。というより、マスターの世界の神とのつながりが強く、この世界の神との契約に至らなかったのか。どうなのでしょう。もしかしたら異世界から持ってきた万年筆で署名したため、干渉を受けなかったのかもしれません。データが不足していてわかりません。そうですか、この世界の理《ことわり》からはみ出しているのかもしれません。道理で……」

白金は何かを考え込むような様子を見せた。

「私は向こうの世界のモノから成り立ってはいますが、この世界の影響の方が強いようです。そんなことが可能だとは思考が至りませんでした」

そう言うと、白金は目を閉じて右手の人差し指を唇に当てまた、停止してしまった。先ほどよりも長い時間だった気がするが、黙って見ているしかないなと思っていると、ふいに目を開いた。碧《あお》かった瞳が黄金に変わっている。その金の瞳にしばらく見つめられた太郎はちょっとドギマギした。

「解析しました。トランクルームに入る前に何らかの形でマスターが干渉されていた形跡はみられません。まだ契約書で縛られてはいないと判断されます。偽名であったために不履行になったのか、まだ神殿契約に至っていないのかはわかりませんが」

先ほどまでとは違った硬い金属音を含んだような声音で淡々と告げる。

「情報を取得しました。この状態でしたら、手が打てます」

白金は机からＡ４の紙とハサミを取り出して、それを器用に人形《ひとがた》に切っていく。切り終えると太郎の前に差し出した。

「これに契約書で使用した万年筆を使って、契約書に書いた偽名を書いてください」

言われた通り紙の人形の胴体部分に、万年筆で縦書きに山口一郎と書く。

白金は着替え用に仕舞ってあった太郎の白いＴシャツを引っ張り出してきて、名前の書かれた紙をそれの上に置いた。白金がその上に手をかざすと光で描かれた魔法陣のようなものが一瞬見えて、紙はＴシャツに貼り付いて一体化してしまった。

「これで、このＴシャツが『山口一郎』になりました。神殿契約がこれから行われるというのであれば、このＴシャツがマスターの身代わりの契約者になってくれます」

白金はくるくるとＴシャツを畳んだ。

「もし、すでに契約を済ませているのに不履行になった状況であれば、向こうからなにか動きがあるでしょう。もう一度契約書に署名せよと言ってきたら、もう一度同じ偽名を書いてください」

そう言って、そのＴシャツを太郎へと渡す。声音は元に戻っている。

「もしかしたら異世界の言葉だから不履行になったとあちらが考えた場合は、こちらの言葉で書けと言われるかもしれません。そうしたらこちらの文字で『山口一郎』と書いてください。筆記用具はその万年筆でなくても大丈夫です。もう、このマスターのTシャツが『山口一郎』という存在になりましたし、このTシャツはマスターの所有物ですので、マスターによって契約が成されても十分に機能します」

「今のって魔法なのか？」

目を丸くして驚いている太郎を見て、にこりと白金が笑う。

「そのようなものです。あちらは後から条件を色々と継ぎ足したいと思っているでしょうから、まだ契約を結んでいないのでしょう。追加契約の件がありますので、マスターと共に神殿で契約することもないでしょう。上手く躱《かわ》せると思います。Tシャツはカバンに仕舞い、常に携帯しておいてください」

そう言った白金の瞳は碧眼に戻っている。

「こんなことできるなんてすごいな、白金」

「情報の中にありましたので」

(情報……パソコンだから？)

何にせよ有能なアシスタントであることに違いはない、太郎はそう確信した。白金がいればなんとかこの世界でやっていけるかもしれないと、ちょっとホッとした。見知らぬ場所にいきなり連れてこられて、やはり不安ではあった。これ以上面倒なことに巻き込まれるのは御免被《ごめんこうむ》りたい。

今日のところは、これまでとして寝ることにした。太郎は王城でもらったお金と自分がこの世界に持ってきたものなどを宿の部屋に取りに戻って、トランクルームに仕舞った。背広はズタ袋から出してハンガーにかけ、見つけた衣装カバーをかけた。

ついでにトランクルームで寝るために空気マットレスと寝袋を取り出す。寝袋は薄いのと厚いので二つあるし、空気マットレスは新しいのを買ったので新旧で二枚ある。白金の助言を受け、さっそく今夜からトランクルームで寝起きしようと決めたのである。小さいトランクルームに替えても大丈夫なように、またちょっとした作業や食事ができるようにと空きスペースは割と広いままにしておいたので、多少物を移動させたが問題なく二人分の寝床は確保できた。願わくは最も実害がないところに事が収まってほしい、そう思いながら太郎は寝袋にもぐる。

「おやすみ。白金」

「了承しました、マスター。スリープモードに入ります」

横を見ると、すでに白金は寝袋の中で身じろぎもしていない。

「あー、元がパソコンだし？」

明日は寝る前には「おやすみ」と言うものだと伝えよう、太郎はそう決心して寝た。

第二話　ポーターのお仕事、はじめました

オルカとの話や白金《しろがね》の勧めもあって、太郎《たろう》は次の日、朝食を食べると商業ギルドに向かった。お

金は有限だし、仕事して稼がないとご飯が食べられなくなる。それに真面目に仕事をして、この世界に馴染《なじ》もうとしているところを王城に示しておくことも必要だろうと考えたからだ。

商業ギルドは様々な商売上の業種のギルドを総合しており、その業種の一つに荷運びをするポーターがあると昨日聞いている。

ポーターは荷運びをする仕事を請け負う、運送会社の個人版だ。収納持ちの多くがまずはポーターに登録する。ギルドの仕事で信用がつけば、独立して商人になる道などもあるという。収納持ちがそれなりにいるとはいっても、新しいポーターはいつも募集されていると宿屋の女将《おかみ》さんも教えてくれた。

「持ってるスキルを利用して稼ぎのいい仕事したほうがいいでしょ」

スキル持ちなら、そのスキルを使える仕事についたほうがいいと。白金がポーターを勧めてきたのは、トランクルームを使えるポーターの仕事をすればレベルが上がるという理由からだ。トランクルームは物品の出し入れなどで使用すればするほど、レベルが上がるのだとか。仕事しながらお金になる、レベルも上げられる、一挙両得を狙えるというわけだ。

商業ギルドは大通りにあって、周囲と比較してもかなり立派な三階建ての建物だった。ここら辺の建物は石造りやレンガ造りのものが多い。昨日の馬車から見たときも思ったが、イメージ的には近世ぐらいだろうか。歴史には詳しくないが、美術の教科書か何かで見たその頃のヨーロッパの絵画に似ている雰囲気だ。

（ギルドって儲《もう》かるのかな）

そんなことを思いながら中に入ると、扉の向こうは役所の窓口を彷彿《ほうふつ》とさせる造りになっていた。

手近な窓口で受け付けてもらいポーターの登録をした。名前は勿論《もちろん》イチローの方だ。万が一、王城があの高校生たちに署名と名前を確認させるようなことがあっても不都合がないようにしておかなければならないだろう。面白いことに意識をすればイチローとこの国のつづりで書けた。さすがは、異世界転移特典。ありがちだと言われようが、なかなかにありがたい。

さて、ポーターの登録はしたのだが、仕事を請け負うためには講習を受けなければならないと言われた。

「イチローさんは、運が良いですね。丁度一時間後にポーター講習がはじまりますので、受講してくださいね」

ということで、トントン拍子で受講することになった。

講習室はギルドの二階にある。部屋にはすでに何人か受講者が座っている。皆、一〇代半ばの子供たちだったので、一人だけ大人の太郎は少し場違いな気がしたが仕方がない。一番隅の席に腰掛けた。

「では、講習をはじめます」

入ってきたのは年配の男の人だった。これから話す内容が簡単にまとめられた冊子が配られた。その上で、色々と説明をしてくれるらしい。

まずは、ポーターという仕事の内容説明から始まった。仕事を請け負うことに関しての規則や規制されている事柄、荷物の配送方法などといったものだ。

それから、簡単な収納スキルの特徴についてだ。収納のスキル持ちは大体二五〇人に一人いるらしい。収納サイズにはばらつきがあるため、大きく四つにレベル分けされていた。特大・松・竹・梅だ。梅は最も小さな収納サイズで荷馬車の半分以下になる。次の竹だと荷馬車一つ分、松だと荷馬車二つ分、それ以上に大きければ特大になるという。異世界に松竹梅なんて植物も概念もないだろうから、多分太郎にわかりやすい言葉に言語さんが置き換えているのだろう。

サイズはレベルが上がれば単純に大きくなるということではないらしい。それでも多少の変動はあるらしいが、突然大きくなるということはないという。多くのポーターは梅ぐらいで次いで竹、松は全体の数パーセント、特大というのは一〇〇〇人の収納持ちに一人いるかどうかだという。特大だとわかれば国に召し抱えられるレベルなんだとか。

サイズは自己申告制で、最初は梅で登録し、仕事をいくつか受けてみて自分の容量を確認してから改めて申告してくれと言われた。サイズを他人が測る方法はないらしい。サイズを改めて申告する場合は、きちんとそれだけの荷物が入ることをギルドで検証して、ランクを再認定するという。

「さて、収納サイズのレベルについての話をしたが、それとは別にポーターとしてのレベルもきちんと定められている。今日、受講した皆さんは見習いから始まることになる」

ポーターの仕事は見習い・初級・中級・上級に分かれている。仕事の熟《こな》し具合で進級していくシステムだそうだ。

見習いの仕事は街中の雑事が中心で、規定の数をこなすことで地理を覚え、街の人たちからの信用を得ることができれば初級になる。人や仕事にもよるが、初級になるには三ヶ月から半年が目安だそうだ。見習いの仕事は頼まれた荷物を所定の場所に運ぶという個人版の宅配便みたいなものや、買い物などの依頼が中心で場所も登録したギルドの範囲内、ここであれば王都中心に限られる。

初級以上になると商人の依頼が多くなり荷物の配送の手伝いなどが加わり、王都の外へ行く仕事も請け負えるようになると言われた。初級と中級の違いは何かというと、仕事の熟練度と信用度だろうか。中級以上になると任される荷物がそれなりの値段のものになるらしい。例えばコワレモノみたいに馬車などの運送では不安な物品だとかを運んだりもするという。また、場合によってはポーター一人での配送も依頼されることがあるという。この場合は、持ち逃げをされないために簡易な神殿契約を結ぶのだそうだ。上級になると国絡みの仕事の依頼を受けることもあると言われた。密書や契約書類などを頼まれることもあるとか。

まあ、高額とはいえ収納ボックスという魔導具もあり、大店《おおだな》での大量の荷運びはそれが使われることもあるそうだ。ただ、魔力の強いものは収納ボックスでは運べないため、必ずポーターの出番となる。

(とりあえず初級になって、王都の外の仕事を請け負えるといいな。サイズは梅のまんまだな。荷物サイズについては、気をつけとこう。でかい荷物の依頼は受けない！　あの王様連中にこき使われるなんて、まっぴらゴメンだ)

話を聞きながら太郎はそんなことを考えていた。

「さて、実際の仕事の受注方法についてだ。入り口から入ってきたときに見えたと思うが、壁に依頼ボードがある。そこに仕事内容が書かれているカードがかかっているので、そこから選択してくれ。ポーターの依頼ごとにカードが色で識別されているので、自分のレベルのカードを確認するように。見習いは黄色いカードだ。初級になれば青いカードになる。別レベルのカードを持っていっても依頼の受注はできないからな」

次に黒板には、いくつもの記号が書かれたボードが貼られた。

「それから仕事の区分についてもそれぞれ記号がついている。この図がそうだ。文字が読めなくても内容が大まかにはわかるようになっている。加えて文字を読めない者は、受付窓口で頼めば、混んでなければその内容を読んでもらえる。できれば文字も覚えたほうがいい。有料だが文字を教える講習もあるぞ。それについて知りたい者は後で質問に来るように」

カードには、依頼の品物、品物の大きさ、依頼料などが書いてあり、その内容で判断して自分に可能な仕事を選ぶようにと言われた。受注後のあれこれの手順なんかも説明された。

「それから、これは注意事項だ。仕事の依頼は商業ギルドを通じてのものを受けるように。個人で仕事を引き受けた場合は、当たり前だがギルドでは責任を持たない。商業ギルドを通さない依頼は、違法なモノやポーターに対して不利益なモノが多い。ポーターを使い捨てするような悪質な仕事もあるから、よくよく気をつけるように。上手《うま》い話に騙《だま》されないように。特に、普通の仕事に見せかけて魔の森やダンジョンに連れ込まれたという過去の事例などもある」

この世界には魔法だけでなく、ダンジョンもあるという。ダンジョンでの荷運びという仕事もあるにはあるが、あまり人気はないそうだ。強いポーターというのはそうそういないからだ。だから何も知らないポーターを騙して連れていくことがあるらしい。だが、ダンジョン内では自分の身は自分で守れる者でないとなかなか生きて戻るのは難しい。この国にはダンジョンはないのだが、別の国に連れていかれてダンジョンの荷物持ちをさせられ使い捨てにされた話などを聞かされた。

最後に、収納持ちは国から支給された銀色の腕輪をする義務があると言われた。この腕輪は収納されている物品の安全性を第三者に示すための魔導具になる。収納持ちは密輸などが簡単にできるため、その防止策らしい。国が設定した武器弾薬、麻薬・毒物の類《たぐ》い、人の死体などを入れた場合に赤く光るようになる仕組みだという。

この腕輪は商業ギルドでポーターに登録するともらうものであり、ポーターである証明にもなっているのだとか。太郎も講習が終わった後で、この腕輪を渡され左腕につけた。


講習が終わってから太郎はまず売店で王都の地図を買う。多分、地図がないと仕事にならなさそうだ。さっそく依頼ボードを覗《のぞ》き、手頃なものがないかを見繕う。見習いは個人の配送物が多い。それ以外にも買い物を頼まれるというのもあった。ただ、これは格安で人気がないらしい。講習が終わった後に残されていた見習いの仕事は、移動距離が長いのに依頼料が安い買い物や配送が中心だった。

それでもまずは道を覚えるのにいいだろうと、同じ町内を出発点とする配送の依頼を受けることにした。二ヶ所受けたのはそれぞれの届け先が近かったこともある。あとは買い物の依頼もだ。受付はいくつかあったので、その時にたまたま空いていたところに向かう。

「今日からさっそくですか、いいことだと思います。受付のマリアといいます。これからよろしくお願します。三ヶ所も一遍にですか。モノによっては持ちきれないこともありますから、受注する際には荷物サイズに気をつけてくださいね」

内容を確認したマリアは、頷《うなず》いた。

「なるほど。二つは行きに運んで、一つが買い物なので帰りの分にあてているのですね。二つともそれほど大きくはありませんが、もし一緒に運べない場合はそれぞれで運んでください。これら三件には時間制限はありませんが、依頼によっては時間制限がありますから気をつけてください。戻ってきたら、報告は私のところでお願いします。何かわからなかったら相談してください。はい、では、いってらっしゃい」

マリアは瞳が大きめの可愛《かわい》らしい感じの女性で、書類を確認し最初の仕事だからか色々とアドバイスをしてくれた。それからニッコリと微笑《ほほえ》んで依頼受注のカードを渡してくれる。

（仕事、楽しくできるかもしれない）

可愛いマリアを見ながら、太郎はそんなしょうもないことを思う。

さて、売店で購入した地図は日本で見慣れた地図とは少し違って癖があったので、最初は戸惑ってしまった。それでも見慣れてくると荷運びの配送ルートが選びやすいような仕様になっていることに気づく。

坂道、道の広さや通り抜けやすさ、抜け道なども記号で示されている。なんとかそれぞれの家にたどり着き一軒目と二軒目で荷物を預かった。両方とも一辺が一・五メートル弱の箱に入っていて、依頼主の目の前で蓋《ふた》の部分に受注カードの半券を貼り付けて収納。これで、荷物は封印されたことになる。

次に残りの一軒、買い物の依頼だ。配送と違って買い物リストと買い物カードを預かる。買い物カードはお店でお金の引き落としに使うという。依頼で現金を預かることはほとんどないと言われていた。買い物リストも店の方で簡単にチェックされる。商業ギルドでは銀行みたいにお金を預けられる仕組みがあり、そこからお店が引き落とすことができるのだとか。チェックすることにはなっているが、買い物リストと買い物カードは連動しているため、ポーターが勝手に何かを購入することはできない仕組みになっている。また、それによって依頼したサイズをオーバーしていないかの確認にもなるのだという。

街中を歩いていると家々の多くは鎧戸《よろいど》になっているし、ガラス窓は商店やギルドにはあるけれど丸いガラスがならんでいるような造りで板ガラスではない。

（この世界って中世、いや近世ぐらいなのかな。でも魔法があるから一概には言えない？）

そんなことを思いながらまずは二件の荷物を配送し、そのあと頼まれた買い物をしていく。スーパーのような総合商店みたいなものがないため、買い物はそれぞれの店を回らなければならないのが少々面倒くさい。お店にガラス張りのショーケースなんてものはなく、木製の箱に商品を入れて並べているだけ。八百屋は吊《つ》り下げ型の天秤《てんびん》で重さを量っている。メモを頼りにあちらこちらのお店を回っていき、最後のお店の人に荷物の確認をしてもらって受注カードを貼り付けた。それで、鍵を触ってトランクルームへ荷物を収納する。

「兄ちゃん、新人だね。どっかの開拓村からでも出てきたんかね。稀《まれ》にいるんだよね。収納するのにちょっとした動作をきっかけにしてるのが」

その様子を見ていたお店の人にそう声をかけられてドキリとしたが、太郎は愛想笑いを浮かべる。

「そうなんです。今日からポーターになりました。今後も仕事とかで来ると思いますので、よろしくお願いします」

そう言葉を返したが、内心はちょっとドギマギしていた。

(よかった。収納使いの人間にも俺みたいなのがいるんだ)

最初に収納を使うときにカバンを媒介にしてイメージすることを教わるらしい。そのため、何かに触るという動作をきっかけにする人もそれなりにいるという。だから白金も提案したのだろう。

色々と商店を回って買い物をしていると、チグハグな感じが増した。

(買い物カードってプリペイドカードみたいなのかな、それともデビットカード？　魔法があるからか、荷物の封印やらカードの仕組みなんかはすごいんだよなあ。魔導具ってやつだっけか。でも、精肉店に冷蔵設備は見当たらなかった。氷室みたいな感じなのはあったけど。酒屋は陶器の瓶を預けてそこへ酒を入れてもらうって買い方だったしなあ)

午前中はポーターの講習、午後はこの三件の仕事で終わりになった。とりあえず、ポーターとしての第一日目が終わった。この日は、走って荷物の配送をして回ってクタクタだ。

翌日、商業ギルドに向かうと仕事を受注しているポーターが、魔力で動くキックボードのようなものを借りているのを目にし、距離のある配達はそれを使うのだと受付のマリアから教わった。

王都の人間にしてみれば、あまりにも当たり前のことだったらしい。一緒に講習を受けた子供たちがそれを使って仕事へと駆け出していく姿を見て、ポツリとこぼした太郎であった。

「講習の時にでも言ってくれればよかったのに。あんなのが走っていたなんて気がつかなかった」

周りにとって当たり前のことは教えてもらえないものだ。そんなこんなで、太郎は自分が今までいた場所とここの違いに振り回されながらも、ポーターの仕事に勤《いそ》しみ続けた。


太郎がポーターとして働きだしてから、そろそろ五ヶ月になる。働きだした頃は肌寒かったが、今の季節は夏真っ盛りだった。日本の夏と比較すると湿度が低くカラッとしていて、暑いとはいえ過ごしやすい。

「サイザワさん、買ってきました。肉は新鮮な生肉が売ってたからそっちを。これは冷蔵庫に入れとくね」

「いつもありがとう、お願いする。イチローくん、もし時間があるならお茶でも飲んでいかないか」

今日の仕事は、馴染みになったサイザワさんの買い物で終了だ。彼女は四日に一度の割合で食料や日用品の買い物をギルドに依頼しているが、現在は太郎がほとんど引き受けている。

買い物の依頼は、あまり実入りがないので人気がない。だけれども何時までという時間指定などもないので、他の仕事と一緒に引き受ければいいだけだと太郎は思っている。その流れのため大体サイザワさんの仕事は最後に回すことが多い。それで文句を言われたことはないし、こうしてお茶とお茶菓子をご馳走《ちそう》になることがよくある。サイザワさんの家で出されるお茶とお茶菓子は大変美味《おい》しいので、太郎にとってはご褒美のような時間だ。

「それじゃ、ご馳走になります」

サイザワさんは奥の部屋で何か作業をしているようだ。

勝手知ったる他人《ひと》の台所という感じで、太郎は買い物をしてきたものをトランクルームから取り出すと、仕分けして冷蔵庫や棚に入れていく。このごろは、トランクルームの扱い方にも慣れてきて、胸元の鍵に手をやらなくても出し入れができるようになってきていた。上達すると皆そうなると聞いていたこともあり、太郎もあまり鍵に手をやらなくなってきている。

サイザワさんは少し足が悪いということでいつも杖《つえ》を突いている。細身な体つきで荷物を持つのは辛《つら》そうだったので、見かねた太郎が手を貸したのがきっかけになり、こんな風に家に上がって荷物を仕舞うほど顔馴染みになった。

太郎はこの家で初めて冷蔵庫を見た。精肉店の肉は捌《さば》きたての新鮮なものは生でも売っていることもあるが、基本は塩漬けや干し肉、燻製にして売っている。だから冷蔵庫が存在することに驚いたのだが、サイザワさんは太郎の驚きを別の意味にとったようだ。

「ああ、これは冷蔵庫といってね。便利だよ。この箱の中は常に低い温度に保たれるように設計されたものなんだよ。場所によってはこういう魔導具も開発されているのさ。ここでは一般的ではないけれどね。私は仕事の伝手《つて》で手に入れたんだ」

ニッコリと笑って教えてくれた。

サイザワさんは行商人からはじめて、今は手広く流通関連の仕事をしているという。深紅の髪はいつもアップヘアにしてバレッタで止めている。服装は大体上品な作りの長袖のブラウスに踝《くるぶし》まであるガウチョを身につけていて、耳にはいつも小さな赤い石のピアスをつけている。

なかなかの美人である。だが、年上ということだけでなく元の世界の叔母と似た雰囲気があるせいか、太郎にとっては親戚の小母《おば》さんのような存在になっている。女性に年齢を聞くのは憚《はばか》られるので、尋ねたことはないため正確にはわからない。

(キャリアウーマンでガンガン稼いでた叔母さんと同じような雰囲気があるんだよな)

だから仕事はやり手なのだろうと思っている。いつもは穏やかな雰囲気のサイザワさんなのだが、ごく稀に威圧というか気迫というものを感じたりするのでなんとなく頭が上がらない。

それに部屋はキッチンと居間ぐらいしか入ったことはないが、部屋の家具などには、冷蔵庫のように普通の家ではあまり見られないものがある。洒落《しゃれ》た置き時計、大きな鏡などが目を引く。食器棚の扉は板ガラスだ。板ガラス、他の場所では見たことがない。

そうした身の回り品からかなり幅広く仕事を展開しているのではないかと予想できる。お金を持っているのは間違いないだろう。それに、話題が豊富だ。今まで色々な人と話をしてきたが、この国や他の国の情勢、魔導具のことなどにかなり詳しい。太郎が知らないとみると、解説付きで様々な話をしてくれることもある。

「このごろは、人と話す機会が少なくてね。それに君と話すと面白い」

そう言って、お茶に誘ってくれるようになった。時々、眼光鋭く観察されている気がするときが

ある。でも、何か探られている感じでもないので気のせいだと思いたい。

ポーターの仕事は中級以上への正規依頼になると、ものによってはそれなりの料金になる。だが、見習いの仕事は安めに設定されていて街の人たちの便利屋感が強い。それでは見習いの期間に生活ができないことにもなりかねないから、ギルドが支払いに対して多少上乗せしてくれている。だからそれなりの数をこなせば見習いでも生活はできるくらいに稼げるようになっている。

見習いの時期はキックボードのような魔導具、名称をアウトランというが、これも割安で貸与してもらえるなど優遇措置もあるのだ。

太郎は王家からもらった資金もあるので数をこなさなくてもそれなりに過ごせるが、そのお金には初日以外はほとんど手をつけないようにしてきた。真面目に仕事をこなしているので、なんとかなっているということもある。それに太郎にとっては、こうした小さな仕事を中心に数をこなしていくのも街の色々な人たちと顔馴染みになることで、多方面の噂話《うわさばなし》などが聞けて楽しいというのもある。

何度も買い物に出向けば、お店の人に顔を覚えてもらえる。お店の人から街での出来事などの話も拾えるというものだ。どこそこの旦那の浮気がばれて大喧嘩《おおげんか》になったとか、どうでもいい話もあるが。

太郎はここでは田舎者で物を知らないと思われている。だから顔見知りになった人は、様々な王都の常識なども教えてくれるのだ。たわいもない話の中で、自分が知らないこの国のものの見方や考え方なども学べている。早く王都を脱出したいと思いつつも、そうした情報収集だけでなくレベル上げも兼ねているので地道に仕事をこなしているのだ。

王都の道も随分と覚えて、今では地図がなくてもあちこちに回れるようになった。今は首に鈴がついている状態でもあるし、向こうから手を出してこないうちに見習いから初級になることを当面の目標としている。初級になれば近郊とはいえ王都の外に活動の場を広げられるからだ。

今日の仕事を終えて、ギルドに受注カードの半券を届けに向かった。

「はい。本日分の依頼達成を確認しました。今日の依頼料です。それから規定数の依頼をこなせましたので、今日の分をもって見習いから初級に昇格します。おめでとうございます」

受注カードとギルドカードを提出すると、受付嬢のマリアは太郎へそう告げた。

「ありがとうございます」

微笑むマリアを眺められてちょっと嬉《うれ》しい。

(マリアさんは今日も可愛いな)

太郎は、初級に変わった自分のギルドカードを見て満面の笑みを浮かべた。


自分のスキルを誰でも自分で確認できるわけではない。スキルを見るためには鑑定のスキルか魔導具が必要だ。神殿や探索ギルドに行けば魔導具があり、スキルとそのレベルを見ることが可能だそうだ。だが、神殿で見てもらうにはそれなりにお布施が必要だ。探索ギルドの場合はギルドに所属すると格安で見てもらえるという。どちらにせよお金がかかる。

自分のスキルを知らなくても、一般的な生活をする上で何も問題はない。多くの街や村に神殿があり、神殿では表向き学び舎《まなや》を開いて子供たちに文字と簡単な計算、それから初級魔法の使い方として生活魔法も教えていると聞いた。こちらもタダではなく多少はお布施がいるらしいが。

生活魔法は、魔力さえあれば使えるらしいし、魔力のない人というのはいないと言われているそうだ。生活魔法だけでなく、他の一般的な魔法もそこで教わるとか。

例えば収納と鑑定。スキルがあれば、やり方を教えてもらえば収納が使えるようになる。鑑定もそうやって試すことでスキル持ちを発見しているようだ。そういうこともあって、収納持ちが割と一般的なのかもしれない。わざわざスキルを確認しなくても、皆、一度は使えるかどうかを確かめてみているのだから。

それ以外の魔法も含めて、神殿の学び舎で才能が認められると魔法学校に推薦され、魔導師になる道が開けると言われている。

太郎は鑑定持ちなので自分で自分の状態を確認できるのだが、このごろは自分で鑑定しなくても、白金が告げてくれる。

「白金、ようやく初級に上がったぞ」

宿の部屋に戻って開口一番、白金に告げた。

「おめでとうございます。トランクルームもレベルが3に上がりました」

太郎は、宿屋に戻ってくるとすぐにトランクルームに入る。入り口は部屋のドアに向けて開けたままにしてある。誰かが宿の部屋に来てもすぐわかるようにしているのだ。

不思議なことにトランクルームのドアが開いていていても太郎と白金以外は外から覗けない。だから誰かが宿の部屋に入ってきても誰もいないようにしか見えないのだが（実際にその部屋には存在していないし）、逆にトランクルームからはドアを開けておけばドアから見える範囲について太郎たちは外を見ることができる。大変便利である。

「レベル3では、トランクルームの施設が増えてトランクルーム数が三になります」

「やったな。あとは何だ？」

白金が更新内容を告げてくれる。今のところトランクルームのレベルが上がってもトランクルーム自体が大きくなることはなく、トランクルーム数が増えるということがわかっている。

レベル2では、トランクルームは太郎の使っている部屋も含めて二部屋になった。そこで仕事では増えたトランクルームのみを利用することにした。そうした切り替えも自由なのだそうだ。おかげで滞在区がいつでも広く使えるようになり、快適に過ごせるように色々と整えている。

それよりも太郎が気になったのは、メインのトランクルーム設備の増加だ。レベル2になったときは付属設備として水洗トイレが増えた。出ていったものがどこに行くのかとか水がどこから来ているのかとかは知らないが、使っても減らないトイレットペーパーとともに都会暮らしだった太郎の魂を大きく揺さぶったと言っても過言ではない。

王都ということもあり、トイレ事情は周囲に比べればまだ良いと言われた。王都のトイレは壺《つぼ》ではなかったが、ボットン汲《く》み取り式だった。お金持ちであれば、もう少しなんとかなっているという噂だが、見たことはない。勿論、宿のトイレもボットン共同だ。溜《た》めておいたモノは、近郊地域の農家が買いに来るという。

（お江戸がそんなだったって話を聞いたことがあったな）

初めてボットン式に対面したときは、一旦《いったん》もよおしたモノが引いてしまった。それだけではない。ゴワゴワの硬めの紙も辛かった。地域によっては縄とかヘラとかもあると聞いて正直引いた。一時期はトイレ事情から、王都脱出は無理かもしれないとすら真剣に考えていたのだ。

この国は、建物や設備は日本で言えば江戸から明治だろうか。洋風なので近世ヨーロッパみたいなものだろうか。

洗濯は洗濯請負店があるため、そこに朝出して夕方の仕事帰りに引き取りに行っている。聞けば全部、人が手洗いをしてくれているとか。洗濯機というものはないらしい。そうはいっても水魔法などを使って自分で洗濯している人もいるらしい。だから洗濯機が発明されないのだろうか？

街の建物はレンガや石造りが中心で、馬車が通る大通りなどは石畳になっているが、馬車が通らない街中の路地は未《いま》だ土のままの道もある。それでいてプリペイドカードみたいなものはあるし、銀の短剣のようなＧＰＳ並みの探知機もある。魔法や魔導具みたいな反則技もあるので文化レベルについては一概には言えない気もする。だが生活の利便性で言うと、太郎にとっては不便さを感じるレベルだ。

それに便利な魔導具は日常品でもバカ高いので普通の生活をしていたら買えないから余計にそう思う。ポーターの仕事で使っているアウトランも個人で購入できるような値段ではない。ギルドのレンタルがなければ配送効率は落ちるだろう。因《ちな》みにこのアウトランは魔力《マナ》で動くので、魔力が詰まっている魔晶石がその燃料となっている。魔晶石を用意して、アウトランを借り仕事を受けるのが日課だ。太郎から見ると、この国での生活はえらくアンバランスだと感じる。

スキルを使うほどレベルが上がると白金に言われてポーターの仕事に勤しんでいるのだが、まさかトランクルームに設備が増設されるとは思ってもいなかった。しかも最初が水洗トイレの増設だったことで一気にテンションがあがったのはまだ記憶に新しい。ワクワクしながらレベル3の増設が何かと聞いた。

「レベル3では、お風呂です」

白金のその一言で太郎は歓喜の声を上げた。

「神様、仏様、トランクルーム様！　やった、風呂だ！」

宿屋には風呂の設備はない。寝る前にお湯をもらって体を拭く程度しかできない。

王都には公衆浴場があるので一度行ってみたが、基本はサウナだった。加えて併設してお相手を願えるお姉さまたちがいらっしゃる店もあった。それはいい、いいのだが病気などが心配になり一度目は我慢した。鑑定さんには大活躍をしてもらったのだが、安心は得られなかったからだ。この先、風呂屋に通って自分の欲望に負けない自信はまったくない。風呂には行きたい、お相手も願いたい、でも病気は嫌だ。

白金に聞くと治療法もあるにはあるらしいが、完治するとは限らないという。そうした心配が少ない良いお店はそれなりにお金がかかる。見習い如《ごと》きが行けるような場所ではない。話が大きくそれた。とにかく風呂に入れるということに太郎は歓喜した。

やっぱり湯船は最高だよなと、まずはひとつ風呂浴びる。トランクルームの数が増えた件など他の説明を聞くのは後回しにした。白金に少し呆《あき》れられた気がしたが、気にしない。風呂は大事《だいじ》だ。

「増加したトランクルームは貸し出しが可能になります。それに伴いトランクルームを貸し出すために支店を設置できます」

レベル3では支店を一店舗出せるようになり、場所は任意に設定できるという。レベルが上がれば支店数も増えるそうだ。また、支店間については太郎と白金はトランクルーム経由で移動が可能。店を構えてトランクルームを他人に貸し出しできるなんて、本物のトランクルーム会社のようなスキルだ。

「俺がいたところのトランクルームって部屋の広さがそれぞれ違ったりしたけど、一部屋につき貸し出しは一人だけなのかな」

太郎が尋ねると、白金が説明してくれる。

「この貸し出し用のトランクルームは分割が可能です。一部屋が一〇まで分割できます。貸し出す部屋の広さは、一〇分の一単位でマスターが指定できます。また、トランクルーム貸し出し用の鍵の作製、及び契約書類の作成ができるようになりました」

話を聞くとトランクルームはどれも太郎のトランクルームと同サイズだという。それならば最小で一畳分ぐらいの貸し出しが可能かと計算する。

しかし、このまま王都で貸し出し業をするのはまずいだろう。ただでさえサイズが特大、そんなものを貸し出しまでできるなんて知られたら、王城からお呼び出しがかかってしまう。初級にもなれたことだし、そろそろ王都から外に出たいと二人で話し合う。

「当面の目標は、王都から出ること。そして他の国へ逃げることだ。安心できる場所に行けるまではトランクルームの貸し出しは使わない」

「それがいいと思います」

問題があるとすれば、王都から出た太郎を王城が放っておいてくれるかどうかだ。


初級に上がって一〇日ばかりが経《た》った。マリアに勧められて引き受けた仕事は、相変わらず王都の中心部のものばかりで、近郊に出るような仕事は「まだ早い」と言われている。見習いの時から何くれとなくアドバイス等をしてくれるマリアの言葉は、それなりに尊重したい。

(マリアさん、可愛いし)

しかし太郎と同期の少年たちが、初級になったばかりで近郊の街へ仕事に出ているのを見ている。

(王都に慣れてからとか言われたけどな。俺は田舎者認定らしいし。でもな)

その少年たちも王都から離れた村から来たと言ってなかったか。下手に郊外の仕事をしたいと主張することで、目をつけられるのも嫌だと思っていたので口にはしていない。

その日の朝、初級の依頼を見てみると珍しく国境付近の街、ユセンへの荷運びの仕事がある。見習いの時から初級の仕事はそれとなくチェックしている。初級の依頼は、遠い場所だといっても王都に近接している街や村への仕事が中心のはずだ。これほど遠くに出張するような仕事は今まで見かけなかった。この国境付近のブリタニカ辺境伯の領都ユセンには温泉があるのだと、先日サイザワさんに聞いたばかりだ。駄目元でそのカードを持っていってみた。

「マリアさん、この仕事って私でも引き受けられますか」

「ああ、ユセンへの仕事ですか。そうですね、依頼を受けることはできますが、そこは国境付近の街なのでとても遠いですよ。馬車で一〇日ほどかかる場所です。初級に上がったばかりですから、あまりお勧めはできません。ある程度近場での移動などで慣れてからでないと」

マリアは難しいと顔をしかめた。

「そうですか、そんなに遠い場所なんですね、ここ。この前、ユセンには温泉があって、料理がすごく美味しかったという話を依頼人の方から聞いたんです。それで行ってみたいなと思ったんですけど」

彼女が渋っている様子を見ながら、太郎は考える。

(やっぱりか。俺を王都から出したくない理由があるのかな。何か外での仕事ができる方法を考えたほうがいいのかな)

温泉と食事につられたという言い訳で取り繕ったし、すぐ引いたので大丈夫だとは思うが。太郎は少し残念だと思いつつ、仕方がないと受注カードを戻すために受付から離れようとした。すると、後ろから声をかけられた。

「君、その仕事、引き受けてくれないか」

大柄で少し強面《こわもて》の男性が、太郎の肩をがっちり掴《つか》んできた。太郎が思わず腰が引けてしまったのは仕方がないだろう。

「アルディシア様、強要するのはおやめください」

慌ててマリアが声をかけてきた。

「強要ではないだろう。引き受けたいと言ってくれていたじゃないか。三週間前から依頼して、中級では受けてもらえなかったから初級にまで依頼を広げたんじゃないか。こちらは明日にでも出発したいんだ」

アルディシアと呼ばれた男性は、マリアに向かって強めの口調でまくし立てた。

「しかし、彼は初級になったばかりなんです。最初からあまり遠出するのはギルドとしては推奨できません」

そんなマリアの言い分にもその男は引かない。

「遠いといっても、一人で行ってくれというものではなく行きは私と一緒に行ってもらう。初級にまで依頼を広げた兼ね合いで、帰りだって乗り合い馬車を手配してその代金も出すと言ってるじゃないか。このまま、また一週間も待たされたら、期日に間に合わなくなってしまうんだ」

依頼者に強く出られたが、それでもマリアは言葉を続ける。

「そう仰られても困ります。彼は本当に初級になったばかりなんです」

「なったばかりだろうがなんだろうが、初級は初級だろう。収納スキルをもっているのだろう。可能かどうか確かめるだけでも問題ないだろう。荷物の量は梅レベルで足りるはずだし、私と一緒に行ってもらうのだから一人旅でもない。こちらが面倒を見させてもらうことにしている。帰りの馬車もきちんと手配する。それで問題はないと言われたぞ」

受付でマリアとアルディシアが言い合っているのを放っておくわけにもいかなかった。それにマリアに任せていては断られてしまいそうだ。太郎はこのチャンスは逃したくない。

「あの、その仕事は難しいのですか。仕事終わりに温泉に行けるかなぐらいの軽い気持ちで引き受けたいと思っただけなんですが。私はつい先日まで見習いでしたので複雑なことはできないと思います。それでもよければ、お話をお聞きします。このままだと他の人たちの迷惑になるので、場所を移しませんか」

やり合っていた二人が太郎の言葉でふと周りに目をやると、仕事の受付を早くしたいと来ているポーターたちや依頼人たちに遠巻きに見られている。マリアが躊躇《ためら》っている間に、アルディシアが動いた。

「そうだな、話だけでも聞いてくれ」

彼は太郎を連れてさっさと、ギルド内に併設されている喫茶室へと向かってしまった。

受付嬢のマリアは、喫茶室へ向かう二人を複雑な心境で眺めていた。彼女は、くっと唇を噛《か》み締める。こうなってしまっては彼女には為《な》す術《すべ》がない。

(失敗したわ。間が悪すぎるわよ。なんでアルディシア様がここに来てるのよ。問題になっている停滞案件だから、こちらもあまり強く出て断ることはできないし)

マリアは上司からイチローを王都の外に出さないように、彼の仕事は可能な限り王都中心部に限定させるようにと指示されているのだ。要するに王都の城門をくぐるような仕事は控えさせろということだ。

マリアはイチローが要監視の人物だということは割と初期から認識していた。彼がどうして監視付きになっているかまでは知らされていないが。彼が腰のベルトにつけているあの銀の短剣は国の監視付きを示しているし、商業ギルドにも簡便な手配書が上層部には回ってきているのも把握していた。銀の短剣の意味については、各ギルドの上層部や王城関係者、もしくはマリアのように対象者の専任になった者だけが知っている。

マリアから見たイチローは、王都の色々なことに戸惑ったりしている様子から、いかにも小さな村から出てきた人の良い呑気者《のんきもの》という風ではある。この五ヶ月はコツコツと真面目に仕事をこなしているし、依頼者からの評判も良い。本来ならば、もう少し早く見習いから初級に上がれたことだろう。引き受けて達成した件数も重要だが、本来ならば依頼者の評判によって昇級は前倒しになるのだ。それを押しとどめて、必要達成件数まで昇級させなかったのは、マリアの上司の采配だ。

(勘の良い人ならば、周りの子たちの昇級を見ていればわかる人もいるのよね)

太郎は人を疑わない素直な性格なのか、マリアのアドバイスという名の誘導にもちゃんと乗ってくれているので彼女にとっては扱いやすい印象もある。

そのせいで時々忘れてしまいそうになるが、イチローが監視付きであることに変わりはなく、マリアには彼の動向について定期的に王城へ報告することが義務付けられている。当然、そのための報告書は彼女が残業して作成しているのだ。

喫茶室へ入られてしまったので、彼らがどのような会話をしているのかは彼女にはわからない。監視を担っているといっても自分の受付の仕事を放って様子を見に行くわけにもいかない。

（でも、収納できない可能性は高いはずよね。今までの仕事の内容からみてもイチローさんの収納の能力はそれほど高いとも思えないし。ああでも、今までの人たちよりは大きいかしら。掲示されてるサイズで考えれば、前の人たちにも可能だった人もいたと思うけど。なぜ駄目だったのか、よくわかっていないのよね。収納魔力量とかでも駄目だったりするし、そちらかしら。サイズ的には問題なさそうなのよね。どうだろ）

マリアは、前に上司からイチローの収納容量を確認しろと指示され、適当な言い訳をしてわりと大きめの容量がいるような仕事を頼もうとしたことがある。

「少し、大きめのサイズのものも試すのにいい機会です」

とかなんとか言って。結局、収納できなかったとしてその仕事は断られた。そのことから、彼の収納容量は梅レベルだと報告した。

物思いにふけったようにふっと溜息《ためいき》をついたマリアは、仕事の受付に来ているポーターがちょっとドギマギしていることに気がつかない。彼女は受付嬢の中でも人気なのだ。次々と仕事をこなしているマリアの頭の中が、イチローへの愚痴でいっぱいになっているなど誰も思っていない。

（人の良さそうな田舎者っていう感じだけど、なんで王城からの監視がついてるのかしらねえ。このまま今回の依頼をイチローさんが引き受けることになったら、私の評価は減点かな。それは嫌だな）

それでも、マリアは表面上にこやかに笑って受付受領の書類を目の前のポーターに渡す。今の時間帯は依頼の受領だけなので、考えなくてもサクサク仕事が進む。

（それに、今回の報告書、どう書こう。今日も残業だわ。やっぱり、容量が足りないといいな。それにしても、どこでユセンの話を聞いてきて興味を持ったのかしら。まったく、余計なことに興味持つんじゃないわよ、田舎者）

そんなことを思いつつ、イチローがアルディシアの依頼の条件を満たさないことを願っていた。しかしそんなマリアの願い虚《むな》しく、イチローは辺境伯領までの仕事を引き受けることとなった。アルディシアが急ぎ運搬したい品――『女神像』が収納できたのだ。

王城にて 一

王城の一角では太郎《たろう》の動向について情報を収集していた。収納持ちは特大サイズでなくてもそれなりの大きさがあれば有用である。奴隷契約でなくても、こちらの意のままに望む仕事をしてもらうことは神殿契約書を使えばある程度簡単にできる。

この五ヶ月の働きぶりについての報告書が上がってきたが、残念ながらサイズに関してそれほど期待はできないようだと報告されていた。今のところ、特に気になるような事柄はほとんど報告されていない。ポーターとしての仕事ぶりから、トランクルームというスキルはやはり収納と同系列のスキルとみなしてよさそうだという結論に至った。

「それでは、彼《か》の者の神殿契約書への追加は当初の予定通り国外逃亡の阻止、我が国の王族、もしくは王に任命された者からの命令については絶対服従するという事項の付け加えでいいな」

速やかに神殿契約書に項目が付け加えられる。太郎が他国へ逃亡した場合、このスフェノファ王国が再び勇者召喚をしたという情報が漏れる可能性がある。それは今のところ是が非でも阻止しなければならない。それに、と指示した宰相は呟《つぶや》く。

「あの忌々《いまいま》しい魔族どもにこれ以上異世界人を奪われるわけにはいかない」

たとえ太郎自身が告白しなかったとしても、彼のステイタスを鑑定すれば『巻き込まれた異世界人』と出てしまう。鑑定持ちや魔導具を使って彼をチェックすれば、容易にわかりうることだ。

それに異世界人ということは、この国にとって有益な情報や技術を提示できる可能性がある。文化の差異に基づく違いによって新しい発想も生まれることはすでに知られていた。だが、そうした有益な情報や技術は召喚側である国が搾取すべき事項であると彼らは考えている。

「生活がもう少し落ち着けば、生活の利便性を高める行動や物品の作成などをはじめるかもしれない。よく監視しておくように」

宰相たちの元には、今回召喚した勇者たちの様々な要求などが上げられている。それを見れば、彼らがいたのは魔法がない世界のようだが自分たちよりも便利で快適な生活をしていたのがうかがわれる。だが、残念なことに勇者たちには元の世界ではこういうものがあるという知識などはあるものの、それを再現できる技術や知識は持っていないようだった。

色々と聞き出したりしたのだが勇者たちの持っている知識はかなり半端なものが多い。例えば水洗トイレというものを利用していたようだが、その機構や下水道などの設備がどうなっていたのかについてはまったく知らなかった。宰相たちにとっては実に残念なことであった。特にその話については、それを聞いた王妃様が特に残念がったのだが。

しかし、勇者たちにはそれよりも、今は我々の本願である魔王を打ち倒すほうに邁進《まいしん》してほしいので問題はない。

城下に下ったあの男。神殿契約に書かれた名前が読めなかったため、勇者に読ませた。彼の名前は「ヤマグチイチロー」というらしい。商業ギルドからの報告でも「イチロー」と名乗っているそうなので、問題はないと判断されている。

今までの異世界人、被召喚者だけでなく迷い人の事例を鑑みれば、人によって当たり外れが大きいことが判明している。固有スキルが一つしかない無能そうな男だったため城下に下した。

王城で飼うにしても金はかかるからだ。城下に下して、使えないならそのまま自分自身で糊口《ここう》をしのげばいいし、使えるようならば上手《うま》く利用すればいい。城を出るのは本人も希望したことだ。

それでも監視をつけたのは、「イチロー」の有用性を把握するためでもある。

彼が何らかの技術や知識を持ち、自分の生活を良くするために再現しようと行動したときにすぐに対応できるようにするためであった。異世界人については、そうした技術や知識などの有無は鑑定では測れない。国側からすれば今のところは期待せずに監視し、使えるようならば手を打てばいいと考えられているのだ。

平民と同じ生活を送るだけでも、その生活のギャップで何らかの行動を起こすことを促進できる可能性もある。だが、未《いま》だ彼の周囲でとりたてて変わったことなどは認識されていなかった。王都の庶民の暮らしに馴染《なじ》んでいるようだ。

「勇者たちよりも身分の低い出だったのであろうか」

ギルドでの仕事は真面目だが平凡だという。今のところ、あまり期待できる者ではなさそうなので、とりあえずは王都の商業ギルドで飼い殺しになっていてくれれば問題はないだろうとの判断が下されている。

そこへイチローがブリタニカ辺境伯領までの仕事を引き受けたとの情報が入った。

ブリタニカ辺境伯は中立派ではあるが癖の強い人物であり、今の時点では勇者召喚については知られたくない人物の一人でもあった。ハズレかもしれないが、イチローをあの面倒で堅物の辺境伯に確保させるわけにもいかない。

それを受けて神殿契約はすぐに成された。署名が異世界の文字での契約のため、契約不履行になることも懸念されたが、問題なく締結された。また王城側は辺境伯領にいる間諜《かんちょう》に連絡をとり動向を報告するように命《めい》を下した。ブリタニカ辺境伯に囲われるようならば、場合によっては始末してもいいとも伝えてある。

ブリタニカ辺境伯領からの報告も当初は特筆すべきことは見当たらないということであった。また、順調にブリタニカ辺境伯領から王都への帰途についたことも報告された。

だが、その後にもたらされた情報で、王城ではイチローの扱いを変えることが検討されることになる。

第三話　女神像を運ぶお仕事

喫茶室で改めて太郎《たろう》とアルディシアは自己紹介をした。

「私はイチローといいます。五ヶ月前にポーターになって、一〇日ほど前に初級に上がりました」

よろしくお願いしますと、太郎は頭を深々と下げた。

「私はブリタニカ辺境伯の領地で商会を営むアルディシアという。辺境伯がこのたび新しい神殿を建設し、女神像を王都の彫刻師に依頼したのだ。その女神像は繊細な造りになっていてな。普通の運搬方法ではまず運ぶことはできない。それで収納ボックスを用意していたのだが」

アルディシア氏はブリタニカ辺境伯の領地にある商会の商会長で、今回王都での買い付けとともに女神像の運搬を頼まれたのだそうだ。もともと依頼されていた人物は別だったのだが、色々と不都合があって彼に話が回ってきたのだという。そのため女神像がどのようなものなのか上手《うま》く伝達されず、魔力を帯びる女神像だと知ったのは現物を見たときだという。講習会でも説明があったが、強い魔力を帯びたものは収納ボックスでは運べない。

(わあ、迷惑な彫刻だな)

説明を聞いた太郎は、思わず心の中で呟《つぶや》いた。

そのため急遽《きゅうきょ》王都でポーターを雇わなければならなくなったのだ。通常であれば、何も問題はなかっただろう。だが、如何《いかん》せん時期が悪かった。今は小麦の収穫と移送の関係で中級ポーターの多くが、そちらの仕事に取られていたのだ。

農作物の運搬は高価な収納ボックスよりもポーターを雇ったほうが安上がりだとされていて、ポーターにとっても稼ぎどきであった。基本的に収納スキル持ちは、収納したいものに触れさえすれば収納できるようになる。レベルが上がればそうした技術向上があるのだ。収納したものを出すときも、置きたい場所に触れることでそこへ設置できる。それが農作物を運ぶには大変便利なのだ。

例えば、小麦は脱穀してから筵《むしろ》などの上で天日干しされる。ポーターは筵に手を置くだけで自分が収納できる分量を一遍に収納できるのだ。しかも、筵と小麦を別々に出すこともできる。下手に収納ボックスを購入するよりも、毎年ポーターを雇ったほうが効率的なのだ。

それでも例年ならばなんとかなったかもしれないが、今年は豊作で他の作物の収穫とも重なり、王都ではポーターが、特に大きな荷物を収納できる者が出払っていた。

女神像はどうしてもポーター以外が運べないものなので、どうにかならないかと交渉を続けてきたのだという。女神像の大きさはそれほどでもない。梅レベルで十分だろうとして、小麦の収穫には呼ばれなかった小さな収納持ちならばと、何人か紹介してもらったのだが、なぜか誰も持ち運びができなかったらしい。

そのため、帰りの馬車の手配まですることなどを条件として加えて初級にまで広げたのだという。

「私の収納サイズも梅ですけど。とりあえず試してみましょう」

という話になって、女神像のある場所へ向かうことになった。

案内されたのは、王都の外れにある大きな工房だった。それはクリスタルの輝きを持つ女神を中心とした彫刻で、足元から水が溢《あふ》れているように見えるが、これもすべて彫刻だという。本当に水が今にも流れ出しそうだ。

（いや、この周囲の水飛沫《みずしぶき》、浮いてるように見えるんだが、どうなってるんだろう。触ったらまずいよな。さすが異世界仕様）

確かにこの繊細な造りは少しでも負担がかかれば壊れてしまいそうに見える。いや、ちょっと移動させただけでも水滴の部分なんて外れてしまいそうに感じる。話を聞くと、やたらに動かすとやはりアウトらしい。なるほどこんなにも複雑怪奇なものであれば収納持ちが直接入れて運び出し、神殿で設置までする必要があるはずだと納得をした。

（こんなもの、どうやって造ったんだ？）

こうしたポーターしか運ぶことができないという彫像は、最高傑作の部類になるという話だ。女神像のサイズとしては確かにそれほど大きなものではない。一五〇センチメートルぐらいの高さだ。一般的な梅サイズであれば十分入るように思える。

「では、失礼します」

一声かけて、収納を試みた。するんと女神像は太郎のトランクルームに無事に収納できた。それを見たアルディシア氏が驚喜したのは当然のことだろう。

「イチローさん、よろしく頼む。おかげで、間に合いそうだ。ああ、本当に、本当によかった」

今までの人よりも少しイチローの収納能力の方が高いのかな、本人を含めて周囲はそのぐらいの認識だったのだ、その時は。

「明日、出発したいが大丈夫だろうか。君に個人で準備してほしいものはココに書き出した。場合によっては食料なども自分持ちなのだが、今回は急な依頼ということもあるし、こちらで用意するので心配しなくていい。往復ともに私の方で十分フォローするので安心してほしい」

「ありがとうございます。それでは明日、出発時間前にここに来ますのでよろしくお願します」

一旦《いったん》、女神像は元に戻し、明日もう一度収納して出発することになった。

一〇日ほどかかるという辺境伯領への旅程は、途中何度か野営をするらしい。そのため野営できる個人装備の準備が必要だと、必要なものを書いてくれていた。その代金も持つとまで言われたが、さすがにそれは断った。破格の申し出をしてきたのは、多分女神像が収納できたことで興奮しているからだろう。後になって頭が冷めてから後悔するかもしれない。そうなるとどちらも居心地が悪いだろう。それに今後、必要になるだろうから自分で購入することにしたのだ。

寝るための防寒具としてのマントや個人用の食器などを帰りがけに見ていくことにする。ユセンで宿屋に泊まる場合でも基本はゴロ寝のようなので、下に敷くマットみたいなものがあるといいなと太郎は道具屋などを見て回った。

(トランクルームで使っている元の世界のものを、他人のいるところで使うのはヤバいよな)

だから全部、この機会に揃《そろ》えることにしたのだ。購入した荷物はトランクルームに入れることなく大きめの背負いカバンを買ってそこにまとめた。荷物は馬車でも運んでもらえるという話だし、女神像がギリギリ入って他は無理だ、という形にしたかったせいもある。

とにかく収納量が多いとして目をつけられないためだ。入れられなかった人がいたのだから、そのくらいはしたほうがよいだろうと判断したのだ。

（こうした小さなことって、案外馬鹿にならないからな）

どんなときもできる手は打っておきたい太郎であった。

食事も向こう持ちとは言われたが、何かあったときの予備にとドライフルーツや堅く焼き締めたビスコッティ、干し肉などを買っておく。

商隊は馬車二台分で、護衛が六人と小規模なものだ。馬はゴーレム馬で護衛の四人が馬に乗り、二台の馬車のそれぞれ横につけている。太郎はゴーレム馬を初めて見た。最初に乗った馬車は、生きている普通の馬だったし、街中で見かけるのもそうだったからだ。

「街中は普通の馬でも十分だけど、長距離の移動はゴーレム馬が多いよ。それにゴーレム馬って、高いんだぜ。ゴーレム馬を持っているかどうかで商会の規模もわかるってもんよ」

ゴーレム馬を見て驚いている太郎に、少し自慢げに御者の人が教えてくれた。

商人にとってゴーレム馬の所持はステイタスのようだ。どうやら思っていた以上にアルディシア氏の商会は大きなところなのかもしれないと思った。

馬車一台は荷物用のものだそうだ。残りの一台はアルディシア氏だけでなく、太郎と護衛の二名が一緒に乗るという。馬車は広めな造りで、男四人が乗ってもゆったりしているから快適ですと言われた。

「女神像を運んでもらうイチローさんは、私と一緒にいてもらいます。よろしくお願いしますね」

盗まれると思っているわけでもないだろうが、女神像の運び人を目の端に入れておきたいのかもしれない。

雇い主と一緒の馬車の中で、最初は緊張した太郎だったが、アルディシア氏は気さくで、護衛の人とも仲が良く、馬車内は良い雰囲気だ。護衛の人たちは休憩ごとに替わっていき、最初は借りてきた猫状態だった太郎も段々と皆とも打ち解けていった。

馬車の乗り心地は良かった。サスペンションが良いこともあるが、座席のクッション性も良いからだろう。加えて思った以上に街道がよく整備されていることもあるのかもしれない。馬車がすれ違ってもまだ余裕があるほどの道幅が、ずっと続いている。また、太郎はもともと乗り物酔いをしない質《たち》なので具合が悪くなることもなく、快適な旅となっている。護衛はいるものの、この街道沿いは安全性が高いと言われていた通り、問題なく過ぎていく。

明日には辺境伯領に着くと言われた晩は、街道沿いの野営地で過ごすこととなった。この場所は街から半端な距離なので街道脇に野営できる場所を整備してあるのだという。そこには、隣接する森林から魔物や獣が襲ってこないように、野営地の四方に結界石が置かれていた。


「いやあ、思ったよりも順調に進んだなあ」

護衛の一人が馬車から降りて腰を伸ばしている。その隣で太郎も背伸びをしている。まだ日は落ちていないので、周囲が見渡せたため、この野営地から街道が二手に分かれているのが見て取れた。

「この二本の街道はどちらも辺境伯領へ続くんですか？」

太郎は野営地から見える道を指して聞いてみる。

「いや、片方だけだよ。今まで来た道を道なりに行く街道は辺境伯領に続いている。あとあっちの曲がる道は山を大きく迂回《うかい》して隣国へと続いてるんだ。隣国とは同盟関係を結んでいて、辺境伯領では色々と交易をしているからね。あの道も割と整備されてるぜ。辺境伯様は領地にとっては交通網が重要だからと、整備を徹底しているんだ」

自分たちが来た道と明日行く道を指さしながら説明してくれた。

「では、ユセンは王都では見られないような隣国産の珍しいものも売っているんですかね。お土産、買っていこうかな。辺境伯領では温泉と美味《おい》しい料理が楽しみなのだけれど、珍しい品物とか見つけられたらいいなあ」

「お、彼女へのお土産か」

ニヤニヤしながら突っ込んでくる。

「違いますよ、お得意さんのおばちゃんとかギルドのお世話になっている受付さんとかですよ。彼女がいるほど甲斐性《かいしょう》はないです」

もう一人の護衛も近づいてきて話に参加してきた。

「受付嬢は、可愛《かわい》いんだろ。聞いてるぞ、商業ギルドの受付嬢はなかなか美人揃いだって」

「残念でした。まったく相手にされてません」

太郎は肩をすくめて護衛の人たちと笑いながら、手際よく野営の準備をしていく。太郎も色々と教わって、少しは手際が良くなったと思いたいところだ。

短いとはいえ旅の間で、護衛の人たちとも色々な話を聞いて随分と仲良くなった。雑談などをしてわかったことだが、今回の護衛の人たちは商会に直接雇われているわけではなく、辺境伯領の傭《よう》兵《へい》ギルドに所属しており依頼として同行しているのだという。今回が初めてというわけではなく、前々からアルディシア商会の依頼を受けていて半ば専属的な扱いにはなっているらしい。それで、アルディシア氏とも親しかったのだろう。

傭兵ギルドは護衛や警護など人相手に対応する仕事を扱っていると教えてくれた。基本は対人対策の護衛ではあるが、彼らもこの辺の街道筋に出現するぐらいの魔物であれば対応できるという。

街道が幅広く造られている理由の一つは、そうすると森の中に生息している魔物が出現しにくくなることがわかっているからだそうだ。だから、街道沿いは傭兵でも十分護衛になるのだと。だが森の奥にいるような凶暴な魔物の相手をするのは、探索者や狩人の役割らしい。探索ギルドに所属していてダンジョンを中心に仕事をしているのが探索者、森などの魔獣や獣を相手にしているのを狩人というのだということも教えてくれた。

辺境伯領や王都に近い場所などは比較的安全だが、場所によっては魔の森と呼ばれるぐらい魔物たちが跋扈《ばっこ》する地域もあるので、気をつけたほうがいいとも言われた。

「私、腕っ節はからきしでして。それにポーターですしね。あんまり魔の森とかダンジョンとかに行く機会はない気はします」

「いや、中には騙《だま》されてダンジョンで荷運びさせられる場合もあるらしいから、気をつけたほうがいいぞ。お前さんは少しぼうっとしているところがあるから、そういうのに引っかかるなよ」

商業ギルドの講習会で聞いた話は、どうやら嘘《うそ》ではないようだ。物騒な依頼もあるらしい。極力商業ギルド以外の依頼は受けないことにしたほうがいいかもしれないと太郎は改めて思った。

一通りの準備が終わった頃、馬車から降りてきたアルディシア氏は、その足で太郎の元にやってきて、

「イチローさん。明日は、昼過ぎには領都に着きます。そのまま神殿に直《じか》に向かいます。そこで女神像を設置してもらうことになりますので、よろしく頼みますね」

と告げてきた。そう言った彼の顔色が心持ち悪い気がする。馬車から降りてきたときは、通信機を使って商会と連絡をとっていたはずだ。この世界に携帯電話みたいなものはないらしいが、魔導具で特定の相手と簡単なやり取りはできるらしい。何かあったのかと太郎は訝《いぶか》しんだが、余計なことに首を突っ込む気はない。

翌日早くに発《た》ち、昼過ぎに領都ユセンに着く。そのままの足で神殿へと向かうことに。荷物を積んだ一台の馬車と護衛の人たちはそのままアルディシア商会へと向かったために城門で別れた。

「じゃあな、イチローさん。縁があったらまた会おうな」

護衛の人たちとの別れを少しだけ淋《さび》しく感じる。そのまま、アルディシア氏と太郎が乗った馬車は、神殿へと向かっていく。

「これから行く神殿は、新たに建てられたものでして。白く美しい建物ですよ」

その言葉通り、大理石のような石材で造られた白亜の巨大な建物だ。高さにして四〇メートルはあるだろうか。その壮大な建物の入り口付近に馬車が止まった。

アルディシア氏に促されて太郎は馬車から降りる。馬車は二人を降ろすと馬車置き場へ移動していった。自分の目の前に立つ荘厳なその佇《たたず》まいに太郎は圧倒されてしまった。見入っている太郎を余所《よそ》に、待ちかねたように二人に駆け寄ってきた人物がいた。

「ブリタニカ辺境伯様」

アルディシア氏は駆け寄ってきた人物に深々と頭を下げた。その声で太郎は近寄ってきた人物に気がついた。かなり大柄な体格で筋肉の塊のような肉体に、仕立ての良い服を着ている。

「この度は女神像のお届けがギリギリになってしまい、誠に申し訳ありませんでした」

太郎も慌てて頭を下げた。

「いや、アルディシアよ。頭を上げてくれ。こちらこそお主には手数をかけさせた。色々と行き違いがあり、お主に女神像の正しい情報を届けられなかったのはこちらの不手際だ。そのせいでえらく苦労しただろう」

二人のやり取りをそばで見ながら、太郎の頭の中はプチパニックを起こしていた。

(辺境伯、お貴族様、どうする？　どうやって対応すればいいんだろう。下手《へた》を打ったら不敬罪？)

太郎は王城で会った偉そうな貴族しか知らない。とにかくアルディシア氏よりも下手《したて》に出て様子を見ようと様子をうかがう。

「それで、女神像は」

アルディシアが後ろを振り向き辺境伯に太郎を紹介した。

「えっと、田舎者でして、その、不調法がありましたらどうかお許しください」

そう言って、再び太郎は頭を下げる。

「そう硬くならなくていい。正式な場所でもないからな。私は多少の不調法は気にしないぞ。それよりも到着したばかりで申し訳ないが、さっそく女神像を設置してもらいたい。女神像の固定結界を張らせる者もすでに待機してもらっている」

少々気ぜわしく、神殿の入り口から中に入っていった。神殿の奥には、神官と思《おぼ》しき人たちが待ち構えていた。中央には台座がある。高さは二メートルほどだろうか。台座のそばには女神像を置くための足場としての踏み台もすでに用意されていた。あとは太郎が女神像を置くだけになっているようだ。見上げると女神像の台座の真上部分には天井がなく、大きく丸い穴が開いている。

「よろしく頼みます」

アルディシアに促されて太郎は踏み台の階段を上り、トランクルームから女神像を取り出し台座の上に置いた。胸の鍵を久々にギュッと握りしめたのは緊張のせいだろう。傍目《はため》には、太郎が手を台に置いたら女神像が現れたように見えたのではなかろうか。

太郎が階段を下りると踏み台が動かされ、神官たちに交じっていた金色の瞳と髪色の女性がついと台座の前に進み出てきた。女神像の正面に膝をつき、祈りを捧《ささ》げる。すると一瞬だけ虹色に女神像が輝き、微《かす》かに水の香りが辺りを包む。空気が一瞬で入れ替わったかのようだ。金色の女性は辺境伯に向かい微笑《ほほえ》んで頷《うなず》く。神官たちも嬉《うれ》しげにざわめいていたことから、どうやら女神像の安置は上手くいったようだ。

「それではこれで、失礼します」

女神像を無事届けられたので、太郎はこの街の商業ギルドに行くことになっている。仕事の完了を連絡するためだ。ギルドまではアルディシア氏が馬車で送ってくれるという。

「辺境伯様と神殿にいなくて、いいんですか」

と太郎は聞いてみる。

「辺境伯様とは後日、話をすることになっています。大丈夫ですよ。それに、これでようやく肩の荷が下りました。イチローさんには本当に感謝しています」

アルディシア氏は殊《こと》の外嬉《ほか》しそうだ。馬車の中で彼は今回のことについて色々と話をしていく。

辺境伯は長年、辺境伯領に結界を張れないか検討をしていたらしい。安全とは言われても近くに魔の森があり、稀《まれ》に森の奥の魔物が迷い出ることもあるらしい。そのために領都周辺に五つの神殿を造り、領域の境界部に結界石を設置したそうだ。

各神殿に神像を祀《まつ》り、日を読み最も地力が高まるときに結界を張る準備を整えてきたのだという。今回の女神像はその要《かなめ》になる中央神殿の像であったのだと教えてくれた。

「他の神殿もすべて無事に神像が置かれたそうです。これで辺境伯領に結界を張ることができます。この一〇日後に結界を張るための儀式が行われることになっております。それに合わせて六日後から祭りを行うことにもなっていたのです」

アルディシア氏は、胸を撫《な》で下ろしたような雰囲気だ。

「結界を張るために調整された日程だったため、どうしてもその前に女神像を届けなければならなかったんです。女神像を制作できる彫刻師を見つけるのに手間取り、女神像の制作時間が思いの外かかったこともあってギリギリの日程になってしまいました。しかも今回、色々と情報が錯綜《さくそう》していて一歩間違えばあの女神像の到着が間に合わなかったかもしれません」

一気に言うとほうっと一息つく。

「要となる中央の女神像を自分が運んでいたのだと知ったのが、実は昨日でした。本当にあなたが引き受けてくれていなかったらと思うとゾッとします。あなたのおかげで助かりました」

深々と頭を下げられて御礼を言われ、どう返していいのかよくわからなかったので、太郎は慌ててしまう。

「いえ、あの、私もお役に立てて嬉しいです。それに話に聞いていたユセンの街にも来られましたし。私にも良いことはありましたので。ですから、あの、顔を上げていただけませんか。意義のある仕事を任されて、私も大変嬉しく思います」

そう、この旅は太郎にも大きなメリットがあったのだから。

太郎は商業ギルドで降ろしてもらった。その際に、アルディシア氏から宿への紹介状を手渡される。

「帰りの馬車の手配をしますので、明日か明後日《あさって》に私の店に来てください。宿の方で聞けば、店までの道を教えてくれるはずです」

そう言われた。

「それでは、明日の昼過ぎにお伺いします」

そう約束をして別れた。商業ギルドでは依頼完了の手続きはすぐに済んだので、ぜひともここに宿泊をしてくれと言われた宿屋へと向かった。紹介状だけでなく地図ももらっていたので、それを見ながら宿にたどり着いたのだが。それは、どう見ても一般人が気軽に泊まるような宿屋とは思えなかった。ホテルという佇まいではないが、いかにも高級旅館という趣がある。アルディシアは温泉に入りたいと言っていた太郎の言葉を覚えていて、高級温泉宿を紹介したのだ。

(俺、こんな格好で入っていいの?)

と思いはしたものの、紹介状があるので入っていく。

旅館のフロント——それとも帳場だろうか——の受付の人は、最初は太郎の姿に戸惑ったようだが、紹介状が提示されたことで雰囲気が柔らかくなった。しかもアルディシアの紹介ということで格安の値段を提示された。宿代まで出す義務は依頼者にはない。だから、割引価格にしてくれるよう手配してくれたのだろう。

太郎は、今までの人生でも終《つい》ぞ宿泊したことのない上質な部屋に案内された。

「アルディシアさん、本当に困ってたんだな。なんかお役に立ててよかったな」

風呂は部屋にも付いていて外が眺められるようになっていた。

「ほら、白金《しろがね》も一緒に入ろうぜ。温泉は身体にいいんだぞ」

他の人がいないことから、白金をトランクルームから呼びよせた。白金は温泉だからといって喜ぶこともなかったが、太郎が喜んでいるので何か意味があるとは思ったようだ。

「なるほど。このような成分でこのような効能があると。ふむ」

お湯を手のひらですくって見つめながら、何か情報解析でもしているのだろうか。

「お前さあ、温泉だぞ。もっと楽しめよ」

久々の広い湯船でご機嫌な太郎が少し苦笑いで言う。

「体に良い効能があると、楽しいのですか？」

と聞かれてしまった。

「いや、う～んと。いつもと違ったシチュエーションだろ。一仕事終えて開放感にひたって、広い湯船を貸し切りでゆったり気分だろ。そういった雰囲気を楽しむんだ」

「雰囲気を楽しむ、ですか」

そんなやり取りをしながら、その日の晩は温泉を満喫しながらのんびりと過ごした。加えるならば、出てきた料理も美味だった。


翌日、アルディシア商会へ行くと店は大忙しのようだ。今まで主《あるじ》が不在だったためかもしれない。しばらく応接室で待たされたが、美味しいお茶とお菓子が用意されていたので、それを楽しんでいて気にもならなかった。

「お待たせしました。ちょっと取り込んでいまして申し訳ありません」

部屋に入ってきたアルディシア氏は軽く太郎に頭を下げる。それから五日後の乗り合い馬車が取れたので、と切符を渡してくれる。

「本来ならば、祭りも見ていっていただきたいところですが、イチローさんも都合があると思いますし、ギルドでそういう手配になっていましたので。もし、もう少し滞在できるのでしたら、いくらでも変更はききます」

「いえ、お忙しい中こちらこそすみません。ありがとうございます。あの、こう言っては何ですが、もし私でお役に立てそうな仕事があるのでしたら、ここにいる間ですがお引き受けします」

さっき、店の人のやり取りがちょっと耳に入ってしまったため、気になって口にしてしまった。

アルディシア氏はその申し出を受けて、少し考える。

「図々《ずうずう》しいようですが、よろしいのですか。私が店の収納ボックスを持って出てしまっていたので、少々滞っているものがありまして。大変ありがたいお申し出です」

深々と頭を下げられて、慌ててしまった太郎である。

「いえいえ。仕事をもらえるならば、私としても大変ありがたいです」

太郎もそう言って頭を下げる。

そんなこんなで、太郎は仕事を三日間ほど引き受けることになった。お祭り前の賑《にぎ》やかな雰囲気のユセンの街で、仕事を引き受けてはいるものの太郎の気分もいつもとは違ってなんだか軽くなっている。ユセンの街は王都よりも道が整備され舗装の剥《は》がれもなく、道に捨てられたゴミもなく綺《き》麗《れい》だ。街の区画も碁盤の目のようになっていてわかりやすい。移動用に借りたアウトランも最新型らしくかなり性能が良く、速やかにスムーズに進む。

ちょっと覗《のぞ》いた魔導具を扱っているお店は、物にもよるが王都のものよりも安そうだ。最後の日は色々とお店を回って、王都にはないお土産をいくつか購入した。

(王都よりもこっちの方が生活しやすそうな気がするな。でも、スフェノファ国内だからな)

そうして、観光しながらちょっとお仕事という、ユセンで過ごす太郎の数日はあっという間に過ぎ去った。


太郎が乗り合い馬車に乗ってユセンの街を出てから五日後、彼が運んだ女神像を中心として辺境伯領に結界が張られた。祭りのメインイベントだ。

聖女の歌声と共に中央の女神像は虹色に大きく輝き、その存在感を示した。太郎の運んだ女神像は、特殊な神像であったのだ。アルディシア氏の話のように辺境伯領は森林や隣国と面していることを理由として、防衛手段の一つとしてかねてから結界を張ることを画策していた。場所によっては魔の森の近くに接する部分もあるからだ。だから名目上は魔物から領地を守護する結界のための神殿と神像であった。

この結界を張るための神像は、発注されたときにどの像が中心の像になるのかを秘匿させていた。その像が結界の要になるからである。

要の女神像の情報を秘匿させたのは、自国の王が陰で妨害する可能性を考慮したためでもあった。だが、それが今回のような連絡の不手際につながったと辺境伯側では考えていた。それによって最も重要な女神像が危うく期日に間に合わないところであったとは。もし、この日に間に合わなければまた日を読み直し、場所を見直すことにもなる。そうなれば再び長い年月をかけなければならなかっただろう。

情報が錯綜してしまったのは、確かに外部から何らかの工作があったのかもしれない。だが、それによって太郎が辺境伯領まで行けたのも確かだった。

✵　✵　✵

「お久しぶりです。戻ってきました。それからこれ、ユセンから王都へ荷物を運ぶ仕事があったんで引き受けてきました。仕事の伝票です」

太郎が王都を離れてひと月近くが経《た》っている。彼が受付のマリア嬢のところに顔を見せたのは、昼過ぎだったためギルド内は閑散としていた。太郎自身は朝方には王都に着いていたのだが、向こうからただ帰ってくるのはもったいないと辺境伯領の商業ギルドに寄って王都に配送する荷物の仕事を引き受けていて、その荷物の受け渡しやら昼飯やらでこんな時間となった。

「いつ、戻ったんですか」

マリアが前のめりに詰め寄ってきたので、太郎は少し腰が引けながらも答える。

「今朝です。荷渡ししてたんでギルドに来るのは遅くなりましたが」

と、書類を差し出す。

往復で二〇日弱、辺境伯領には五日ほどの滞在。アルディシアの紹介で割安で泊まれた高級温泉宿で朝な夕なの美味しい食事、温泉も十二分に満喫した。追加の仕事も色をつけてもらえたので懐も大変温かくなり、太郎はホクホクである。肌艶も良かったかもしれない。それに王都とは違った雰囲気の辺境伯領を、仕事ではあったがあちこち回れて楽しめた。帰りは祭りが開かれることもあり、辺境伯領を出立する乗り合い馬車は空《す》いていたので快適だった。

本当のことを言えば、太郎としてはもう少し辺境伯領にいたい気はしたのだが、白金と話し合ってあまり長く王都から離れるのはよくないだろうと、用意された乗り合い馬車で王都に戻ってきたのだ。

「お疲れさまでした。確かに、確認しました。はい、依頼料の支払いです」

自分の前のめりぶりに気がついたのか、マリアは居ずまいを正して手続きをしてくれた。

太郎はきちんとお金を数えて確認し、財布にしている袋にしまう。前々からお金をギルドへ預けてカードを作ることを勧められているのだが、現金じゃないと不安だと言って作っていない。そうした行動も、実は田舎者扱いされる一因になっている。

「それじゃ、これで」

金額を確認して窓口を去ろうとすると、マリアに引き留められた。

「ちょっと待って。イチローさん、実は今、イチローさん向きの割といい仕事があるの。受けてみる気はないかしら」

はやる気持ちを抑えるかのようなマリアに太郎は少し引き気味だ。

「いや、帰ってきたばっかりなんで。二、三日は仕事を休もうかと」

ここまで積極的に仕事の話を持ちかけられたことがなかったので、少々戸惑いながら答える。

「今日明日すぐにっていうのじゃないの。実は騎士団が演習に出るので、ポーターを募集しているのよ。仕事は割と楽だし、支払いもいいのよ」

「騎士団……」

「ええ、相手が国だし、しっかりしているからいいと思うわ。少し遠出することになるけど。辺境伯領まで行ったんだもの、大丈夫だと思うわ。こうやって帰りに仕事を引き受けてこられたぐらいだもの。そこで気に入られれば定期的な仕事につながるかもしれないし。どうです、やってみませんか」

マリアは太郎に引かれているのに気がついて、やや落ち着きを取り戻してにっこり笑いかけながらも話を進めてくる。

「いや、なんか騎士団の演習って怖そうですね。う〜ん。ちょっと考えてはみますけど」

太郎はちょっと考え込むような仕草を見せていたが、そうだ、と口にする。

「あ、忘れるところでした。これ、ユセンのお土産です。私、今から宿を取らないといけないので。また後で来ます。その話はまたその時に」

太郎はカバンから辺境伯領土産を取り出し、マリアへパッと渡してそそくさとギルドを後にする。

宿を取りに行かないと、と少し気が急《せ》いていたのは本当のことだ。実は帰りの乗り合い馬車で、小麦の運搬が一段落ついたらしいという話を聞き、いつもの宿屋が取れるか心配だったのだ。

残念ながら心配していたことが的中し、前に使っていた宿屋は満員だった。やはり、飯の美味《うま》いところから埋まっていくのだろう。

「女将《おかみ》さんも言ってたもんな。ウチは人気の宿だって」

それで何軒か宿屋を回る羽目になり、ギルドからはちょっと離れている場所にようやく部屋が確保できた。その日はもうそのまま夕飯となった。


次の日、お土産を持って馴染《なじ》みのサイザワさんのところへ出向く。ユセンのことを教えてくれた御礼も兼ねている。

「あら、悪いね」

サイザワさんは挨拶に来た太郎をお茶へと誘ってくれた。

「いえ、サイザワさんにユセンの街の話を聞いていたおかげで引き受けた仕事ですから。おかげで温泉にも入れて楽しかったです」

「そうなんだ。しばらく見かけなかったのは、ユセンに行ってたからなんだね。そうか、あのユセンか。じゃあ、今の王都の話なんて知らないね」

サイザワさんがいたずらっ子のような表情をして話をしだす。

太郎にとって彼女は情報の宝庫で、この王都や国の様々な噂話《うわさばなし》や仕事の情報を得るのに重宝している。ユセンの話もその延長で教えてもらったのだ。サイザワさんも久々に興が乗ってこのひと月ほどの王都の話をひとしきりした後に、騎士団の演習の話題になった。

「あ、それ。ポーターの仕事があるってマリアさんに言われたんですよ。割の良い仕事だって」

紅茶を飲みながら、太郎はいま思い出したかのように口にした。

「ふうん、そうなのか。でも、今回の仕事はどうだろうね。定期的に行っている演習とは何か違うらしいよ。臨時の演習で、しかもちょっと小規模な感じだと耳にしている」

一体そんな話をこの人はどこから聞いてくるんだろうと思いつつも、もしかして演習は勇者絡みかなと頭の隅で思ったが、いずれも口にはしなかった。

「そういえば、辺境伯領の新しい女神像の噂、知ってる？」

サイザワさんは何かを確かめるように笑って話を続ける。その話を聞いて、太郎は頭を抱えたくなった。

サイザワさんと土産話などをした帰り道、前にお世話になっていた宿屋の娘が太郎に声をかけてきた。お使いの途中らしい。

「ギルドのマリアさんが今朝、うちの宿に来たよ。イチローさんを探してた。お仕事の話だって」

仕事の連絡が取れてないと困るのではと、心配して声をかけてくれたようだ。

「ああ、今日はまだギルドに行ってないんですよね。あとで確認しに行きます。ありがとう」

太郎は気遣わしげに見てくる娘さんに、助かりましたと笑顔で返す。

(ああ、これはまずいかもしれない)

太郎は真《ま》っ直《す》ぐに今泊まっている宿屋へと戻った。

太郎は自分の神殿契約が履行されていたのを確認している。辺境伯領に向かってすぐのことで、何の気なしにカバンを見たら真っ黒な塊があってちょっとギョッとなった。人目のないところで確認したら、あの白いTシャツが真っ黒く染まっていたのだ。神殿契約が成されたときにちゃんと反応できるようにと、トランクルームには入れずずっとカバンに入れていたのだが、こんな風に変わるとは思ってもいなかった。

状態についてはユセンの宿に着いてから白金に確認してもらった。神殿契約の内容まで確認できたのは少し驚いたが。付け加えられた項目は、国外への移動の禁止、それから王と王の使者の証《あかし》を持つ者からの命令への絶対服従の二点だった。それらを確認したこともあり、太郎は一旦王都に戻ることにしたのだ。

アルディシア氏からは辺境伯領で、よければ自分の店で働かないかと太郎は誘われていた。そのこと自体はとても嬉しかったのだが、このままだと迷惑をかけそうだ。だから王都でまだ仕事をしてみたいからということでお断りをした。それに逃げ出すなら、一旦王都に戻ったほうがいいと考えたこともある。だが、こんなに早く行動を起こさなければならなくなるとは思いもしなかった。

「どう思う、白金」

宿の部屋には鍵をかけ、いつものようにトランクルームに入っている。

「騎士団の依頼が偶然の可能性も否定できません。ですがマリア嬢の今までの行動などを鑑みると、商業ギルドが王城の意向を受けていると思ったほうがいいでしょう」

白金は常に冷静に事実を述べる。

「王都の仕事しか勧めなかったこと、辺境伯領に行くのには難色を示したこと、騎士団演習の依頼を持ってきたこと。そういえば、収納サイズについて探りを入れてきたこともありましたね」

冷静に、事実確認をしていく白金。わかっていたこととはいえ、太郎は少々へこんでいる。

「辺境伯領へ向かった途端に神殿契約が成されたのを考えると、ギルドから王城へマスターの情報が流れていることは十分考えられることです」

「マリアさん、可愛かったのに」

ポソッと呟いた太郎の言葉を白金が拾う。

「この場合、彼女が可愛いかどうかは関係ないと思いますが」

と白金の冷たい声。

「でもさ、こんな状況なんだから、少しぐらい夢を見たっていいじゃないか」

情けない声を上げる。たとえ騎士団の話がたまたまだったとしても、その仕事を受けると勇者と鉢合わせになる可能性がありそうだし、王城に近づいてきたのをこれ幸いと面倒ごとを押しつけられるかもしれない。なぜなら太郎の収納能力が高いことがバレたのだ。

(俺、とんでもないもん運んじまったなあ)

サイザワさんの話では、辺境伯領の新しい神殿の女神像がお披露目され、太郎が運んだ中央の女神像と他の神殿の神像とを起点として辺境伯領に新たな結界が張られたという。お祭りはそのお祝いだった。そこまではいい。

だが、問題は太郎が運んだ女神像だ。女神像そのものは、太郎も見た通りさほど大きくなかった。

だが、女神像を中心として広い範囲にちりばめられていたごくごく小さな結晶石。それらは物質としては離れているが、彫刻としてはひとつながりになっていたのだ。かの女神像を彫り上げたラファエロ氏が得意としている彫刻法であるという。

女神像を中心とした結界が張られたことで、女神像の周囲は光り輝く結晶石に彩られ、見た目よりもかなり大きな造りだったことが周知された。その上、結界の要ということで女神像に使われていた素材は非常に魔力量の高い鉱石であり、像自体の魔力量が並外れて豊富だったことも判明した。このことから女神像を運んだ者は相当優秀な収納能力を持つポーターだと認知されることとなったのだ。これほどの神像を作り上げられるのは、王都在住のラファエロ氏しかいない。

今回、各所から辺境伯領へ神像が運ばれたが、王都からの神像はこの女神像一体だけであった。少なくとも商業ギルドでは、太郎の能力が申告されていた以上のものであるということがばれてしまったということになる。この話をサイザワさんから聞いたときに、太郎は女神像の見た目の大きさに騙されたと、頭を抱えた。

「君の収納量はかなりのサイズで、魔力量が高くても十二分に対応できるんだね。私のお使いをしてもらうには、もったいなさすぎるよね」

サイザワさんにウィンクされたときには、肝が冷えた。

(これだから異世界仕様は！　見た目と収納サイズぐらい合わせておけよ)

出来上がった女神像はそれほど大きくは見えなかったのに。

今回の女神像のように、彫刻スキル持ちが作るものは見えない技巧によって、収納スペースを見かけよりもかなり使う大物がある。見える部分だけでなくその周囲の空間にまで広く干渉するようなものだ。このサイズだけならば竹レベルのポーターであればよかったかもしれない。だが、もう一つ厄介な問題がこの女神像にはあった。それは含有される魔力量もかなり高いというものだ。

講習では詳しく教えてもらっていなかったが、収納にはモノを入れられるサイズの他にどれくらいの魔力量を持つモノを入れられるかという魔力量に対応したサイズの規定もある。一般的には見習いや初級には関係ない話で、そういう特別なものはランクが上がらなければ扱わないから初心者講習では触れられない。

例えば含まれる魔力量が非常に豊富な場合は、指輪ほどの小さいモノでもその魔力量を収められるほどの容量がなければ、竹レベルの収納スペースを必要とするのである。逆に収納スペースが梅レベルであるにもかかわらず、魔力量を多く収納できる場合は、同じ指輪を問題なく収納できる。

つまり収納には、「そのモノのサイズ」と「魔力量」の二つの容量があるのだ。この女神像は収納スペースと魔力量のどちらも高いレベルで対応できるポーター、それこそトップクラスの収納能力を持つ者でなければ運搬は不可能なのだ。それほどまでに厄介なものだったのだ。

そして、そんなものを太郎は易々《やすやす》と運んでしまったのだった。

ただし、今回の女神像については少し話が違っている。そのままでは女神像を運べるポーターなぞスフェノファにはほぼいない。そこで、女神像を彫り上げたラファエロ氏は女神像の魔力量を封印し、サイズだけ該当すれば運べるようにしていたのだ。神殿に設置されたときに、一瞬虹色に光ったのはその封印が解けて、それが定着したからだったのだ。しかし、ラファエロ氏が魔力を封印できることを公表していないために、その事実については秘されている。かの彫刻師もこれ以上王族に目をつけられたくないためであろう。

女神像の運搬には、「竹レベル」以上のポーターを雇うようにという伝達が最初から伝わっていれば、アルディシア氏は辺境伯領でポーターを雇って帯同しただろうから、何ら問題はなかったはずだ。女神像が王都から運ばれたことがそれほど注目されることはなかっただろう。だが、今回は王都でポーターを募集していた。女神像がそのことで注目され、運んだ人物も特定できる。

女神像を運んだポーターは、かなりの容量持ち、それだけでなく魔力量の高いモノを扱えるのだということは噂になっている。実際のところで言えば、ある意味、過大評価ではあるのだ。魔力量が抑えられていた女神像を運んでいたのだから。だが、もしラファエロ氏が魔力量を封印していなかったとしても、太郎は楽々と運んでしまっただろう。だから真《ま》っ当《とう》な評価になってはいるのだが、そんなことは太郎には関係ない。

この国では、それなりの容量で、多大な魔力量の品物を運べる収納スキル保持者は貴重だ。同じ収納持ちといっても格が違う。なぜならば、大型の攻撃用魔導具などを運ぶことも可能になるのだから。そして、女神像を運んだ人物はそれが可能だということが、知れてしまったのだ。

太郎は気がついていなかったが、女神像は彼のトランクルームの一部屋を占拠していた。太郎にとっては入るか否かしかわからないので、空き容量に余裕があるから問題なしと思うにとどまっていた。

「私に一言、聞いていただければどのぐらいの容量かお答えしましたものを」

白金の小言は、耳に痛い。

辺境伯領へ旅立った後に、神殿契約が成されていることを考えると、王都から離れたことに対応したのだろう。自分たちでは面倒を見るつもりがないのにどれだけ執着しているのだろうか、と太郎は怖気立《おぞけた》った。

その後に、ポーターとしてトップクラスだと判明してしまった。この状況であの王城側が放っておくとは考えられない。商業ギルドと通じているならば王城では女神像を運んだのが太郎だということは把握しているはずだ。だから違和感なく太郎を取り込むために、騎士団の仕事が依頼されたとも考えられる。

まずはそれなりのものを運ばせて確認するつもりかもしれない。騎士団としては、大量の魔導具を運んでくれる者の存在は貴重だろう。運べないと主張したとしても、女神像の実績から却下されるだろうし、王族関連の命令は絶対だという契約もある。向こうとしては、手ぐすね引いて待っている状態だろう。

「うわぁ、やってられん」

うんざりしている太郎とは対照的に、白金はキラリと目を光らせる。

「好機ではないでしょうか」

王城側が太郎は自分たちの紐《ひも》付きのままで王都にいると認識して油断している今こそが、逃げどきではないかということで話は決まった。宿屋への支払いはとりあえず前払いで一週間分を払ってある。そこら辺で数日は誤魔化《ごまか》されてくれないかな、と思いつつ二人はすぐに王都をとんずらすることにした。

トランクルームのレベルが3に上がった時点で、支店を持てる仕様となっている。支店は太郎が望んだときに顕在化するのだ。

方法は簡単で、支店の基《もと》を望みの場所に置いておけばいい。また支店の基は、何度でも設定し直せる。トランクルームは今利用している場所、今日の場合は宿屋だが、そこだけでなく支店にもつなげることができる。支店の基を設置しておけばトランクルームを通じて直《じか》に支店に出られる。簡便な転移のような形で利用できるのだ。

支店を獲得してから、少しでも遠出ができる依頼を引き受けようと二人は相談していた。早々に辺境伯領の仕事にありつけたのは本当にラッキーだ。それだけではない。女神像を運んだことによってトランクルームのレベルが4に上がったのだ。確認したのは辺境伯領に到着した晩だった。女神像のような、高性能スキルでなければ収納できない難しい品物、しかもかなりの大物を扱うことは大きくレベルアップに貢献してくれるらしいこともわかった。まあ、これは女神像が大物だということが判明してから確認したことだが。よくよく考えてみれば、かなり短期間で3から4にレベルアップしている。

しかしレベルアップした要因については、太郎はあまり深く考えておらず、白金に確認していなかった。トランクルームの設備は寝室が増え、なんか段々家っぽくなってきたと、単純に喜んでいただけだった。レベルアップが早すぎるかもしれないことよりも、フカフカの布団で寝られることの方が大事《おおごと》だったのだ。

「サラバ、寝袋」

とはしゃぐ太郎を、冷めた目で白金は見ていた。トランクルーム数も三から四に増加している。

因《ちな》みに温泉旅館でもトランクルームの中で夜は過ごしていた。

「いや、王国内だから」

とは太郎の言である。慎重なのか間抜けなのかわからない男である。

✦✦✦

実は、太郎は辺境伯領に入る前日に野営した場所に、支店の基を設定しておいた。隣国と辺境伯領に至る分かれ道がある場所だ。用足しに行くふりをして、結界の外、ちょっと森に入ったところに設置した。

支店の基は直径七センチメートル、高さ二センチメートルほどの黒い円盤状のもので、地面に置くと太郎と白金以外には認識できない造りになっている。女神像を運んでいたこともあって、支店の基をここに設置したときにはこんなにツイてるなんて女神像の御加護かしらと思ったほどだ。そういう意味では、太郎も信仰に節操のない日本人だと言えよう。

後にそれを聞いた白金が、もしかしたら神殿契約の件もその節操のなさが関連しているのかもしれないと思ったとか思わなかったとか。

食料などについては、いつでも逃げ出せるように常に多めに買ってはトランクルームに確保していた。時間が止まってくれたりはしないので、できるだけ保存のきくものを買ってきて、古くなれば食べて新しいものを買い足すというような形をとっていた。辺境伯領へ行くときにも旅のために食料を購入しているし、辺境伯領でもお土産と称して、食べ物関係も沢山購入している。

ついでに、勧められて護身用の剣も一本購入している。今ある食料で栄養はともかくとして、二、三週間は過ごせるだろう。日本でトランクルームにもともと入れておいた非常食の乾パンやインスタント麺もあることだし。

現在太郎が宿泊している宿屋は、ギルドでは把握されていなかったのか、その晩は誰も訪ねてこなかった。銀の短剣をたどればどこにいるのかわかるはずだが、王都にいるのは確認されているので、宿屋がわからないという点だけで捕縛する必要性を感じてはいないのだろう。

太郎は王城で持たされた銀の短剣とシャツを宿屋に残し、夜が更けてからトランクルームを通じて設置しておいたあの街道の支店に入り口を設定した。支店の基は太郎の設定を受けて入り口だけを出現させた。設置したのは結界の外であり、すぐに危険というものでもないが、おかげであまり人目にも触れない。

支店は最低限の扉だけを顕在化させてその扉から周囲をうかがうと、いくつか宿泊用のテントはあるものの、もう周りは寝静まっていた。結界があるためか、寝ずの番はいないようだ。たまに番をしている場合もあると聞いたが（例えば初心者の練習とか）、今日はそんなことはなかったようだ。結界の信頼度は高い。

白金は支店から出ると、黒ずんだTシャツを持って森の中に入っていった。捨ててくるためだと言っていたが、戻ってくるまでそれなりに時間がかかったようだ。このTシャツはここで破棄する必要があると白金は言う。このTシャツを持ったままだと神殿契約が発動して国境を越えられない可能性があるのだそうだ。

「そう、情報にありましたので」

それに、もう契約がなされたのを確認したから用はない。万が一、神殿契約から痕跡をたどることができて、ここまで来られたとしても森の中に廃棄しておけば、森で野垂れ死んだと誤認してくれるかもしれない。

「とりあえず、今晩はこのままトランクルームで過ごそう。明日、野営の人たちがいなくなったら出発しよう」

太郎も一旦支店から外へ出た。それから顕在化させた支店を支店の基に戻して回収し、次にトランクルームの扉を開いて改めて中に入った。少し面倒な手順だが、これで王都の宿屋につながっていた出入り口は閉じ、王都とのつながりはなくなった。王都の宿屋につながっていたといっても太郎以外は出入りできないのだから支障がないといえばないのだが、気持ちの問題だ。それに万が一間違えて王都に戻ったら元《もと》の木阿弥《もくあみ》だ。

「いや、思ったよりも簡単に王都脱出できたね」

この方法は、レベルアップして支店を手に入れたときから考えていたことだ。上手くいったと太郎は上機嫌だ。

「マスター、隣国にたどり着くまでは油断してはいけません」

それでも白金はそんな太郎に真顔で苦言を呈する。そうはいっても白金自身も、今晩まで王都にいて翌日には辺境伯領の近くにいるとは誰も思わないだろうとは思っている。そんなことができる転移の魔導具など売っていないということは調べておいたからだ。

当初の計画では、王都近郊の仕事を引き受け、王都から出たときに支店の基を設置することが第一目標だった。王都から外へ出てしまえば、白金がトランクルームの外でも活動が可能になる。実は、王都周辺は城壁に囲まれている造りのため、王都から出るためには城門を通る必要がある。今のまま白金が王都外へ出ようとしても身元不明で捕まってしまうことになるだろう。だが、門の外に出さえすれば顔の知られていない白金がそこから支店の基を運ぶことで、距離を稼げるだろうと考えていたのだ。

逃亡初期は完全に白金頼りになってしまうが、太郎が逃げるためには確実な方法ではある。だから、これほど一気に距離を稼ぐことができる機会が得られるとは思ってもみなかった。それでも女神像の運搬時に数日間は辺境伯領に滞在していたので、この辺でうろちょろしていると太郎の顔を覚えている人物と出会わないとも限らない。例えばアルディシアに会ったら目も当てられない。従って用心するに越したことはない。

距離は稼いだが、一応身なりも変えておこうと考えている。まずは毛染めのための染料を使って、太郎はお風呂で髪を脱色した。髪の色が違うだけでも印象が変わるだろう。

染料については、サイザワさんに教わった。前にお茶をご馳走《ちそう》になっているときの茶飲み話で、街中の人たちは明るい髪色の人が多いという話になったことがある。

「私は、髪が黒くて重い感じがするんで染めたいんですよね」

そんな風に言うと、これがいいと教えてくれた。彼女が言うには黒い髪はそのままでは他の色に染まりにくいということで、まずは脱色するための染料があるというのだ。色を薄くするだけでいいのならば、これだけでいいそうだ。完全に違う色、例えばサイザワさんの髪のような赤に染めたいならば、脱色しきってから他の色を購入すればいいだろうとも。

「ああ、次回の買い物の時に私の買い物リストに、君の欲しいモノを加えてあげよう。料金は勿論《もちろん》、自分で払ってもらうがね。もしよければ、他に必要な物などリストアップしたまえ。一緒に購入できるように配慮しよう。なに、いつも世話になっているからね」

茶目っ気たっぷりにウィンクしてきたサイザワさんは、なかなかチャーミングだった。

（サイザワさん、なんて男前なんだ）

と太郎は感謝してそのお言葉に甘えることにした。おかげで、脱走準備のための色々な物品を怪しまれずに手に入れることができた。

「サイザワさんには、本当に世話になったな。お別れの挨拶、できなかったけど。でもあの耳の早さはなんなんだろう。女の人ってそういうところ、あるよな。あの人が辺境伯領の女神像の話をしてくれなかったら、もしかしたらもっとのんびりと構えていて後手に回っていたかもしれない」

しみじみと呟いた太郎に、白金も頷く。

女神像の話は、マリアは絶対教えてくれなかっただろう。ギルドは疑っていても太郎はマリアと話をしていて、うまうまと騎士団の仕事を引き受けてしまっていたかもしれない。その可能性を白金は疑っていたし、そうなったら神殿契約の関係もあるので、ややこしい事態に巻き込まれることも十二分に考えられた。

翌日、宿泊地に野営していた人たちが出ていったのを見計らって、太郎と白金は旅装束でトランクルームから出てきた。

辺境伯領へ行くために買ったカバンを背負い、「収納なんて持ってませんよ」的に当分は振る舞うつもりだ。これでポーター業は廃業だ。勿論、銀の腕輪は外してある。太郎はこんなに簡単に外れる腕輪に意味があるのかなと、少々思いはしたが。

しかし、これは収納スキル用の腕輪であり、それに反応しているものなのだ。だから本当の収納持ちだったら簡単には外れない。彼のスキルは収納ではないのだから、当然束縛されることはなかっただけのことだ。

白金は外に出て一緒に行動することにし、太郎と白金の関係性を叔父と甥《おい》っ子ということにした。二人連れということにしておけば、多少の目眩《めくら》ましにもなるだろう。

あと何度か脱色すれば髪の毛ももっと色が抜けてくるだろうし、そうすれば白金と似た髪色になるかもしれない。加えてヒゲも伸ばすことにしている。そうはいっても、昨日今日ですぐに変わるものではないので今後に期待、ではある。

「護衛はお任せください。こう見えてもアシスタントですから」

白金は辺境伯領で護身用に買った剣を腰に佩《は》くと太郎を見上げてニッコリと笑った。

「期待してる。俺、そういうの全然だめだから」

苦笑いをしながら、太郎は前を向く。

「今後は、護身用に少し訓練したほうがいいと提案します」

「えー、あー、そうかな」


白金は出会った当初はあまり表情を変えなかったが、このごろは少し表情が変わるようになっていた。少し抜けている太郎に合わせているのかもしれない。太郎は白金については深く考えることはしていないが、良い相棒だと思っている。見た目は美少年だが、物言いも行動も自分よりもシッカリしている白金に全幅の信頼を置いている。それに外に出た白金と話ができるのはとても嬉しい。

「ま、とりあえずお隣さんに行きますか」

二人は隣国へと続く街道を歩み出した。第一目標突破に足取りも軽い。次の目標は、貸倉庫屋の開業だ!!

王城にて 二

王城側が動いたのは、太郎《たろう》たちが出奔した翌々日のことだった。商業ギルドから太郎の行方がわからないという報告を受け、銀の短剣を使って彼の所在を探ったのだ。

彼が泊まっていた宿はすぐにわかったのだが、その部屋には短剣とシャツが残っているだけで、もぬけの殻になっていた。宿の人間に確認したところ、宿泊して二日目の晩から外に出てきていないという。宿では一週間分の料金は前払いされているので、さほど気にしていなかったらしい。城外へ出る門でも太郎が出ていった記録はない。

「あれのスキルに転移があったのか」

「いえ、トランクルームという収納と鑑定しかありませんでした。今まで、収納に転移の能力があるという報告はありません」

「辺境伯領での報告では、彼が何らかの魔導具を買ったという記録はありません。辺境伯領で護身用にと普通の剣を一本購入しただけです。それに個人で買えるような転移の魔導具などはありません」

この国では転移可能な魔導具といえば、転移門を設定し決まった場所での行き来ができるものしか知られていない。

「勇者に確認しましたが、やはりトランクルームというものは固定されていて、場所を移動するようなものではないという話でした。それに転移の魔法のようなものは彼らの世界にはないとも聞いています」

どのようにして王都から外へ出たのかは不明だが、次に頼るような場所は辺境伯領ぐらいしかないだろうと、すぐに辺境伯領に忍ばせておいた間諜《かんちょう》に連絡をとった。だが、太郎が辺境伯領に戻った様子はないという報告があった。

普通に考えれば、この日数でたどり着けるはずはない。そのため、しばらくは辺境伯のところとアルディシア商会を中心に見張るように命《めい》を下した。

「神殿契約がある。また連れ去られたのだとしても国外へは出られないはずだ」

「『目』の範囲では、仕事以外の人物とのつながりは確認できていません」

『目』と呼ばれているものは、王都周辺の監視用魔導具のことである。王都内は監視網が敷かれているのだ。これは、隣国経由で手に入れた魔導具で、一〇センチメートル四方の四角い箱のようなものに羽根が付いている。隠蔽《いんぺい》能力を持ち、これの存在を感知できる者は多くない。映像としての記録が取れるだけでなく、こちらが指定した不穏な単語、王族を批判するような会話や反乱などに関する会話を記録して報告することもできるものである。これが一〇機、定期的に王都内を見回り、情報収集もしているのである。

太郎についても要監視対象として登録している。といっても二四時間体制での監視というわけではなく、見回りの時に範囲内にいればチェックを入れるというだけものではあった。それ以外にも王都には専門の情報収集者もおり、太郎の動向はある程度チェックされていた。

神官の話では、契約にある王か王の使者の証《あかし》を持つ者に服従しているため、呼びかけによって国内であればどこにいるのかおおよその場所が認識できるそうだ。

逃亡を謀った方法は捕らえてから問いただせばよかろうと、さっそく、王の使者の証を持った者が神殿で呼びかけを行った。その結果、辺境伯領近くの森林に反応が確認される。森のどの辺りで太郎が行動していたのか、おおよその範囲も判明し、現在はある程度奥の方で活動しているらしいとのことだ。太郎の反応が確認された森にはそれほど危険な魔物がいるわけではないが、何も力を持たない者であれば森の獣であっても殺されかねない。極秘に探索されたが、見つけることはできなかった。

森の中での神殿契約による呼びかけに対してもなぜかサルの群れが現れただけで、彼が現れることはなかった。そして、森林内の反応は数ヶ月後に消えた。国外へ脱出できなかったため、連れ去った者がいたとしても見捨てられたのかもしれない。それで単独で辺境伯領へと向かっている途中であったのかもしれないし、森に潜伏していたのかもしれない。食料が尽きたのか、獣にやられたのか。詳細は不明だが、反応がなくなったことで太郎は死んだものと見なされた。

どうやって王都から辺境伯領付近の森林へ逃げ出したのか、その方法は一切わからなかった。馬車で一〇日近くもかかる場所のはずなのに明らかにそれよりも短期間で移動している。その点に関しては、何らかの新しい手段を持っていたのかもしれない。それを手にできなかったのは悔やまれた。

このことによって、勇者の管理はより徹底されることになった。

閑話　商業ギルド

マリアは、大きな溜息《ためいき》をついた。

「ああ、今回のことでボーナスカットの上に、減給だなんて」

ギルドマスターからお叱《しか》りを受けて、受付へ戻ってきたマリアは物憂げな表情でぼやく。

今回の太郎《たろう》の逃亡については、監督不行き届きということで、マリアだけでなくその上司も処分を受けた。上司は多分王都の本部所属から、どこかの支部へ飛ばされることになるのだろう。マリアは人気の受付嬢ということもあり、一応はここに残れるようだ。だが、この先はどうなるかわからなくなってしまった。

「君はあれほどの収納能力がある人材をむざむざ逃がしたんだぞ。この王国内の問題もあるが、担当しているポーターの能力も把握できないとは」

「それは、彼が隠していたからで……」

「それを探り引き出すのも、君の仕事ではないのかね。君の自慢の容姿も、何の役にも立たなかったようだな」

ギルドマスターの台詞《せりふ》が何よりも悔しかったが、反論できなかった。

(でも、かなり私にゾッコンだったのよ。声をかけるといつもニコニコ嬉《うれ》しそうで。ユセンの件以外は私の言いなりだったのに。私のことを騙《だま》してたっていうの、あの田舎者の分際で)

よほど業腹だったのだろうか。その日の窓口では機嫌の悪さが前面に出ていたのか、受付件数が少なかった。

「王城側からの依頼があったとはいえ」

商業ギルドのギルドマスターは太郎の失踪を残念がった。

「ラファエロ氏の手による女神像を運べるのは、一流のポーターの証《あかし》でもある。あの彫刻を運べたというだけで、本来であれば特級に昇格できたのだがな」

あの女神像の運搬に関しては制作者の名前までは知らされていなかった。だから普通の神像だと思われていたのだ。今回の女神像が結界の要《かなめ》として力を発揮したからこそ、事後になってから判明したことだ。もし、制作者までわかっていれば確実に別の人間が指名されていただろう。

今まで、スフェノファ王国の商業ギルドで特級のポーターになった者はいない。可能性があったとしても王族に持っていかれ、使い潰《つぶ》されてしまっていたからだ。この国では商業ギルドには独立性など皆無で国の中枢には逆らえない。王城の意のままに諾々と従わざるを得ない商業ギルドの現状を彼としても良しとしていたくはないが、かといって何ができるのか。

現在、公然の秘密として王城内で行われていることが囁《ささや》かれている。魔族の国グネトフィータに戦争を仕掛けようとしているとか、魔王と戦うために装備を調えているとか。そのために勇者が召喚されたのではないかとの噂《うわさ》もある。隣国のコニフェローファ国を経由して戦争を挑むまねはしないだろう。

だが今まで現実的でないと言われていたルートがある。グネトフィータ国と一部分だけ接する国境域を越えるルートだ。しかし、あそこは険しい山岳地帯だ。あの険しく万年雪を湛《たた》える高い山々を越えるのは並大抵の方法では無理だろう。多くの燃料や食料を持っていかねばならないし、まず道がない。それに山岳域には凶暴で巨大な魔物が出る。金級の探索者が集まって倒すような魔物だ。だから、今までは山越えルートを考えることはなかった。それに、言ってはなんだがこの国はグネトフィータにはどう足掻《あが》いても勝てない。国力が違いすぎるのだ。

それでも、勇者召喚が本当ならば、方法は考えられる。勇者に山岳域で魔物を倒させるのだ。そして、魔物の素材を大量に手に入れることだ。この国では魔導具の開発が今ひとつ進まない。その理由はいくつかあるが、良質で高性能な魔物の素材が手に入りにくいということがある。なぜならば、質の高い素材になる魔物がこの国の周辺には少なく、ダンジョンもないからだ。

勇者がどのような能力者であるのかはまったくわからない。だが、勇者が山岳域の魔物を倒し、すべてを丸ごと持って帰れるのならば。素材が揃《そろ》えば魔導具の開発や制作が進む。戦争がしたいのであれば、魔法兵器も数多く作られるだろう。王城の図書室には、かつて開発されたという魔法兵器のレシピが揃っているという。作れないのは素材がないからに過ぎないとも聞く。魔物の運び手として、魔法兵器の運び手として、イチローほどの能力を持っていれば何にでも使えるはずだ。

「そう考えると、イチローという男が逃げたのは、仕方ないことかもしれないな。いずれは、他の国の商業ギルドで名を馳《は》せるだろう。その名を聞いたらどんな気持ちになるだろうか」

商業ギルドのギルドマスターは、窓の外を見ながら、そう呟《つぶや》いた。

第四話　隣国へ

隣国の国境近くにある街タミヌスに行くまでの街道はそれなりの距離がある。辺境伯領から隣国まで馬車で三日ほどだとあの晩に聞いた。馬車は車と違ってそんなにスピードが出るわけではないが、明らかに人が歩くよりは距離を稼いでいるだろう。現代人の太郎《たろう》はポーターをして体力はついたとは思うが、生憎《あいにく》と弥次喜○のように歩くのは無理だ。だから歩いた場合の三倍から四倍をひとまず目安に考えている。

その間の食事は保存食、肉類は干し肉だけになるだろうと考えていた。しかしながら、鑑定スキルは有能で食べられる野草とかも見つけることができたし、白金《しろがね》は森にちょっと入ってキジやウサギ？　などを捕まえてきてくれる。勿論《もちろん》、そのあいだ太郎はトランクルームでお留守番である。獲物は白金がすべて解体してくれる。ウサギには角が生えていたが気にしないことにした。後から角ウサギという名だと知った。

（まんまだ、名前）

最初はビビっていたが太郎も白金に習って、解体などを覚えた。

もともと、食事について白金は自分は不要だと言っていた。小さな魔晶石や太郎の魔力を供給してもらえればよく、それも月一ぐらいでいいという話だ。太郎も王都では宿屋や外で食事をしていたので、そういうものかとあまり気にしていなかった。だが、こうして二人旅をするようになって一人だけで食事というのは、なんともいたたまれない。そこで、白金に一緒に食事をしないかと持ちかけてみたところ、白金は食べなくても問題はないが、食べることもできるという。

「マスターがご希望でしたら」

と、今では一緒に食事をするようになっている。

それから白金に提案された剣の稽古《けいこ》を、夕方に三〇分から一時間ほどしていたのだが。太郎のあまりにもなへっぴり腰の変わりなさを目の当たりにしたせいだろうか。

「剣の稽古はあまり意味を成さないようです。違うものに変えましょう」

と提案される始末であった。

接近戦になったら速攻でトランクルームに逃げるほうがいいだろうと判断し、そのかわりに現在はスリングショットの練習をしている。昔買ったものがトランクルームの中で見つかったのだ。週末などに山登りに行く際に、害獣対策にと気まぐれで買ったものだ。結局、買ったはいいがまったく使わないで仕舞ったまま忘れていた。まあ、剣よりはましかもしれないが、今のところ気休めだろう。

何事もなく旅が進んでいくというのは、難しいようだ。護衛としても白金は、とても有能であったのだが。街道を行く途中で、子連れの二人旅だということで絡んできた男たちがいた。これはあっという間に白金が叩《たた》きのめした。太郎は後ろで立っていただけだった。街道沿いの脅威は、魔物だけではないらしい。

「比較的安全な街道って聞いたんだけどな」

「どこにでも、こういう者たちは湧いてくるものです」

考えてみれば、ユセンへの仕事でも護衛が付いていたぐらいだ。宿泊地で見かける人々も、護衛を雇っている商人や、探索者や狩人が多く、子連れの二人旅なんて見かけない。旅行自体が一般的ではないのだろう。それでも、小さな村から街へ出稼ぎなどに出てくる者はそれなりにいると聞く。

邪《よこしま》な連中だけでなく、親切な人も中にはいる。食事のために街道沿いの休憩地に立ち寄ったときのことだ。どうやら二人組だと高《たか》を括《くく》ってきたのか、言いがかりをつけられた。

太郎たちが使っているコンロなどの道具が、自分たちのものを盗んだのだと因縁をつけてきたのだ。後から来た彼らのものをどうやって盗むというのか。太郎はさてどうするかと思い、白金は実力行使をと一歩前に出たときに、近くで食事をしていた強面《こわもて》の探索者らしきおっさんが、ヌッと間に入ってきた。

「お前ら、今、来たよな。前から来て準備している二人がどうやってお前らのものを盗むんだ」

おっさんは言いがかりをつけている若者たちに威圧をかける。

「いや、前の野営地で……」

先ほどまでの勢いはどうしたのか、少し引き気味にそれでも一人が答えようとはした。

「そんな言い訳で通じると思うのか。それが、お前たちのモノだっていう証拠があるのか、ああっ」

眼光鋭く睨《にら》まれて、彼らは一気に竦《すく》み上がった。

「すみません、勘違いしました」

そう言ってそそくさと逃げていった。太郎と白金が御礼を言う。

「たまにああいうのがいるからな。ぼうず、お前さんなかなか勇ましいな。もうここでは大丈夫だと思うが、気をつけといたほうがいいぞ。スフェノファ王国に近いとどうにも質《たち》が悪い連中が多い。まあタミヌスを越えりゃ、人の方はもう少しはましになるだろうがな」

そう言って、白金の頭をぐりぐりと撫《な》でて戻っていった。

「頭を撫でる。これはどういう意味でしょうか」

おっさんが去ってから、白金が聞いてくる。

「お前が頑張っていることを褒めたんだよ、良い子だなって」

太郎がポンポンと白金の頭を叩《たた》く。

「はあ、それは。見ず知らずの者ですのに」

白金はおっさんの方を少しの間、見ていた。


隣国との国境を越えた。街道沿いには国境警備が敷かれていたが、森の中までは及んでおらず、その中を抜けたので問題はなかった。

『森の中には開拓村などもあるけれど、妖精族のコボルトの村なども点在しているからね。彼らの村は人の国だからどうという意識はないのさ。彼らに干渉することになるから森の中で厳しく監査することは難しいんだよ。コボルトたちは優秀な職人でもあるから、機嫌を損なうことはしたくはない。だから、そんな面倒なことはしていないのさ』

サイザワさん談である。あの人は、周辺国の状況などの話もよくしてくれた。

太郎たちが逃げ出したスフェノファ王国と交易を結んでいるのは、現在足を踏み入れた隣国のコニフェローファだけだそうだ。コニフェローファ国を抜けた先にあるアンソフィータ国や魔王のいる国と言われているグネトフィータとは国交がないと言っていた。その話を受けて、太郎たちが目指しているのはアンソフィータ国である。コニフェローファ国ではまだ安心はできないからだ。

そして、今。

「しっかりした甥《おい》っ子だな。叔父さん、頑張れよ」

国境近くにあるコニフェローファ国の街タミヌス。その城門で門番の兵士にそう言われながら太郎は背中をどやしつけられた。なぜならば、入場するにあたっての受け答えや何かは、太郎がモゴモゴしている間に白金がさっさと済ませたからだ。面目丸潰《まるつぶ》れというやつであろうか。

タミヌスに着いて最初にしたのは、硬貨の両替だ。ちょっとドギマギしたが、商業ギルドに入って両替が可能か聞いてみた。太郎を召喚したスフェノファ王国とここ、コニフェローファ国では国交があるため通貨の両替が可能だと教えてもらった。

一度に大量に両替することは控えたが、しばらく暮らしていくために必要な額は確保できた。聞いてみると、コニフェローファ国内ではある程度スフェノファの貨幣も利用できるということだ。だが、国境付近の方が両替のレートは良いと言われた。コニフェローファの中心部へ行くほどスフェノファの貨幣価値は下がると。

太郎は今までのお金はすべて商業ギルドに預けずに自分で所持している。森にいくつかある開拓の村から出てきたといっても、あまりスフェノファの硬貨を持っていても怪しまれるかと思ったのだが、とりあえず使えるならばなんとなるかもしれない。この際、レートが悪くても仕方がない。

問題は当面の仕事をどうするかだろう。仕事はしようとは思うが、ポーターの仕事をこの国ではする気はない。商業ギルドに登録して仕事をした場合、この国だと太郎の顔を知っている人間と出会う可能性も否定できないからだ。アルディシアも隣国と取引があるという話をしていた。できればスフェノファ王国と最も近いこの街は早めに出て、次の街へ行こうと考えている。

商業ギルドを出ると、次に探索ギルドを探した。白金が探索ギルドで狩人の登録をするためだ。城門をくぐるときに「辺境の村から狩人になりたい甥っ子と、鑑定ができる叔父が出稼ぎに来た」という形で話をしているからだ。

これは、二人で相談して決めた設定でもある。白金は太郎がその能力で鑑定を前面に出すことに少々難色を示したが、トランクルームの能力を使うわけにはいかないだろうと説得された。

探索ギルドはなかなか見つからなかった。それもそのはずで街の中央にデンと大きく構えた商業ギルドとは違って、探索ギルドは通りの外れにチンマリとあったためだ。受付窓口は一つだけ。

「探索ギルドに登録したいんですが」

太郎と白金が受付に行くと、一瞬、受付嬢は白金の顔を凝視しそれから胡乱《うろん》げに太郎を見やる。

「お二人共ですか、それともどちらかが登録されますか」

「僕です」

白金が前に出る。すると受付嬢はニッコリととても良い笑顔になった。

「こちらの書類に必要事項をご記入ください。わからないことがあったら、なんでも聞いてください」

と素晴らしい笑顔の対応を見せている。書類を記入後は、細かくギルドや狩人などの説明をしてくれている。

そんな白金と受付嬢のやり取りを傍《かたわ》らで見ていると、太郎の肩がトンと叩かれた。驚いて振り返ると、城門のところにいて太郎をどやしつけた門番の兵士が立っている。彼は仕事が交代になって、二人の様子を見に来たという。

「よう、さっきぶりだな。なんだ、探索ギルドで鑑定の臨時職員でも引き受けるのか。確か募集してたからな」

割と大きな声で話しかけてくる。

「えっ」

すると奥の方から誰かが小走りでやってくるではないか。

「貴方《あなた》は鑑定持ちですか。私はこのギルドのマスターです。鑑定の臨時職員をご希望ですか」

ムンズと太郎の腕を掴《つか》み、逃さないという迫力に思わず腰が引けてしまう。

「え、あの、私は今日、この街へ着いたばかりでして」

そこへ受付嬢に説明を受けていた白金が加わった。

「タロウ叔父さん、よかったね。短期でも雇ってもらえるようなら、次の街へ行くための軍資金が稼げるよ」

そう言ってギルドマスターの方へ向きなおる。

「僕と叔父さんは、ダンジョンのあるマグナまで行こうと思っているんです。ですから短期間、一ヶ月ほどでしたらお引き受けできると思いますがそれでもいいですか」

「短期間でも鑑定士の仕事をしてもらえるならぜひに」

いつの間にか太郎に成り代わって白金がギルドマスターと交渉しだした。当人を置いてきぼりにしたままでの交渉によって、太郎は六週間、鑑定の臨時職員として探索ギルドで仕事をすることが決定した。太郎の隣では、ニヤニヤ笑いながら門番が立って眺めている。

「いや、ホント。出来た甥っ子だねえ」

それから探索ギルドにて、毎日仕事をしているのだが、太郎は現在少々いじけ気味だ。

もともとの白金は美少年だが、今は少し顔を変えて太郎似にしているという。どこが変わっているのか太郎にはわからないが、皆が似ていると言っているからそうなのだろう。それでも、白金の顔が良いのは仕方がない。なんといっても元が違いすぎるのだから。しかもかなり腕が立つ。どこか辺境の村からやってきたという二人の噂《うわさ》は、探索ギルドを中心にあっという間に広がった。

その噂での二人は、村から大きな街へ出稼ぎに行くためには、へっぽこな叔父さんだけでは心配だと優秀な甥がついてきたことになっている。きっと噂の元はあの門番に違いない。

（誰がへっぽこだ）

あえて、否定はしていないのでそのままで定着している。白金が護衛をすることを譲らないので、太郎が少し頼りない方向でいこうという話にはなっているから、都合が良いといえば良い。

（そりゃ、白金はえらく強いし格好いい）

それでもちょっと、モヤモヤしてしまうのは仕方がないのかもしれない。

太郎は探索ギルドで臨時職員をしているが、同僚になった受付嬢のアンヌさんは、白金がこの街では登録してもすぐに出ていくつもりだと知ってか、えらく太郎に風当たりが強い。無精ヒゲのむさくるしいおっさんと美少年だったら、やっぱり美少年に軍配が上がるのだろう。いや、それだけではない。彼女は美少年好きに違いないと太郎は思っている。白金がアンヌさんと話していたときのことだ。

「叔父さんは早く大きな街に行きたいと思ってるんです。僕も一緒に行くつもりです」

なんて言ったので余計にそうなったのかもしれない。アンヌさんがそれとなく、白金を引き留めようとしたのに対して白金がそう言っていた節もあるのだが。

探索ギルドの職員は五名。ギルドマスターのプラティヌス、解体師のエルマニィ、事務処理などをしているダブリカとシェミニア、それから受付を中心に仕事をしているアンヌ。皆和気あいあいとしているし、太郎のことも快く受け入れてくれている。

でも、アンヌさんの当たりは強い。時々、睨みつけられていると思うこともある。太郎は臨時といっても鑑定職員だ。本来ならば鑑定だけでいいはずなのだが、いつの間にか鑑定仕事がないときは、事務仕事をすることに決まっていた。

(俺、何かした？　うん、してるんだろうな)

「タロウさん。もう少し、字を読みやすく丁寧に書いていただけませんか」

「はい」

「この書類はこのままではこの箇所が不十分です。この書き方ですと、相手につけ込まれます。ここに事例集がありますから、これを参照してください」

「はい」

「この項目の記入方法は、この書類を参照してください。書き直してください」

「はい」

書類仕事では徹底的にしごかれている。

太郎は思う。白金がいるところと、いないところでは別人のようですねアンヌさん。

白金が帰りに俺を迎えに来ると、仕事が途中でも帰してくれようとするんですよ。まあ、切りのいいところまではしますよ。その間待っている白金へお茶を持っていったり、こう色々と話をしたりと。時間が程々ぐらいだと翌日、ちょっと優しいんですがね。

気を利かせすぎて長くなると、白金を待たせすぎだと、翌日怒られるんです。はい。その加減は難しい、てかわかりませんよ。


太郎が探索ギルドで仕事をしている間、白金は一人で討伐依頼をこなしている。その獲《と》ってきた獲物を見るとかなり手際が見事らしい。

「その魔物や獣の弱点を知り尽くして、無駄な手傷を負わせずに仕留めているんだ。だから、素材としての質がいいんだよ」

解体師のエルマニィは太郎によく白金の狩りの上手《うま》さを語ってくれるのだが、太郎にはよくわからない世界だ。その上、礼儀正しい良い子だと皆さんも白金に好意的だ。

白金は日帰り依頼のみを受けていて、ギルドに行く太郎の送り迎えをしている。周囲にしてみれば、何くれとなく甲斐甲斐《かいがい》しくへっぽこな叔父さんの世話を焼く有能な甥っ子に見えるのだろう。

「なあ、白金。お前、どうやって魔物を仕留めているんだ？」

太郎は不思議に思って聞いてみた。アシスタントというのは、戦闘能力も高いのだろうかと。白金は、事もなげに答える。

「マスターも同じ方法を使えば、簡単に魔物を倒せますよ」

基本的には一対一を狙うこと。その魔物の弱点と得意技などを鑑定し、襲いかかってきたところでトランクルームに入る。襲った相手が急に消失したことでバランスを崩した魔物を、トランクルームから出て仕留めるだけだという。

「トランクルームの扉は固定されていますが、出る場所は多少ずらすことはできますので、相手の攻撃は避けることができます。あらかじめ弱点がわかっていますから、できるだけそこを狙います。相手が魔法などを使う場合は、予備動作がありますのでトランクルームへ入るタイミングを計るのに問題はありません」

そういえば、ここに来るときに絡んできた連中を白金が伸《の》したときに、一瞬白金が消えたように見えたのを思い出した。

「いや、俺にできるようには到底思えないんだが……」

白金は無駄な動きがなく、力も強くその調整もきくことからかなり身体能力は高いのだと思っている。まさか、そんな答えが返ってくるとは思っていなかった。

剣術を教えてもらったときに聞いてみたことがある。

「白金、どうやって体捌《たいさば》きや剣の使い方を覚えたんだ。前もってインプットでもされているのか」

彼は淡々と答えた。

「情報収集をし、得た情報をもとに身体に馴染《なじ》ませるためにトランクルームでトレーニングをしています。身体能力の高さはマスターからお借りしています」

情報収集で得た武術の知識がそのまま能力として使えるわけではないらしい。知識として定着させ、その後の鍛錬によって身につくのだとも言っていた。鍛錬といっても一通りの動作を確認する作業らしいが。トランクルーム、奥が深いと言うべきか？　何か違う気がものすごくする。見取り稽古のようなものだろうか。首を傾《かし》げるしかなかった。


太郎は書類仕事だけをしているわけではない。探索ギルドに依頼が来ていて滞っていた鑑定を真面目にこなしていき、そのおかげで鑑定のレベルもどんどん上がっていっている。

探索ギルドの所有している鑑定板が半年前に故障して、現在修理中なのだそうだ。しかも、戻ってくるのは半年後だとか。鑑定板というのは黒い板がL字型になっているものだそうで、下の部分に鑑定したい物や、鑑定してもらいたい人の手を置くと鑑定される仕組みだそうだ。縦になっている部分に鑑定結果が表示されるものらしい。鑑定板は簡易な鑑定が可能で、しかもレベルがよほど高いモノでもない限り簡易な範囲ならば鑑定できるという魔導具だ。鑑定をするためには魔晶石という魔力を溜《た》めておく石が必要で、その魔力分プラスアルファが鑑定料金になっている。

久々の鑑定持ちの出現で、かつレベルが低いためちょいとお安め価格で鑑定してもらえるということもあり、色んな人が自身の鑑定のためにもやってくる。

因《ちな》みに、最初に鑑定したのはあの門番、ニグルムだ。ただの門番かと思っていたら、タミヌスの衛兵隊長と出た。ちょっと目を見張ってしまった。なるほど、だから抜け出せてきたんだなあと思って、スキルを見ると兵士らしい剣術、棒術、火魔法とかだ。で、もう少しはっきり見ようとしたら、職業に（タミヌス領主の暗部隊員）、スキルに隠密とか、暗器使いとか出ちゃったのは見なかったことにした。隠蔽《いんぺい》がかけられていたらしいのだが、頑張ったら見てはいけないモノまで見えてしまった気がする。ちょっと顔が引き攣《つ》ったけど上手《うま》く誤魔化《ごまか》せたろうか。

（いや、大丈夫だよな。だって、一介の門番だと思っていたら隊長だったっていうのも十分インパクトがある。顔が引き攣るって）

ちょっとニグルムの目が怖かった太郎であった。まあ、きちんと鑑定できたということで、無事に鑑定の仕事を引き受けられることにはなったのだ。

「オレの鑑定をしてくれないか」

とギルドに出入りしている狩人などに声をかけられる。スキルは後天的に取得することも可能だそうで、それを知った上で訓練すればより上達は早いのだそうだ。また、太郎自身の鑑定にはそんなものは出なかったが、スキルだけでなく本人にもレベルが出る。職業にも出るのだという。そういうのを確認しにやってくる。

（『巻き込まれた異世界人』にレベルって、やだな。レベルが上がれば元の世界に戻れるっていうんならいいけどさ）

人の鑑定をしてそう思ったのは致し方ないだろう。

それなりに鑑定依頼があるので、お小遣い程度の料金ではあるが稼ぎにはなる。太郎の鑑定スキルは親切設計なのか、相手のスキルの名前だけでなく、内容も説明してくれる。だから相手にスキルの説明を求められてもきちんと答えている。今度の鑑定士は人当たりも良く、丁寧な対応をしてくれると狩人たちの間での評判は良いようだ。

初めの頃は、商業の関係者が鑑定に来たらどうしようと心配していたのだが、杞憂《きゆう》だった。商業関係者は探索ギルドまではやってこない。あちらにはちゃんと鑑定用の魔導具があるし、鑑定士もいるからだ。それに隣国の者だとすればなおさらここまで来ないだろう。おかげでタロウとイチローを結びつける人間はいなかった。

この国境付近の街タミヌスの探索ギルドは鑑定士を正規に雇うほどの規模ではない。鑑定板を修理に出してからは、急ぎのものがあれば商業ギルドに頼み込んで融通をしてもらっていたという。それにそもそも、高度な鑑定が必要なほどのモノがこのギルドに持ち込まれることはさほどないのだ。

そういうモノは、真っ先に商業ギルドの方へ行く。ここに来るのは確認程度のものが多い。なぜならこの周辺は魔物等が少なく、いても弱いものだからだ。そのため、魔物関係で高位の鑑定魔導具が必要とされることは滅多にない。

強い魔物がおらず魔物自体も少ないからこそ両国の交易ルートにもなっているのだから、国視点で見ればよい場所ではあるのだろう。その恩恵があるから、二人はのんびりとここまでたどり着くこともできたのだ。そんなのんびり感があるから余所《よそ》から来た太郎みたいな存在が、鑑定持ちというだけで短期ではあるもののアルバイトとして受け入れてもらえたのだろう。

あの門番が気を利かせてくれなければ、太郎と白金は早々にこの街を出て次の街に向かったかもしれない。実は、彼はギルドマスターの知り合いで、鑑定の仕事が溜まっているという愚痴を聞いていたために、太郎が鑑定持ちと知ってあの時は焚《た》きつけに来たらしい。探索ギルドに誘おうと思っていたら、すでに太郎たちが中にいたので、声をかけてきたというわけだ。

あのまま次の街に向かってもよかったが、あまり懐に余裕はなかったかもしれない。この街では、直接スフェノファの通貨での支払いもできたので大変助かっている。そういう意味ではへっぽこ叔父さんと言われても、それ以上の収穫はあったと言える。そうはいっても、探索ギルドで鑑定の仕事をしているのは、甥っ子である白金の目の届くところにいるためだと皆に噂されている。実際にその感はある。なんといっても白金は太郎の護衛を自認しているのだから。正確にはアシスタントだが。

（普通は逆なんだよな）

皆の認識は、甥っ子が叔父さんの面倒を見ているというものだ。そんなこんなで、六週間が過ぎていった。

「短期間でしたけど、ありがとうございました」

「こちらの方こそ、今回は本当に助かったよ。またこの街に来ることがあったら、声をかけてくれ。

これはマグナの探索ギルドの副ギルドマスターへの紹介状だ。よかったら役立ててくれ」

太郎と白金は明日この街から出立する。白金と一緒にギルドの皆さんに挨拶をした。

「シロガネ君。元気でね。また、この街に遊びに来てね」

アンヌさんはちょっと涙目だ。太郎のことは眼中になかった。いや、わかっていたことだ。


この街からダンジョンがあるというマグナを目指す。そこから次の国アンソフィータに向かおうと二人で決めている。アンソフィータ国は太郎を召喚したスフェノファ王国と交流がないと聞く。アンソフィータ国とスフェノファはこのコニフェローファ国を間に挟んでいる。また、二国に国交がないのは、種族として人族中心のスフェノファ王国と、獣族、魔族など様々な人種の坩堝《るつぼ》となっているアンソフィータ国とは主義の違いで相容《あいい》れないからという話だ。

この街もそれを考慮してか、人族以外は見かけなかった。後に、太郎は獣族が人化《じんか》できることを知り、見かけだけでは判断できないとわかるのだが。


ようやくタミヌスを出てマグナに向かう道すがら、太郎が思い出したように呟いた。

「話には聞いていたけど、鑑定士っていうのも稼げるんだな」

その言葉に白金はちょっと眉を顰《ひそ》める。

「トランクルームよりも良いスキルだと言われるんですか」

少し淋《さび》しそうに返した。太郎はその声の冷たさにはあんまり気がついてない。

「いや、変なこと言うなよ。トランクルームがなかったら、俺、今ここにいないだろ。トランクルームの充実した生活抜きにはもう俺の生活はないね」

にこっと白金に笑いかける。

「ここに召喚されて、使えない奴って思われて。でもそのおかげで城から出られた。で、トランクルームのおかげで今こうやってお前と快適な旅ができてる。ホント、神様、仏様、トランクルーム様ってやつだ。でも鑑定もあってよかったなと思ったのさ。だって、そうじゃないと完全に白金におんぶに抱っこだろう、俺。見た目年上なんだから、このままじゃ辛《つら》いって。鑑定持ちっていう今の設定だってチョット肩身が狭かったんだから。早くアンソフィータに着いてトランクルームのレベルをガッポガッポと上げて、貸倉庫屋をはじめたいな」

「レベルアップにガッポガッポという表現は合いません」

白金がボソッと呟いた。

そんなことはまったく気にせず、太郎はポンと軽く白金の肩を叩く。

「よろしく頼むな、相棒」

そう言ってまた笑った。

「仕方がないですね」

白金はそんな太郎を見ながら少し照れたのか、そっぽを向いた。だが、もうしばらく太郎の苦難？　は続く。

閑話　探索ギルド　アンヌ

「行ってしまったわね」

片付けられた机のあった場所を眺めて、アンヌが呟《つぶや》いた。

アンヌがシロガネを気にしていたのは、確かに好みのタイプだったこともある。だが、それ以上に気になったのは彼の表情だった。時折見せる笑顔は、取って付けたようなぎこちないもので、少年らしくなかった。いや、人間らしく振る舞おうとしているようで気になった。

村を出て、叔父と二人で気が張っているという程度では説明がつかない。単に感情の表現が下手なだけかもしれないし、彼のそれまでの生活でなにかあったのかもしれないとも考えていた。だから、叔父と二人でこの街にやってきたということは十分に考えられる。

二人は仲が良い、それはもう、小憎らしいほどに。当初は、あの間抜けな叔父では頼りにできないので、緊張している可能性も考えていた。そう、あの叔父はどうにも人が良すぎる感がある。門番とギルドマスターに乗せられてうまうまと臨時鑑定士として雇われていたが。白金が交渉を進めるのを見ていて不甲斐《ふがい》なく思った。

（大人のくせに交渉一つできないの）

と見ていてイライラしていたのだ。だからこそ、白金の負担を減らしたいと決意した。どこに行っても潰《つぶ》しがきくように叔父の事務能力を鍛え上げようとしたのだが。

（あれは飲み込みがいいというのではなかった。何らかのこういった仕事の経験者ね。辺境の村か

ら出てきた、というのは違うのでしょう）

と早々に判断を下していた。故に、仕事以外はあまり叔父には関わらないようにしたのだ。飲み込みも良く、そつがないし、手際も良い。あれは仕事が出来る男だ。なぜ、間抜けに振る舞うのか余計に癇《かん》にさわった。

それもあって多少キツくなったかもしれないが、どこへ行っても言い訳できるように、アンヌは殊《こと》の外《ほか》厳しく面倒を見た。事務仕事は、タミヌスで鍛え上げられたのだと、周りが思うように。そうしておけば、彼が辺境の開拓村から出てきたと言っても言い訳が立つだろうと。あのままで辺境の片田舎から出てきたなんて言っても、見る人が見ればすぐにばれてしまうだろう。

（しかも、あの鑑定能力。ギルドマスターは鑑定板に頼りっぱなしで、鑑定士のレベルについてあまり認識していなかったのかしら。いえ、違うわね。あのタヌキ、わからないふりして使っていたんでしょうね。上級鑑定士はお給料が別格だもの、払いきれないわよねえ、ここでは）

一般的に鑑定能力が低ければ、自分よりもレベルの高い者についての鑑定はできない。鑑定板は大概のモノは鑑定できるので、その辺を認識している探索ギルドの関係者はあまりいない。

タロウは誰が来てもきちんと一定の鑑定が行えていた。様々なレベルの探索者や狩人が相手であったのにだ。一発目に衛兵隊長のニグルムが名乗り出たのは、鑑定能力を見定めるためだったのだと思う。彼はレベルが高いのに、きっちり鑑定できていた。その上、スキルの内容まで説明できるという有能さだ。

だというのに、本人はレベルが低いと主張し、なおかつ鑑定料を馬鹿みたいな安さにしていたのも腹が立つ。技術の安売りは褒められるべきものではない。

(でも、本当にレベルが低くてあの状態ならば、レベルが上がったらどれだけのものを鑑定できるというのかしらねぇ。彼は自分の能力について、彼我《ひが》の差を把握していない可能性があるわね。それに彼の能力を十二分に評価してくれるはずの商業ギルドには、興味なさげだったわ)

タロウの持っている能力そのものは、探索ギルドでは評価されにくいだろう。ここでは魔物を狩る能力の高さが評価対象になるからだ。

だから探索ギルドで活動するならば、優男すぎて事務仕事だけができる無能とそしられそうだ。その反面、商業ギルドで働けば、高い評価を受けるだろう。その気になれば、ギルドマスターも目指せるだろう。そのことはタロウ自身、自覚がないのだろうか。

(シロガネ君のために探索ギルドにこだわっているという風でもなかったわ。何か、商業ギルドでは働けない理由があるのかしらねえ。何か問題を起こした？　ちょっと、当てはまりそうにないわ。何かに巻き込まれたって言われたほうが、まだわかる。そうねえ……)

考え事をしていても、仕事の手は動きを止めず問題なく処理していく。

(なんなのだろう、あの男は。考えられるのは、迷い人。もしくは噂にあった勇者の関係かしら。でも、勇者って感じはまったくないわね。そう考えると、シロガネ君は一体、何者だったのかしら。シロガネ君が勇者だというなら、応援しちゃうわ。でも、それもなさそうだしね)

アンヌは、タロウに関して色々と考察していたが、一切を口に出すことはない。その理由は明白である。二人が目立ちたくないと思っていると推測されるからだ。タロウはどうでもいいが、シロガネがそう望むのであれば、その邪魔はしたくない。ただ、それだけ。

「まあ、何にせよ、シロガネ君が健やかに過ごしてくれるのなら、いいのだけれど。マグナのギルドは脳筋揃《ぞろ》いなのよね。特にあのアホがトップになったと聞くし。さて……」

一通り仕事に区切りをつけると、彼女は手紙をしたためるために便箋を取り出し、改めてペンを取った。

第五話　俺はヒモじゃない、ないはずだ

マグナまでは遠かった。ユセンからタミヌスは近かったのだと実感していた。途中ちょっとしたトラブルにも巻き込まれたが、それがなかったとしても。マグナに行くまでに三つの街と二つの村に立ち寄った。すべての行程を徒歩で行くこともできなくはなかっただろうが、行程がキツそうな場所だけは街の間で運行されている定期便の馬車を利用した。そのあたりの案配は、アンヌさんが色々と白金《しろがね》にアドバイスをしてくれていたのだ。

マグナに近づくほど強い魔物がチラホラ出てくるようにもなった。それでも、野営するときでさえ、トランクルーム内で休むので寝室のフカフカお布団でぐっすり眠っていて問題はなかった。途中オオカミの群れに襲われそうになったこともあったが、すぐにトランクルームに避難した。街道沿いに魔物が出てくる場合は、ほとんどが少数だったので白金がなぎ倒し、やっぱり何の問題もな

かった。太郎《たろう》の中では、白金万能説が成立している。

「いかん、俺の存在意義は⁉」

旅の間、トランクルームのレベルアップについては白金が獲《と》ってきた獲物や、襲われて返り討ちにした魔物などを収納することでも経験値がつくことがわかった。マグナに着くまでに立ち寄った街では、それまでに仕留めた獲物の素材を売ったり、野菜や日用品等を買ったりもした。

買い物では白金の方が値引きしてもらえることにも慣れてきた。太郎はもっぱら荷物持ちだ。旅の間で、太郎が一番活躍したのは、解体と料理であった。解体は慣れるまで、ちょっとかかった。それでも白金に教わりながらなんとかなってきている。料理についてはもともと一人暮らしでそれなりに料理はしていたこともあり、苦にはならない。

「美味《おい》しいです」

嬉《うれ》しそうに食べる白金の姿も、料理を作るモチベーションになっている。食事をしはじめた頃は、美味しいとも不味《まず》いとも感想がなかったので、余計そうなのかもしれない。

そんな風に過ごしているうちに、トランクルームのレベルは5になった。トランクルームと支店の数が一つずつ増え、貸し出せるトランクルームの広さは一部屋が一〇畳から一五畳と拡大！

施設はキッチンが増えた。キッチン設備はなかなかのものだ。肉は冷凍・冷蔵できるのだ。収納付き冷凍冷蔵庫は素晴らしい。魔導具の冷蔵庫も見たことはあるが、冷凍庫はなかった。あれは魔晶石で冷蔵状態を保持しているとサイザワさんに聞いている。キッチンには他にもオーブンやガスコンロ、果ては電子レンジまでとラインナップも充実している。

「電子レンジ、弁当チンしかしたことないんだが。オーブンてどうやって使うのかな。オーブントースターと何が違うんだ？」

使いこなせるかどうかと、設備があるかどうかは関係ないとみえる。この設備はどこ基準なんだろうか。今更だが、トランクルームに入れてあったホットプレートなども使えるのでキッチンに移動させた。このコンセントの電気やガスがどこから来ているのか、もはや問うまい。

滞在型トランクルームが目指しているのは、快適な家？

「元のトランクルームが滞在型だったから？」

太郎だって色々考えようとはしたのだが快適な生活ができるならいいか、で済ますことにした。

キッチンの充実感にますます料理を頑張る気になってゆく。

なんかトランクルームがあって白金がいれば、何事も大丈夫じゃないかと思う今日このごろの太郎。トランクルームのレベルが上がると白金がますます強く有能になっていく気がする。そう、彼の気分は白金のヒモと化していたのかもしれない。


そんなこんなを経て、ようやくマグナへとたどり着いた。マグナはダンジョンがあった場所に人が集まって出来た街だ。こうした街はここだけでなく、ここコニフェローファ国のあちらこちらやアンソフィータ国にもあると聞く。

ダンジョンというのは魔物が湧く場所と言われ、積極的にダンジョン内の魔物を間引く必要があるそうだ。ダンジョンはその難易度によって、全部で五段階に分けられている。初心者でも潜ることができる一色級《しききゅう》から始まり、それなりの経験者から中堅組あたりが攻略する二色級。ここまではダンジョンの最深層まで到達できているものが多い。次に難易度が上がり階層もより深くなる三色級、四色級、最難関ダンジョンは五色級として分類されている。色数が増えるほどより複雑で攻略難易度が高いダンジョンとなる。

また、ダンジョンの最下層までたどり着きダンジョンコアが発見されても、破壊してはいけない決まりとなっている。なぜならば、ダンジョンコアが破壊されダンジョンが消滅すると、別の場所でダンジョンが再び形成されるからである。どうしてそうなっているのかはわからないが、この世界のダンジョンはそういう仕組みになっているという。かつてダンジョンを消滅させた後、新たなダンジョンが王都に出来上がり取り込まれてしまったという事例もあったとか。太郎はそれらについてダンジョン予備知識として、白金から色々と教わっている。

マグナに近接するダンジョンは三色級ダンジョンで、未《いま》だ最深層まで到達した者はいない。浅層にも手強《てごわ》い魔物が出現することもあり、初心者やまだ経験の浅い探索者は周囲の魔の森で探索をしている。ダンジョンに入るために、そこで腕を磨いているということだろう。

ダンジョンは何も悪い側面だけでもない。外では得ることができないいくつもの資源を提供してくれる場所でもある。例えば、オリハルコン、ミスリル、アダマンティンといった太郎にしてみれば空想上の鉱石が産出されている。このマグナのダンジョンでもドロップしてくる資源は、この地特有のものがいくつも見られることから、多くの探索者が拠点としている。貴重な資源を得られる場所として、多くの取引も行われている。

そうして人が集中している場所ではあるが、農地などが周辺にないために食料品などは輸入に頼らざるを得ない。日用品を扱う工房も少ないことから、様々な商売をする場所としても賑《にぎ》わっている。様々な人が集まる場所である。探索者は国をまたいでダンジョンを行き来するとも聞く。当然、情報も集まりやすいだろうと考え、太郎と白金はしばらくここを拠点にすることにした。

これから行くアンソフィータ国の情報だけでなく、上手《うま》くいけば伝手《つて》も手に入るかもしれない。それに、少し落ち着いて資金調達をしたいとも思っている。タミヌスで多少は稼げたが、軍資金は多いほうがいい。

マグナに到着し宿を取って確信したのだが、スフェノファでは見なかった魔導具がこの国、コニフェローファでは充実している。そういえばタミヌスだって暮らしやすかったと思い返す。

魔導具屋を覗《のぞ》くとスフェノファでは高級品で手の出ないような魔導具が、頑張ればなんとか手に入りそうな値段になっている。例えば、スフェノファの王都で冷蔵庫はサイザワさんのところでしか見たことがなかったが、マグナでは、各家庭は見てないのでわからないが、酒場や食堂で設置してあるのを見かけるし、ギルドの休憩室にもあった。久々に宿の食堂で飲む冷えたエールは格別だった。

（スフェノファは魔導具を輸入しているだけなのか？　そう考えると、やっぱりサイザワさん家《ち》はお金持ちだよな。家の外観は他の家とあまり変わらなかったけど。板ガラスは家の中だけしか使ってなかったし。ああ、泥棒避《よ》けのためかな。女性の一人暮らしだし）

太郎はそんなことを考えていたが、下手にスフェノファの話をするのも憚《はばか》られるので、口にはしない。

マグナに着いた翌日には、二人は探索ギルドに向かった。タミヌスのギルドマスターからの紹介状は役に立ち、太郎はすぐに探索ギルドの臨時の仕事を手に入れた。仕事が早々に決まったため、宿屋から出て、探索ギルドの紹介で部屋を借りている。キッチンと居間、寝室が二部屋で風呂付きの物件だ。日本と比較すると家賃の相場は安い。三分の一ぐらいだろうか。太郎の稼ぎだけで十分借りることができる。

白金はこのまま狩人を続けると言い、探索ギルドの依頼を受けることにしている。タミヌスと同じように基本は日帰り可能な仕事を受け、可能ならばダンジョンも浅層までは行くことに。タミヌスで依頼をこなし続けた結果、階級を見習いから錫《すず》に上げていた。

探索者の階級について話を聞いてみる。

「探索者の階級は上から金、銀、銅、鉄、錫という階級になっています。でも、最初は見習いです。見習いについては石とか言う人もいました。石は正式な名称じゃないですけどね。依頼数によって階級が上がるのは、鉄までです。金銀銅になるためには、試験があるそうです」

白金が簡単に教えてくれた。

「私は、もういくつか依頼をこなせば、鉄級に上がれます。あまり早く昇級しすぎても目立ちますので、抑えました」

と付け加えて。

国境の街タミヌスではどちらかというと穏やかな人間が多かった。だが、ここマグナではダンジヨンで稼いでいる人間が多いからか血の気の多い人間が主流である。白金のような小柄で成人したばかりの顔だけが良い小僧一人で何ができる、と馬鹿にした連中もいたようだ。だが、依頼の達成の質や手際の良さから、すぐに周りからそれなりに評価されるようになった。マグナに来てすぐに階級を鉄に上げたというのもあるだろう。

それでも、そういう奴が気に食わないという人間はどこにでもいる。それでだろう、一度、白金に絡んだ探索者が、完膚なきまでに叩《たた》きのめされたことがあった。ギルド内では私闘は禁じられている。だから、地下にある訓練場で鍛錬をするという名目で相対したのだ。断るよりも相手をねじ伏せたほうがよかろうと白金も了承した。

白金に喧嘩《けんか》を売った相手は、無表情のまま素手で自分を叩きのめした白金に恐れをなして二度と近づかなくなったという。また、それを見学していた周囲の人たちも、淡々と作業をこなすかのごとく振る舞い、自分よりもでかい相手を打ちのめした後だというのに、息一つ切らさないで去っていく白金を呆気《あっけ》にとられて見送ったらしい。白金は周囲からは一目置かれるようになった。因《ちな》みにその時の太郎は、ギルドの奥で作業をしていたためこのことを知らない。後から噂で聞くことになる。

白金はソロを貫いている。多くのパーティから声がけがあったらしいが、すべて断っている。叔父（太郎）のそばから離れるつもりはないと言い切って。そうすると、徐々に太郎への風当たりが強くなってしまった。ギルド内で陰口をたたかれることも多くなった。タミヌスにいたような人の良い狩人たちとはやはり雰囲気が違っているのだろう。タミヌスではなんだかんだと言っても、上手くやっていけていた（アンヌさんを除く）。

「シロガネになんとか渡りをつけたい」

「シロガネの気を引きたいので、まずは馬から」

という連中からの鑑定依頼が舞い込むこともあった。それらの鑑定依頼の結末は、白金を自分たちに預けてくれないかというものになっていく。

「白金自身が決めることです。彼と直接交渉してください」

と言って終わらせていた。去り際に彼らは腹立ち紛れに太郎に言い捨てていくのを忘れなかった。

「シロガネがいなきゃ、何もできない奴が偉そうに」

異口同音にそうした言葉を投げ捨てていく。そんなことが何度か続いた後のことだ。

ある日、滅多に会うことのないギルドマスターからの呼び出しを受け、終業後に会うこととなった。

「シロガネ君にこのパーティに入ることを勧めてくれないか」

今、マグナで最も勢いがある銀級になったばかりのパーティの名前を言われた。単刀直入に言われた太郎は、戸惑うばかりだ。なぜ、ギルドマスターから自分が聞かされるのか。

「白金に聞いてください。こういうことは自分の意志で決めるモノでしょう。叔父とはいえ私が口を出すことじゃないと思います」

椅子も勧められなかったので、ギルドマスターの執務机の前で立ったままの太郎が答えると、不機嫌そうな様子を隠しもせずに太郎を見る。

「リーダーのボロスがシロガネ君に申し込んだらしいが、断られたそうだ」

目の前に立っている太郎を忌々《いまいま》しげに見ているが、お門違いではないかと思う。

「ならば、余計に私が口を挟む問題ではないと思いますが」

ギルドマスターはこれ見よがしに溜息《ためいき》を一つ吐く。

「君は、自分がシロガネ君の負担になっているのがわからないのかね。あれだけ優秀な彼がどこのパーティにも所属しないのは、長期間ダンジョンに入ることを避けているからだよ。なぜかといえば、お荷物の君がいるからだろう。シロガネ君の恩恵で君はここで働けているのだよ」

声を荒らげることなく静かに語られるその言葉は、太郎の胸に刺さった。見下した様子のギルドマスターは、淡々と続ける。

「君は、鑑定と書類仕事で十分貢献していると考えているのだろうが、書類仕事など誰にでもできることだ。鑑定だってそこそこじゃないか。君の代わりならいくらでもいる。それでも君がこの探索ギルドで仕事を続けられる理由がわかるかね？」

まるで聞き分けのない子供を諭すかのように続けられた。

「シロガネ君がこのマグナで活躍しているからだよ。その彼の能力を伸ばすチャンスを、君は自分が彼の叔父という存在だというだけで潰す気なのか。よく考えてみてくれ」

太郎は、見下すように言われてぐっと歯を噛《か》み締めた。

「君が安寧にここで働けるのも、シロガネ君がいるからこそだろう。このパーティでシロガネ君が活躍するようだったら、君の待遇も考えよう」

言外に、この申し出を断るならばギルドを辞めろとにおわせている。今まで与えられた仕事はきちんとこなしてきたつもりだし、給与に見合った仕事をしてきているという自負がある。ここに就業したのはタミヌスのギルドからの紹介状があったからで、白金は関係ない。

今まで、白金目当てで太郎に接してきた連中の様々なことが頭をよぎる。正直言って、もうウンザリだ。

「わかりました」

その返事を聞いて、ギルドマスターは自分の思惑通りに事が進むと思って、僅《わず》かに口角を上げた。

実は、彼の甥《おい》がボロスなのだ。白金がパーティメンバーに加われば、戦力増大でパーティは金級も狙えるだろう。彼に誤算があったとすれば、いつも穏やかな太郎が逆らうとは考えていなかったことだろう。黙々と仕事をこなすという話は耳にしていたため、ギルドの長たる自分からの申し出に否やはないだろう、問題なく従うだろうと思い込んでいた。

「今までお世話になりました」

太郎は、探索ギルドを辞めた。


どんと落ち込んだ太郎が帰ってきたのを白金が迎える。今日は白金の方が早く戻ってきたので、夕食の準備を済ませて待っていたのだが、戻ってきた太郎の顔は暗い。

「マスター、どうかされたのですか」

心配して白金が近づく。

「ああ。ギルド、辞めてきたから。悪い。先に風呂入っていいかな」

「はい。どうぞ」

ほとんど会話もなく、風呂場へと向かった太郎の後ろ姿を見送る。白金にだって何かが太郎にあったということぐらいは推察できる。だが、落ち込む太郎に、彼は何が起きたのかを聞くことはできず、どう声をかけていいのかすら判断しかねた。

「あー、東蘭《とうえん》の餃子《ギョーザ》とラーメンが食いたい。美味《うま》いビールにから○げクンが食べたい」

風呂場での太郎の愚痴を白金の耳が捉える。太郎は認識していないが、白金はトランクルームのアシスタントなので、トランクルーム内の出来事はすべて把握しているのだ。

東蘭とは太郎がよく通っていた家の近所の中華料理店の名前であるとか、から○げクンとはあちらの世界の食べ物だということは知っている。そうやってこぼすことは今までにもあったため、情報としてすでに収集済みだからだ。この場合は単に太郎から聞いたのだが。

太郎は何も話をしてくれないが、どうにも白金目当ての勘違いした連中が太郎にちょっかいを出していることを白金は認識している。トランクルームは、アシスタントの容姿を決定する際に、相談しやすいように同性を、所有者である太郎の責任感や判断力をより高めるために年下を選択した。

しかし、今回はアシスタントとマスターである太郎との情報の共有という点で悪いほうへ働いているようだ。最初の頃と比較して、太郎の白金への情報共有量が減っている。白金自身が何らかの対策を取るためにも太郎からの報連相が重要ではあるのだが、白金に心配をかけまいと思っているのか太郎はそうしたことを話してはくれなくなった。トランクルーム＝白金にとっての最重要項目は太郎しかないのにだ。白金は一人、立ち尽くすしかなかった。

風呂に一人で浸《つ》かっているとついつい太郎の口から愚痴がこぼれ出す。

「俺の存在価値ってなんだろな」

呟《つぶや》くともなく口から出た言葉は、太郎の心情を物語っている。思えば、巻き込まれてこの世界に来た。それでもなんとか生きていくために、ここまで来た。だけれども。

この世界でいらないならば、とっとと元の世界に帰してほしい。それが太郎の偽らざる本音だ。やりたいことも、やるべきこともみな置いてきたんだぞ、あっちに。それを同情してくれとは言わないが、と。ただただ、太郎にとっては腹立たしいだけだ。誰かのせいにしたところで虚《むな》しいだけでこの感情を向ける先がわからない。感情がむき出しになった自分の顔を白金に見られたくはない。

「悪い。俺、先に寝るな」

風呂から上がってきた太郎はぶっきらぼうにそう言って、夕飯も食べずに逃げるように寝室へと入ってしまった。白金にはまさしく為《な》す術《すべ》がなかった。

翌朝。

「マスター、何があったかお伺いしてもよろしいですか」

いつもの通り太郎が起きてきて朝食の支度をしている中、白金が尋ねてくる。太郎はどうにも寝不足気味に見えるが、その点は指摘してこない。

「ギルドを辞めたことか。俺はギルドじゃ必要ないんだそうだ。だから、じゃあ辞めますねという話だ」

白金の方を見ることなく、皿を並べていく。朝食の支度が調ったようだ。

「マスター、私のことが関わっているのでしょうか」

明確に答えがないことに対して再度白金が確認するために聞いてくる。

「うん？　まあ、関係あるといえばあるけど、大したことじゃない。比較されただけさ。お前は優秀で、俺は無能だってね。やっぱり鑑定があっても、レベルが高くないと駄目なんだな。そうだな、普通の人間だからな。取り替えがきくって言われても仕方ないんだよな」

どこか投げやりな感じの太郎は、まったく覇気がない。白金はすべてを把握してはいないが、自分をパーティに誘いたい連中が太郎に接触していることと今回の出来事が結びついているのではないかと推測していく。気がついた者は、白金自身で潰すようには心がけていたのだが十分ではなかったらしい。

「マスターに伺いたいことがあります」

太郎はモソモソとパンを食べながら、顔を白金の方へ向ける。

「私は、マスターのアシスタントとしてその役割を全うしたいと考えています」

「はい？」

白金の言っている意味がわからず、頓狂《とんきょう》な声が出てしまった。

「マスター、私は貴方《あなた》のトランクルームのアシスタントです。残念ながら必要なすべての情報を独自に入手することは不可能です。マスターに関する情報は、提供していただかないとわかりません。そして、情報が不足した場合、私自身、判断ができかねることが生じます」

白金は真面目な表情と声で続けていく。

「お話ししていただけませんか？　何があったのかを。場合によってはマグナからの移動も視野に入れなければなりません」

「ここを移動しても、同じだろう。タミヌスだって同じだったじゃないか。別の場所に行ったからといって俺が使いものになるわけでもないだろう」

必要もないのに、スープをスプーンでかき混ぜ、溜息を一つつき太郎は続ける。

「白金、お前は将来を見込まれた存在だそうだ。ま、そうだよな。強いし、わからないことはお前に聞けば大概はわかる。そつがなく何でもこなしてくれる。俺は、お前に頼りっぱなしだものな。俺は、どこにでもいる凡人だからな。いや、昔からそれはわかっちゃいたんだ。今更だ」

「そんなことは、ありません。そんなことを言ったのはどなたですか！」

声を荒らげる白金は初めてかもしれない。太郎はびっくりしはしたが。

「本当のことだろう」

頑《かたく》なに断言する。

「マスター、私はトランクルームのアシスタントです。トランクルームはマスターの能力であり、私は言うなればマスターの能力の一部なのです。それに、マスターに頼られるのはアシスタントとしての存在意義でもあります。それらを否定しないでください」

切実な表情で訴える白金をちらりと見て、顔を逸《そ》らした。

「否定なんてしてないさ。白金は白金だろう。俺じゃあないよ。周りから見れば若い有望株の足を引っ張るロートルってとこだろう。俺は魔物を相手になんてできない。俺の鑑定だって、白金の情報収集能力と比較したらなんてことないしな」

吐き捨てるように太郎は言葉を放る。

「マスター、私が情報を得ているのはマスターの鑑定を通じて虚空情報《アカシックレコード》にアクセスしているからです。魔物を狩れるのもトランクルームを通じてマスターの能力を借りているだけです。私はマスターの力をふるっているだけなのです」

真《ま》っ直《す》ぐにこちらを見て言いつのる白金を見ていて、太郎は強く反発した。

「でも、俺は鑑定でその虚空情報《アカシックレコード》になんてアクセスしてない！　どうやって見ればいいのかわからない。剣だって練習したけど駄目だったじゃないか」

いや、鑑定を利用している時点で虚空情報《アカシックレコード》を利用していると言えよう。自覚がないだけである。

「情報取得技術と収集範囲の規模に関しては、私の構成の元になっているパソコンを通じて初期に情報検索のノウハウを身につけたためだと思われます。マスターが鑑定のレベルアップをしたことでより多くの情報を検索できるようになりました。まだ範囲は限定的ではありますが。マスターの場合は、トータル的に能力値が上がっています」

白金は冷静なままに訥々《とつとつ》と話を続けていく。

「剣に関しては、マスターの中で忌避感があるのではないでしょうか。その分、私に能力を預けているものと考えられます。スリングショットの命中率などは上がっているではありませんか。なにより私が魔物を討伐しても私自身のレベルアップにはつながりません。すべてマスターのレベルアップにつながっているのです。マスターがスキルを使って射止めたことになりますから」

太郎は淡々と語る白金を見ていたが、ふいっと顔を逸らす。説明を聞きながら白金のレベルアップを自分が奪っているとも取れる部分に反応してそれは何か悪い気がしたのだが、自身にレベルアップの実感がまるでないので絵空事のようにも感じる。

「ただ、今のところマスター自身で魔物と相対することがないため、実感がないものかと判断します。何度も言いますが、私は貴方の能力の一部なのです。私は、マスターがアシスタントに求めている部分の能力が上がっているに過ぎません」

白金は困ったように太郎に説明をしていく。だが、言葉を続けようとしても太郎は耳を閉ざしてしまったようだ。太郎は立ち上がってあまり手をつけていない自分の朝食をさっさと片付けてしまう。

「ギルド、行くんだったら早めに行ったほうがいいんじゃないか」

そう言って部屋へ戻ってしまった。白金に真っ直ぐに見つめられるのが、辛《つら》かった。自分がお荷物であるという負い目を感じていたのだろう。本人は気丈にしていても周囲の扱いがそれなりに効いてはいるのだ。

「私のこの姿は失敗だったのですね。マスターは私をアシスタントとして、相棒として認識してくださらないのですね」

ぽつりと呟いた白金の言葉は、今の太郎には届かない。

白金が出かけていった後に、部屋から出てきた太郎は余計に落ち込んでいた。白金に八つ当たりのような対応をしたからだ。

「大人気《おとなげ》ないよな」

そう思っても、一回沈んだ気持ちは浮かぶ様子はない。仕事を辞めてしまったから、この先どうするかを考え直さなければいけない。戦闘能力のない自分は、この世界では使えない部類のようだ。

この世界に召喚されて、王城から出てスフェノファから脱出することばかりを考えていた。この先ここで生きていくのに、必要だと思えばなんでもやる気だった。解体とかも覚えたし、できることはなんでもしなきゃと思ってやってきた。ようやく居場所を見つけて、少しは落ち着けるかとも思っていたのだ。

「ああ、そうか俺。ここに来るまで思っている以上に気を張っていたのか」

「白金のお荷物」っていう台詞《せりふ》を聞いて、何かがプツンとキレたのかもしれない、そう感じた。

「俺にも勇者みたいに力があれば……。いや、そしたら逃げられんかったよな」

考えても仕方のないタラレバが頭をいくつもよぎっていく。できないことばかりが心を占めていき、自分を卑下するばかりだ。このままだとまた白金に八つ当たりをしそうだ。

心を落ち着けるためにも夕食の支度をしていたところへ、白金が帰ってきた。えらく汚れている。

「どうした、何があった白金」

慌てて白金に駆け寄る。

「マスター、ギルドを辞めた原因はギルドマスターですね」

白金は平常運転だ。

「白金、そんなこと、どっから聞いた。それとも、情報で知ったのか」

「情報収集能力では、身近な出来事などを知ることはできません。人から聞きました。マスターとギルドマスターのやり取りは、外に聞こえていたのです」

淡々と話す白金と、戸惑う太郎。だとすれば、事務方の誰かが聞いていたのだろうか。

「色々と片をつけてきました。私を一対一で倒せるのならば、パーティに参加すると表明し、そのことごとくを殴り飛ばしてきました」

白金は胸を張って言う。

「なんてことを。白金、お前は大丈夫だったのか。汚れているのは、これとか血じゃないか」

腕や足のあちこちに赤黒い汚れが付いているのに気がついて太郎は慌てる。だが、白金は平然としている。

「返り血です。私自身は怪我《けが》をしていません」

「痛いところとかないか」

それでも心配ではあるので、腕や背中などを触って確認してしまう。

「マスター、今後のことを考えて一つ提案があります」

「そんなことより、お前、風呂に入って綺麗《きれい》にしてこい。怪我がないか確認しないと」

「いえ、大事な提案です。お聞きください」

白金に真っ直ぐ見つめられ、太郎の方が折れた。

「わかった。言ってみろ。言ったら風呂に入れよ」

「ありがとうございます。マスター、アシスタントを解除しませんか」

言われた意味がすぐには理解できなかった。

「何を言い出すんだお前。解除って……」

白金はいつものように続ける。

「はい。アシスタントを解除した後に、二つの選択肢があります。一つはアシスタントを再構成しない場合です。その場合は、私に流入されている能力がマスターに還元されます。それにより、マスターの能力値が高まります。今朝の話にあった剣術についても、マスター自身が今の私と同等、もしくはそれ以上に振る舞えるはずです。なぜならば、マスターがアシスタントに与えている力、私がお借りしている能力がマスターに戻るためです」

白金はここまで言って一息つく。

「前にも申し上げましたが、私の剣に対する能力の高さは、本来マスターが維持すべき分までも所有してしまった可能性があります。そのため、マスターが剣技についての習得が悪いのだと考察します。おそらく剣についてマスターには忌避感があるのではないでしょうか」

そう言われて、太郎には思い当たる節がある。子供の頃、チャンバラごっこをしていて友人に怪我をさせたことがあるのだ。打撲で済んだのだがその後、その子とはあまり遊ばなくなった。それに高校の体育の時間、剣道の授業で言われたことがある。

「お前、他のモノと比べると剣道だけ手を抜いているのか？」

と教師や友人に不思議がられた。子供の頃のトラウマか？

「二つ目は、次のアシスタントを再構成する場合です。この場合は、今回の私の失敗を踏まえてマスターと同年代のアシスタントになるでしょう。能力については、マスターからお借りすることになります。けれども、マスターがご自分に高い能力を望んでらっしゃるようですので、それを保持するため、それなりの能力になります。ただし、情報収集能力に関しては、大元の影響は変わりませんので私と同等のレベルのモノになります。心配は無用です」

白金はここまで言って、にっこり笑ってみせる。

「今すぐどちらかを選択することでもないかもしれません。考えるお時間も必要かと思います。では、私は身ぎれいにしてきますので。一人で大丈夫ですから」

そう言って浴室へ向かう白金に、太郎は何の言葉もかけられなかった。その後ろ姿を見て思う。

「俺は、白金に見捨てられたのか……」

自分でも気がつかずに、そう口にしていた。

白金が部屋に戻ってくる頃、ダイニングテーブルには夕食の準備が整っていた。白金の姿を見ると太郎は温かいスープをよそってそれぞれに置いた。風呂上がりに一応確認したが、どこにも怪我などなかったようだ。

「白金、なんでそんな無茶なことをしたんだ」

太郎は感情を抑えながら、問うてみた。

「マスター、貴方は教えてくださいませんでしたが、私をパーティに組み込みたいという輩《やから》がマスターにちょっかいをかけていたそうですね。また、ギルドマスターもそのようなことをしたと。彼らは私の存在意義をまったく理解していません。彼らが私と組める存在だという認識がまったくもって間違っているのですから。だから、それを理解していただいただけです」

ニッコリ笑う白金に対して、笑うところ違うんじゃないのかと太郎は思った。

「お前が、そこまですることじゃないだろう。お前の立場だって悪くなるぞ。お前、まさかギルドマスターに手を出していないだろうな」

心配そうな太郎に、意味ありげに白金が笑う。

「ギルドマスターを殴るような真似はしていませんので、ご安心ください」

そう続けた。

「ただ、残念ながらマスターは、私が年下の姿を取っていることで、庇護《ひご》の対象だという意識を強くお持ちのようです。ですから情報共有ができなかったとすれば、私の不徳のいたすところです」

そう続けるとシュンとしてしまった。

「いや、俺はお前を頼りにしてる。俺の不甲斐《ふがい》なさが情けないだけで」

慌てて太郎が言いつのった。

「マスター、何度も言いますが私は貴方のアシスタントです。言い方を変えれば貴方がこの世界で生きていくための相棒です」

太郎は思わず白金の顔をまじまじと見た。白金は真っ直ぐ太郎の目を見る。

「そう思っていただけなかったとすれば残念です。貴方は認識しておられないようですが、何度も言いますが私の能力の源泉はすべて貴方のものです。能力の一部をお借りしているのです。ですから、提案をさせていただきました。改めてアシスタントを再構築されれば、能力の貸与についても制限がかかるようにできます」

真っ直ぐに見られて、目を逸らしたのは太郎の方だった。

「アシスタントを解除したら、白金、お前はどうなるんだ。再構成したとしたら、大人になった白金が復活するのか」

太郎がボソボソと言ってくる言葉を受けて、白金はほんのり嬉しそうな表情になる。

「私を気にかけてくださるんですね。アシスタントを解除した時点で白金という存在は消失します。アシスタントを再構築して出現する者は、記憶は共有しますがまったく別の存在になります」

「お前は、それでいいのか？」

白金は縋《すが》るような瞳を太郎に向けられてたじろいだ。

「それをマスターが望むのであれば、構いません。私はマスターのスキル、トランクルームのアシスタントです。そう、ですね……」

言葉を一瞬切ると、その先を続けるかどうかためらう様子がみえた。

「マスターとこうして生活をしていて、旅をしてきて。これが楽しいということなのだと学べてよかったです。美味しいものも沢山食べられました」

そう言って、美味しそうにスープを飲む。まるで話は終わったかのように、二人とも黙々と食べていく。食べ終わった頃に、太郎が一言問うた。

「白金、お前はもう俺と一緒にいるのが嫌なのか？」

キョトンとした白金が不思議そうにする。

「なぜ、そんなことを。私はこのままこの生活が続いていくものだと思っておりました。しかし、今のままではマスターは私をアシスタントとして使いにくいのではと推察したまでです」

ちょっと黙って、それから言葉を続ける。

「私では役立たずだと自覚しました」

こんな台詞を言わせたかったわけではなかった。自分で自分を哀れみすぎて、自分の相棒である白金まで巻き込んでこんなことを言わせるなんて。

(俺は、なんて間抜けなんだろう)

白金は強い。だが、それは太郎がそう望んだからだ。白金は有能だ。白金がいれば問題はない、そうやっていつの間にか頼りっぱなしになっていた。その太郎の依存心が、太郎が本来持つべき能力を白金に押しつけ続けていたのだろう。そのくせ、年下の姿であることで負担をかけたくないという二律背反なことをしていたのに気がついた。白金の強さも頼りになるところも、結局は太郎がそう望んでいたからこそであるのに。

考えてみれば、突然一人で知らない場所で暮らせと言われて、不安にならない者はいないだろう。太郎にとって白金はこの世界で生活する上での縁《よすが》でもあるのだ。

「俺は、お前に見捨てられたのかと思った」

「なんてことを。私が見捨てられることがあったとしても、私がマスターを見捨てるようなことなどできません。私は貴方のアシスタントなのです」

その白金の言い回しが可笑《おか》しくて、太郎はちょっと笑ってしまった。

「ああ、本当にな」

太郎は一つ息を吐く。

「俺が悪かった。お前と情報共有しきれてなかったのは、俺が悪かった。お前は俺の大事な相棒なんだって認識が、俺には足りていなかったようだ」

「では、次のアシスタントには情報共有などをお忘れなきように」

そうひとこと言って、静かに白金が微笑《ほほえ》んでいる。

「何言ってるんだ。お前は俺を見捨ててないんだろう。俺はお前がいたからここまでこれたんじゃないか」

ガバッと太郎は頭を下げた。

「お前を不安にさせて悪かった。どうか、このまま一緒にいてくれないか。アシスタントを解除するなんて言わないでくれ」

白金は、太郎の突然の謝罪に戸惑う。

(いえ、アシスタントを解除するかどうかの選択権はマスターにあるのですが。それにマスターが私を捨てることは可能ですが、私がマスターを捨てることは不可能です)

だが、それを白金が口にすることはなかった。太郎の様子を見て、言ってはいけない気がしたからだ。それに自分と一緒にいてくれという言葉を嬉しく感じたから。

太郎もすべてが吹っ切れたわけではない。だが、この世界で白金だけはいつだって自分のことを考えてくれているのだと改めて気がついたのだ。味方がいるのならば、これからもやっていけるのではないか、そう思えた。

「それと、ありがとうと言ったほうがいいな。彼奴《きゃつ》らがぶん殴られたって聞いて、ちょっとスカッとした」

頭をポリポリ掻《か》きながら付け加えた。

そうはいっても、探索ギルドを辞めてしまった太郎は今後どうするかという問題は残っている。

話し合いの結果、ほとぼりが冷めるまで太郎はしばらく家でゆっくりしようという話になった。

「マスターが色々と考えてしまったのは、ずっと移動などが続いて疲れていた可能性も考えられます。その上でマグナに来てからの人間関係でのストレスなどもあるでしょう。当分の間であれば仕事をしなくても生活に支障はありません。休息を取ることを提案します」

「いや、それってなんかヒモのような気が……」

太郎が抗《あらが》ったが、結局は白金に説得された。

「もし、私にお心遣いしてくださるのならば、美味しいものが食べたいです」

という要望を受けて、太郎はキッチンで黙々と料理を作っている。

肉素材はいくらでも白金が持ってきてくれる。野菜などは市場へ行けばいい。残念ながら米はなかったが、小麦粉はあった。パンでもうどんでも自分で作ろうと思えば作れるものだと知った。調味料やスパイスは、市場を色々と見て回っている。和風調味料は見かけないが、それなりのハーブなどは出回っている。ショウガやニンニク、ネギなどのようなものも手に入れた。

料理をしていくと色々なことに段々と整理がつくような気がした。手先を動かし、具体的な目的がある作業をすると思考は冴《さ》える。もともと、会社で部署を異動する前は実験系の仕事に従事していたので、こうやって手を動かすことは性に合っている。

「え、やっぱりヒモ？」

冷静に考えて、自分の状態にちょっと愕然《がくぜん》としたりもしたが。白金とのやり取りで、一応は落ち着いたとはいっても、漣《さざなみ》のように様々な思いが去来するのは仕方がないのか。

ここしばらくの料理生活で太郎の調理の腕前は確実に上がっていっている。これほど料理を集中して作っていたことは今までなかった。道具類も充実していることだし、美味しいものを食べたいし食べさせたいし、これでいいかと居直ることにした。マグナに来て、魔導具などが充実していることで生活環境は良くはなったが、まだトランクルームのキッチンの設備には負けている。もう少し魔導具のオーブンなどがお安く手に入れば違うのかもしれない。魔導具店で、冷蔵庫や温度調整が可能なオーブンなどを持つ家庭がちらほらとあると小耳に挟んではいる。生活レベルはスフェノファに比べれば、高いと思う。

しかしながら料理は不味くはないのだが、もう少し美味しいものを食べたいと思ってしまう。外食にも行ったがそこでの料理方法は、どうやら煮ると焼くがメインで味付けもシンプルだ。太郎からするとちょっと濃いし、タレや出汁《だし》が欲しい。揚げ物はあるがメジャーではないようだ。色んなフリッターは見つけたのだが。

（肉、なんで細切れにしてまとめて揚げるんだろう。もっと大きめの塊で揚げてくれればいいのに。肉、大きくても揚げられるのになあ。唐揚《からあ》げもトンカツも美味しいよ。魚？　もすり身で揚げたのばかりだよな。川魚だから？　普通の魚料理はゴテゴテ味をつけるのばっかりだし。シンプルに塩焼きでもいいと思うんだよな）

そんな料理に耐えきれず（ということにしておこう）、自分で作ろうという気になったのもあった。料理を作ると、達成感があり心が落ち着いてくるような気がする。手順や材料の吟味で頭がちゃんと働いているのを実感する。一緒に食べる白金が美味しいと喜ぶと、やはり嬉しいものがある。白金に美味いものを食べさせたいと思うようにもなる。随分前に「美味しそうだな」と購入した料理本が積読《つんどく》の果てにトランクルームで化石となっていたのを思い出し、発掘した。ここにきて初めて役に立っている。そうはいってもこの地域の調味料にバリエーションはそれほどなかった。それでも代わりになりそうなものは白金の情報を頼りにした。やはり、白金は有能である。

そうやって太郎の心情がそれなりに落ち着いてきたある日、その人はやってきた。


「どうも、お久しぶりです」

白金と共にやってきたのは、探索ギルドの受付をしているアリアだ。アリアとは、同じ職場とはいえ、面識がある程度だ。白金が連れてきたお客様？　ということで、お茶と先ほどできたワッフルを出してみた。ちょっと、アリアさんの目がキランと光った気がしたが、気のせいだろう。

「今日は、タロウさんにお届け物を持ってきました」

彼女は、一通の封筒を取り出す。

「タロウさんは、タミヌスでアンヌさんの弟子だったんですね。アンヌさんから私宛てに手紙が来たんですよ。で、同封されていたのが、これです」

太郎はきょとんとしてしまった。

「これは、アンヌさんが認《したた》めた薬師ギルドへの紹介状です。数年前までアンヌさんはマグナの探索ギルドで働いてたんですよ。実家の都合でタミヌスに移ったんですけど。マグナでは色々と活躍してたんです、彼女。それでここでは多方面に顔が利きましてねぇ。マグナの探索ギルドに多分あなたは合わないかもって、薬師ギルド宛てに紹介状を送ってくれたみたいです。さすがは、アンヌさん」

そこまで言って、紅茶を一口飲む。それからナイフとフォークでワッフルを切り分ける。

「へっ？　アンヌさんが」

話をしているのに驚く太郎の姿を見ることなく、ワッフルを頰張《ほおば》る。目を見開いて堪能している。

「美味しい、え、これどこのお店、てか焼きたてって」

「そうですよ、さっき焼けたところです」

「え、お店開くなら言ってください。協力します」

目を丸くしたアリアは、太郎がこのワッフルを焼いたと聞くと真剣な顔になる。

「いや、お店は出しませんよ。素人の手慰みです」

彼女は少し残念そうな顔をしたが、話しながら食べていたワッフルはもう消えていた。少し名残惜しそうにしている。そんな彼女の様子に気がつかず、目の前の紹介状にポツリと太郎が呟く。

「なんでアンヌさんが」

「アンヌさんは、私への手紙でかなりあなたのことを褒めてますよ。事務系統の仕事は自分が教えているから、何でもこなせるはずだって。あの人、滅多にそんなことは言いません。私もアンヌさんに同意します」

白金がアリアに紅茶とワッフルのおかわりを静かに提供すると、彼女は嬉しそうにニッコリ笑う。幸せそうに、ワッフルをもう一口。紅茶を飲んで続ける。

「うちのギルドマスター、脳筋なんですよねぇ。自分が事務仕事とかできないくせに、事務員を馬鹿にする傾向があるんです。力仕事があるときには便利な人なんですけど。アンヌさんがいた頃は彼女に締め上げられるから大人しくしてくれてたんですが。最近、調子に乗っていて」

「はあ」

間の抜けた返答になってしまうのは、致し方ない。確かに今の副ギルドマスターがかなりのやり手で仕事をこなしているため、ギルドマスターは自分の部屋で昼寝をしているという噂を聞いたことがある。そういえば自分の紹介状も副ギルドマスター宛てだった。というか、あのギルドマスターをアンヌさんが締め上げる？

「アンヌさん、貴方に厳しくなかったですか？　それで多分、シロガネ君は優遇していたとか」

「エーッと、まあ、なんというか」

ちょっと顔を背けて、太郎は答えを濁そうとしたが濁しきれない。

「あれは、病気だと思って諦めてください。手は出さないですから」

うんうん言いながら、ワッフルを堪能しつつ、話を続ける。ワッフルの味を堪能している間は話が止まってはいるのだが、幸せそうな顔をするアリアに突っ込みが入れられない。

「ごめんなさい。この手紙が届いたのは、貴方が辞めた日だったんです。もう少し早かったらよかったんですけど。ちょっとトラブルがあって配送が遅れたようです。ま、ギルマスもアンヌさんの手紙は届きにくくなるようにしていたみたいですけど。それでああなったんだから自業自得ってことでいいのかな？」

ちらっと横にいる白金を見る。白金はにこやかに頷《うなず》く。

「そうですね。何事もなく叔父が薬師ギルドに異動していたら、もっと穏やかに済んだかもしれません」

二人だけでわかり合っている姿に、ちょっと置いてきぼりをくらっている太郎。

「何があったんですか。白金が殴り合いをしたのは聞いているんですが」

「それとはまた別。まずはこっちの話が先ですね」

とニッコリ微笑まれたので、それ以上、聞くのはやめた。

「少し落ち着いたら、薬師ギルドでの仕事を考えてもらえませんか」

アリアはテーブルの上の封書を、すっと太郎の方へ差し出す。

「それからアンヌさんからの伝言です。『タロウさん、貴方は自己評価が低すぎます。私が鍛え上げたのですから自信を持ちなさい。貴方にできない事務仕事はないはずです。それに、貴方はシロガネ君の叔父なのですから、能力が低いわけがないでしょう。自己憐憫《れんびん》は時には嫌味《いやみ》です』だそうです」

話しながら食べていた二つ目のワッフルも消えていた。また少し名残惜しそうにしている。

「私としては、パティシエになって、このワッフルを売ってくれてもいいのだけれど」

太郎が無言の圧力に屈して差し出した残ったワッフルをお土産に、ホクホク顔で彼女は帰っていった。

「アンヌさん、俺のこと認識していたんだ」

どかりと、椅子に腰掛けると、そんな言葉が口から出た。考えてみれば、一緒に仕事をしていて認識していないわけはないのだ。厳しく書類関係の仕事を叩き込まれたのだから。

『人は自分の役割を果たすことで、お給料をもらっているんです。全員が同じことしかしなかったら、仕事が回らないでしょう』

そう言っては、強制的に色々な仕事をやらされた。全体を俯瞰《ふかん》して見るには色々な経験があったほうがいいとかなんとか言って。

考えてみれば口調はきついし、白金にはデロデロだった。とはいっても細かく面倒を見てくれていた人でもあったのだ。確かにあの人は滅多に褒めるということをしない人だったが、伝言の内容が彼女らしい。

「ははは っ、笑っちゃうな」

今の自分を見透かされたような気分だ。だけど、悪い気分じゃない。


後から太郎が聞いた話である。太郎とギルドマスターの会話は隣室の経理長が聞いていた。この隣室は、ギルドマスターの部屋の声が聞こえる造りになっているのだそうだ。有事の際に、周囲がすぐに気づくことができるようにそのような造りになっており、内容を聞かれたくない場合は、遮音結界を張れるようにもなっている。ただ、今代のギルドマスターはほとんど遮音結界を張ることがないとか。で、その隣の部屋で経理長が残業していたのだ。残業理由は、ギルドマスターが提出してきた書類に不備が多く、その手直しに手間取ってしまったためらしい。

「書類を作製するのは誰にでもできる仕事なのでしょう。でしたら、ご自分の分はご自分でお願いします。正しい書類が提出されれば受理します。ああ、それから貴方は鑑定も誰でもできるって言ってましたよね。貴方に関連する鑑定の仕事は、ご自分でおやりください」

今までは、書類仕事など適当に人に投げていた分をギルドマスターがきっちりと処理しなければならなくなったそうだ。また、書類に不備があっても内々で訂正して通してもらえていたのだが、それもなくなったとか。

「書類が不備です。訂正してください」

と差し戻されてしまうらしい。誰か別の者にやらせようとしても、誰も引き受けてくれない状態なのだそうだ。皆、口を揃《そろ》えて言うらしい。

「書類仕事は簡単なのでしょう。でしたらご自分の分はご自分でどうぞ」

ギルドマスターはパニックらしいが、ギルドの仕事はきちんと経理長や副ギルドマスターなどが回しているという。滞っている書類は本人関連の出張費だとか会議費などの書類。それからギルドマスターが中央本部に提出する書類など、彼自身の仕事が中心だという。探索ギルド内でも色々と、溜《た》まっていたものがあったのだろう。

後日、わざわざこの話をしに来たアリアは、先触れを白金にお願いして太郎のワッフルを所望し、色々な情報を置いていった。


太郎は、薬師ギルドで仕事をすることになった。紹介された薬師ギルドの仕事は、事務仕事が中心のものだ。アンヌさんに鍛え上げられた書類処理スキルは評価が大変高い。重箱の隅をつつくほどに細かな点まで指導された賜《たまもの》と言えよう。探索ギルドとはえらい違いだ。

「君はその書類作成やチェックの仕事をどこで身につけたんだね。え、探索ギルドのアンヌ嬢に教わった。そういえば、君は彼女の紹介だったね。ああ、そうか。私も仕事の関係で少し関わったことがあったが……。うん。なかなか、有能な人だった。今はタミヌスにいるのか。そうか、うん。なかなか癖のある人だからね……。大変だったね」

薬師ギルドのギルドマスターが遠い目をしたのが印象的だった。

(アンヌさん、悪い人ではなかったんだよな……多分)

アンヌは、確かにここマグナにおけるギルド界隈《かいわい》では有名な人だったのかもしれない。アンヌさんの愛弟子《まなでし》と言われるようになって、絡まれなくなった気がする。

◆ ◆ ◆

転換点は唐突にやってきた。

隣国アンソフィータから探索者のパーティがマグナに来たのだ。

「期間は半年間を予定している。このダンジョンで産出される『火山の欠片《かけら》』を依頼したい。我々もダンジョンに入るが、他のパーティがそれを発見した場合は、買い取りをお願いしたい。それから、『火山の欠片』の発現状況について、情報があれば教えてほしい」

そのパーティ、シムルヴィーベレのリーダー、アルブムはギルドにそう申し出た。

このマグナダンジョン特有のドロップ品の一つに『火山の欠片』があり、その有用性は高い。ある難病に効く薬品の材料の一つであり、また魔力の宝庫であることから自身の火属性魔法の強化、巨大な魔法陣を展開するための魔力源や構造物のエネルギー源など幅広い用途に利用可能なものなのだ。ただ、この『火山の欠片』を見つけるのはなかなかに厄介だ。残念ながらその取得条件についてはよくわかっていない。出現する法則性が把握されていないのだ。深層で発見されることもあれば、浅層で発見されることもあるという変わり種だ。頻繁に発見されることもあるのだが、ここ数年は発見されていない。唯一はっきりとわかっているのは、魔物を倒したときのドロップ品だということだ。残念なことにこの魔物も特定の一種類の魔物ではない。もしも、『火山の欠片』をドロップする条件を見つけたならば、情報としてかなり高額で売れるのではないかと言われている。

そんな『火山の欠片』を求めて、隣国をホームとしている探索者パーティがこの地に来たという噂は、あっという間にマグナの街に拡散された。しかもこのシムルヴィーベレは、金級だ。街じゅうがざわめくのも仕方がないだろう。当然、白金もこの噂話を耳にし、シムルヴィーベレの姿も確認した。

「『火山の欠片』？」

「そうです。今、アンソフィータから五人組の探索者パーティが来ているんです。彼らは、『火山の欠片』を探しているという話です」

白金は太郎と共に夕食をとりながら説明をした。

「ああ、マグナダンジョンの特産品か」

太郎も探索ギルドにいたときに話は聞いたことがあったが、現物は見たことがない。

「はい。その探索者もダンジョンに入っているのですが、もし、他の探索者が見つけた場合は買い取るという話です」

白金はスープの椀《わん》を太郎に渡す。

「で、それを探しに白金もダンジョンに入ると。大丈夫なのか、ソロでダンジョンなんか入って」

太郎は心配げに眉を顰《ひそ》め、白金にミネストローネのおかわりをよそって渡す。

「大丈夫ですよ。対処できない相手や数が多いような場合は、トランクルームに戻ればよいだけですから。いつもと大して変わりません」

白金はまるで角ウサギを捕まえに行くような気軽な返事をする。

「それにしたって、やっぱり心配だよ。ダンジョンだよ。トランクルームに戻れなくなる状況もあるかもしれない。それにそんなに簡単に『火山の欠片』って見つかるものなのか？」

太郎が聞いた話だと、あれはそう易々《やすやす》と見つかるものではなかったはずだ。

「問題ありません。どんな状況だろうと、私がトランクルームに戻れない状況などあり得ません。私自身がトランクルームの一部なのですから。それに情報を検索した結果、火山の欠片を発見する条件というのを見つけましたので」

「お前って、本当にすげえな。その条件って、危なくないんだろうな」

ジャーマンポテトを取り分けて、パンにのせて食べながら、白金の話を聞く。

「それは大丈夫です。ものすごく単純なんですよ、その条件。火魔法が使えれば誰でも可能です」

「待て、火魔法って。白金、お前、魔法もいける口なのか。なんでもありだな。でも魔力とか必要じゃないのか？」

白金も太郎の真似をしてパンにのせる。美味しそうに一口頬張る。

「お褒めいただきありがとうございます。魔法の使い方については情報を取得しましたので使用できます。また、魔力に関してはトランクルームに魔物のコアである魔晶石を入れておけば、そこから取り出して利用できます。今までに集積しているものがありますから、十分足ります。マスターも覚えますか？　お教えしますよ。同じようにできるはずです」

そう言って、少し考えて手の上のパンとジャーマンポテトの上に食卓にあったチーズを重ねて、指先に小さな炎を宿し、それを炙《あぶ》ってみせた。チーズがトロリと溶けて少し焦げ目もできる。

「俺もそれ、やりたい」

少し方向性が斜めっているが、白金は太郎の扱い方がわかってきたのかもしれない。

とりあえず、魔法使いにもなったという白金はダンジョンに行く手続きをした。怪しまれないように、表面上はずっとダンジョンに入っていることにしているが、トランクルーム経由で、朝に家を出て、夕飯前には帰ってきている。自分が行った場所に支店の基《もと》を置いてくれれば、翌日に同じ場所からはじめられて大変便利だ。本来の使い方ではないやり方で支店は活用されている。

それを何度か繰り返し、二週間以上が経《た》っただろうか。ようやく白金は『火山の欠片』を手にし、ダンジョンから出てきた。『火山の欠片』の入手は、特定の魔物、コカトリス四五個体以上を火魔法だけで倒すというのが発現条件だと知ってしまえば、実に簡単なことだった。その後にコカトリス以外の魔物を倒せば、必ず『火山の欠片』はドロップする。コカトリスだけを続けなければならないというわけでもなく、間に他の魔物が入っても構わない。不思議なことに途中でダンジョンの外へ出ても問題がない。

だが、コカトリスだけは火魔法の系統で仕留めなければならない。一体でも他の方法で倒すとリセットされる。加えて、ダンジョンの外に出ている最中にコカトリスを倒してしまった場合も、リセットされる。周囲の魔の森では稀《まれ》にだが、コカトリスも出現することがある。

一体誰がカウントしているのだろう。実際、今まで『火山の欠片』を手に入れた探索者は火魔法を得意としていた魔術師が加わっていたパーティばかりだったのだ。探索ギルドではその点に関しては掴《つか》んではいた。しかし、火魔法をもつ魔術師のいるパーティであってもいつも手にすることができるとは限らないのも事実であった。これは、コカトリスを他のメンバーが火魔法以外で倒してしまった場合に、リセットされてしまったからだった。

ダンジョン内でのコカトリスの出現率は変動しているため、『火山の欠片』が得やすい時期と得にくい時期が存在するのだ。ここ数年『火山の欠片』がドロップしなかった要因の一つは、コカトリスの出現率があまり高くない時期だったためでもあった。条件さえわかっていれば、コカトリスを探し出し倒し続ければ『火山の欠片』を入手できる。そうやって白金は『火山の欠片』を手に入れたのだ。

白金は、アルブムたちのパーティがギルドに来るタイミングを見計らってギルドを訪れた。直接交渉するためだ。『火山の欠片』を採ってきた話をするとアルブムは白金にぜひ、それを買い取らせてほしいと言ってきた。

「勿論《もちろん》構いません。ただし、条件があります」

交渉のため、探索ギルドの会議室を一室借り受けた。その部屋にはシムルヴィーベレのメンバー五名――アルブム、ムスティ、カアトス、レプス、ヴルペス、そして白金。ギルドの仲介は白金が断った。遮音の魔法を使い、彼らの会話を外に漏れないようにしてもらった。

「これが『火山の欠片』です」

シムルヴィーベレと白金が相対する机の上に、『火山の欠片』を置いた。大きさは一五センチほど、水晶のような形、色は溶岩のように輝いているかのような赤色だ。アルブムがそれを見て、隣のカアトスに目をやると、彼女はゆっくりと頷いた。

「それで、条件というのは何だね」

白金が提示した条件は、『火山の欠片』を運ぶポーターを彼が指定すること。そして白金も一緒にアンソフィータに同行させてもらいたいというものだった。

「『火山の欠片』は膨大な魔力を含みます。これを運べるポーターはそれなりの能力を持っている必要がありますが、私に心当たりがあります」

白金の申し出に、アルブムたちは少々戸惑った。実は、彼らは自分たちでそのまま持って移動するつもりだったのだ。

「お前さんみたいな、華奢《きゃしゃ》な奴が持ってこれるんなら、オレらでも問題はないだろう。ポーターなんて不要じゃないのか」

ムスティが面白くなさそうにそう言ってきたので、白金はにこやかな笑顔で答えた。

「では、持ってみますか？」

言われてムッとしたムスティは片手で持ち上げようとして、唸《うな》った。持ち上がらない。

「片手でなければ持てるとは思います。持って移動するのも確かに可能です。でも、ポーターがいたほうが遙《はる》かに楽だと思います。ご紹介するポーターはかなりの能力者です」

アルブムが腕を組んで少し考え込んだ。わざわざこんな形をとるということは、多分商業ギルドを通しての話ではないということなのだろう。そうであれば、ポーターに持ち逃げされる可能性だって考えられる。

「見ず知らずのポーターを、信用しろということか」

丁寧で歳《とし》不相応な対応をする白金に疑いの目を向ける。

「はい。持ち逃げなどを心配されているかと思いますが、現地に着くまでは代金はお支払いいただかなくても結構です。了承していただけるのであれば詳しい話は、ポーター当人を交えてお話ししたいと思います。そのためのお時間を頂ければと」

白金も自分の申し出の歪《いびつ》さは承知の上だ。彼らに対する情報はアリア経由でもある程度掴んでいる。

「これからか」

「それでも構いませんし、そちらの都合に合わせて日を改めていただいても結構です。とりあえずこれは僕が持ち帰ります」

白金は両手で『火山の欠片』を持ち上げ、自分のカバンの中に戻す。

話を早くまとめたかったのだろう。パーティのうちアルブムとカアトスがこのまま白金についていくことになった。行くことが決まると、白金は一言断りを入れて会議室を出ていき、しばらくしてから戻ってきた。

「連絡をしてきました。食事を用意して待っているそうです」

マグナには魔導具による通信設備が配備されているので、それで連絡をしたとアルブムたちは思った。

二人が案内された先は、勿論太郎たちの部屋である。

「お帰り、白金」

二人同行すると先ほど直接会って聞いたところだったので、テーブルには四人分の食事が用意されていた。

「白金の叔父の太郎といいます。夕飯を用意しています。まずは、温かいうちにどうぞ」

偉丈夫のアルブムに、ふんわりした雰囲気の美女のカアトス、この二人を前にした太郎は少し緊張気味である。

テーブルの上には、肉たっぷりのシチューと魔物の肉のステーキ、温野菜のサラダ、パンなどが並ぶ。湯気が立ち、美味しそうな匂いが辺りにたちこめている。メニューはこの辺のスタンダードな内容だ。奇をてらったようなものは出さなかった。

「よろしければ、おかわりもありますから言ってください。肉は山ほどあるんで」

最初に料理に口をつけたのはカアトスだった。それを見てからアルブムが食べはじめる。口に合ったのだろう、二人ともシチューもステーキもおかわりをした。白金から話を聞いていたため、味付けをやや薄めにして肉多めの献立にしたのが、気に入ってもらえたようだ。彼らの見た目は人と変わらないが、獣族だと聞いている。

(サラダ、ちゃんと食べるんだ)

肉ばかりが減っていくわけでもない。特にアルブムの方がサラダをよく食べている。どうもチーズが強めのシーザーサラダドレッシングが気に入ってもらえたようだ。

「大変美味しかった。いや、この国の料理は、何処《いずこ》も味が濃すぎるのでな。しかもあまり味付けなどは選べないし。久々に、本当に美味しいものを頂いた。ごちそうになった」

アルブムは、嬉しそうにそう言った。人間、美味しいものをお腹いっぱい食べて、機嫌が良くならない奴なんてそうそういない。カアトスも笑顔だ。そんな二人を見て、太郎が褒められたので白金も機嫌が良い。場の雰囲気が和やかなものになる。

「それで白金が言う優秀なポーターというのは、君の叔父さんということか」

「はい」

「失礼だが、君と君の叔父さんについては探索ギルドでの噂を耳にしたことがある。本人を目の前にして言うのも何だが、あまり良い話は聞かなかった。また収納持ちという話もなかったと思うが」

アルブムの言いたいことはなんとなくわかる。ギルドを辞めてしまった太郎については、白金を陥落できなかった連中の陰口が未《いま》だ蔓延《はびこ》っている。アリアが多少は歯止めをかけたとはいえ、そうした噂はすぐになくなるものでもない。

「どうせ叔父の真価がわからない有象無象の戯言《ざれごと》です」

白金はそう言い切った。実は白金の太郎に対する絶対的な支持も探索ギルド界隈の人たちの太郎に対する反感の要因である。なぜ、あんな凡夫な叔父に優秀な白金が束縛されているのか、優秀な人材を惑わす痴れ者《しれもの》といったところだろうか。やっかみがやや強いが。

鑑定持ちは少なく、優秀なスキルだ。だが、探索者にしてみれば鑑定持ちよりも白金のようにトータルバランスがとれた有能な探索者の方が遙かに重要視される。太郎のスキルの一部である白金が最も重きを置くのが太郎であるのは当然だとしても、それを何も知らない周囲に理解しろというのは無理な話だ。

その白金の態度は、アルブムにとっては噂話に真実味を感じさせはしたが、太郎自身を見るとそこまで言われるほどの凡夫なのかはわからなかった。それにこんなに美味い料理を作る男が無能ということはないのでは、と料理補正も入った。一発で胃袋を掴まれた、とも言う。目の前の太郎は白金の言葉に照れている。その太郎の姿をしばらくじっと見ていたカアトスは、ほんのり笑顔を浮かべる。

「百聞は一見にしかず、でしょ。実際に見せてもらったほうがいいんじゃない」

ほわんとした雰囲気でそう言った。ほんの少し眠そうな雰囲気の彼女の言葉はゆったりしている。

「シロガネちゃんが言うように、『火山の欠片』はポーターに頼んだほうがいいと思う。うん。持てるならいいんじゃない。それに、白金ちゃんたちは、アンソフィータに行きたいんでしょ。それで、この条件なのでしょ」

カアトスの言葉で気がついたように、アルブムが前にいる二人を見る。

「それは、アンソフィータまで、我々に護衛を頼むという理解でいいのか」

「いえ、道案内です。護衛は必要がないので。それに今後のことを考えると、アンソフィータの錚々《そうそう》たるパーティと馴染《なじ》みになっておいて損はないと思っていますから」

白金は首を横に振る。

「アンソフィータに来て何をするつもりか、聞いていいか？」

その言葉に答えたのは、太郎だった。

「貸倉庫屋をやりたいと思ってます」

「貸倉庫屋、それは何だ？」

聞いたことのない言葉に戸惑いが隠せない。

「お見せします」

太郎の意を受けて白金はカバンから『火山の欠片』を取り出し食卓の上に置く。次いで太郎がアルブムたちの目の前で鍵を生成してみせる。それはトランクルームの賃貸用の鍵であり、それを白金へ渡す。白金が鍵を宙にかざすと金庫ぐらいの扉が出現した。その扉を持っていた鍵で開け、その中に『火山の欠片』を仕舞った。扉を閉め、鍵をかけると何もなくなった。

「どういうことだ、何をしたんだ？」

アルブム、カアトスの二人とも自分の目の前で起きたことがよくわからない。収納で仕舞ったようにも見えるが、鍵を使って扉を開けるような収納は見たことはない。

「これが私のスキルであるトランクルームという収納方法です」

誇らしげな白金にちょっと苦笑してしまうのを抑えて太郎が答える。

太郎の持つ収納スペースの一部を太郎と契約し、太郎が創り出した鍵を媒介にすることで貸し出すことができるのだと説明をした。

今の場合は契約者が白金だ（実際は契約していないけれど）。その鍵さえあれば借りた当人によってどこでも荷物の出し入れができる。しかし別の人間が鍵を奪っても荷物の出し入れはできないこと、それから鍵の有効期限は決まっていることなども付け加える。

また、今回はわかりやすく鍵の形を具現化させたが、手に鍵の印をつけて鍵にすることも可能だということも説明した。その場合、手をかざすと扉が現れ、手で触れれば扉が開く。マーキングされた手が鍵の代わりになるのだ。

「私は訳あって、この国でこのスキルの能力を使って仕事をすることはしたくないのです。そのため、収納持ちだと明かしてもいませんので、ポーターはしていません。ですから、隣国であるあなた方の国、アンソフィータに渡って、この収納能力の貸し出しを生業《なりわい》とした貸倉庫屋を営みたいと思っているのです」

アルブムにも実際に契約者として貸倉庫《トランクルーム》の使用を試してもらうことにした。仮の契約書を交わし、サイズは五分の一サイズに指定する。床面積三畳分の広さだ。

ある程度サイズの大きいものも入ることを示すため、まずは食事をしたテーブルなどを収納させてみた。椅子もすべて収納してみたが問題はないし、何が入っているのかを鍵を通じて自分で理解することができるのを実感してもらう。

それを受けてアルブムは身につけている自分の剣を収納した。彼の大剣は魔剣の類《たぐ》いで魔力が多く含まれている。かつて、ポーターに収納してもらおうとしてできなかった経験があるのだ。だが、すんなりとその剣は収納された。

「カアトス、すげえ。オレの剣が入った、入ったぞ。なんだ、これは！　うおお！」

アルブムは感動して大声を発し、隣のカアトスに同意を求める。

「うるさい、近所迷惑でしょ」

スパーンッと思いっきりカアトスに後頭部をひっぱたかれてしまったが。

利用方法としては、一つの貸倉庫《トランクルーム》を数人でシェアすることも可能だと付け加えた。パーティで一つの貸倉庫を借りても個別の荷物については、シェア用の鍵を利用することで、個々での出し入れができる。個人ではなくパーティで借りても、シェアしていれば仲間とはぐれたときにも自分の荷物と共有物として収納したものに関しては取り出すことができるのだ。

アルブムは太郎の説明を興奮した面持ちで聞いている。ダンジョンに行くときには、期間にもよるが水や食料、回復薬などの薬類の荷物を持っていく必要がある。また、魔物を仕留めた後の魔石やドロップ品を持ち帰るときにもそれらは荷物になる。そのため、状況によっては、そうした魔晶石やドロップ品を諦めなければならないこともある。一般的なポーターは戦闘ができないことが多く、連れ回すことは難しい。収納のスキルをもつ探索者もいないことはないが、数は少ないし所属パーティが決まっている者ばかりだ。一度パーティが決まると、別のところに移るということは滅多にない。

小型の収納ボックスを利用している者もいるが、戦闘時などにはこの収納ボックスが邪魔になるときもある。その上、高価なために稼ぎが良い者でなければ手に入れるのは難しい。加えて収納ボックスは魔物が残す魔晶石は勿論、魔力を含んだドロップ品が出た場合はそれを入れることはできないのだ。微弱な魔力を持つ品物であれば、封印を施すことによって入れられなくもないが、それができる魔法使いが帯同していればの話だ。

実は、アルブムはずっとポーターを仲間に引き入れられないかと思っていた。だが、戦闘能力の低い彼らを守りながらのダンジョン攻略は難しい。ポーターがいれば手に入れられたはずのもの、彼が持って帰ることが叶《かな》わず諦めなければならなかったものが今までいくつもあったのだ。このトランクルームというスキルによって収納能力の貸し出しが可能ならば、今後ダンジョンでの葛藤が手放せる。

「契約期間や貸し出しの人数にはどのくらいの制限があるんだ」

「期間は最長で六ヶ月、人数は今のところ一〇組から三〇組になると思います。ひと部屋をシェアできる人数の制限は貸倉庫《トランクルーム》のサイズにもよります」

「期間の延長は可能なのか」

アルブムの瞳は虎視眈々《こしたんたん》と獲物を狙い定める肉食獣のようで、太郎は少々腰が引けている。

「延長はその都度手続きをしてもらえればできます。手続きをしなかった場合は、期限が切れた時点ですべての荷物がその場所に放り出されることになります。消失するようなことはありません。今後、私のトランクルームのレベルが上がれば、お貸しできる部屋数も増えますし、もしかしたら期間を延長できるようになるかもしれません。こればかりはレベルが上がらないとわからないのですが」

アルブムは貸倉庫《トランクルーム》の使い方について、様々な質問をぶつけてきた。それに対して太郎が丁寧に答えていく。あらかた質問が出尽くしただろうところで白金が発言する。

「もし、『火山の欠片』の条件をのんでいただけるのであれば、お試しということで皆さん方がお国に帰るまでは、叔父の貸倉庫《トランクルーム》の貸し出しをしますよ。一人一人の個人バージョンでもいいですし、一つを借りてシェアするという形でも構いません」

白金がにこやかに話を進める。細かな交渉事を詰めるのは白金が担当している。

太郎にポーターを依頼することは決まった。太郎のトランクルームの能力については、この国を出るまでは他言しないということも条件に加えられた。勿論、アルブムたちも自分の国に連れていきたい人材を余所《よそ》から奪われるようなまねはしたくない。今後のダンジョン探索が、今から楽しみで仕方がないアルブムだ。

それから四日後、白金から『火山の欠片』を手に入れたとしてアルブムたちはマグナを出立した。太郎は白金がダンジョンに行きだした時点で、薬師ギルドには前もって暇乞《いとまご》いを願っていた。ダンジョン通いの結果次第で、マグナを出ることになるからと。決まるまでは仕事をしてほしいと頼まれて、ギリギリまで仕事を請け負うことにはなったが。街を出ると決まって、周囲にはとても惜しまれた。

そんなこともあり、シムルヴィーベレが出立してから三日後に、太郎と白金もマグナの街を後にした。周りには『火山の欠片』を手に入れたことでまとまったお金ができたので、コニフェローファの王都に行くことにしたと伝えた。アンソフィータに行くと言わなかったのは、追っ手を気にしたためだ。

実際には太郎たちを召喚したスフェノファの追っ手についてさほど心配はしていなかった。だが念のためという気持ちはある。一応、あの山口一郎《やまぐちいちろう》Tシャツの存在によって攪乱《かくらん》されているだろうとは思っている。加えて向こうは男の一人旅だと思っているはずなので、白金と一緒にここまで来ていることから、マグナまで追跡してくるのも難しいはずだと。それでも、もしもはあるかもしれない。だが、アンソフィータにたどり着きさえすれば、スフェノファも手を出せなくなるはずだ。

今回本当の行き先を言わなかったのは、スフェノファからというよりも、白金が色々な意味で人気者なので追っかけられる可能性の方がありえるのではないかと、太郎が心配したためである。一応、一対一で白金が叩きのめしてはいるが、集団ならば、太郎を人質に取れば、とか考える輩がいる可能性は否定できないと思ったのだ。そこで王都へ向かう街道を進み、夜陰に紛れてトランクルームで姿を消す予定である。

王都へと向かう道すがら、ふと思い出したように太郎が尋ねた。

「そういえばさ、白金」

「なんでしょう」

「ものすごく今更なんだが、あの山口一郎Tシャツって、森の中のどこかに埋めたのか？」

あの時は、状況も状況だったため聞く余裕がなかったのだが、ずっと気になってはいた。ただ、聞く機会がなんとなくないままだっただけだ。久々に二人で街道を行くことになり、聞いてみる。

「ああ、あのTシャツですか。あれはサルに着せました。森の中に入っていったら、丁度サルがいたものですから」

なんてこともないように白金が教えてくれる。

「サルに着せたのか。そりゃまた運の悪いサルだな」

「たまたま近くにいましたので」

歩きながら、白金は周囲の警戒は怠っていないが口調は柔らかだ。

「サルも迷惑だったろうな。というか、よく着せられたな」

白金と並んで歩きながら、Ｔシャツ姿のサルを想像する。

「Ｔシャツの方が大きかったので、問題ありませんでした。威圧をかけたらサルは硬直して動けなくなってましたし。サルの毛も黒かった上、黒染めの布地ですから遠目ではわかりにくいかと判断して着せました。埋めてしまうと発見されてしまう可能性が考えられましたので、そのようにしました」

白金はチラッと後方を見たが、すぐに前を向く。

「そうだな。でも、サルにしてみれば災難だったかな。神殿の呼び出しで、Ｔシャツに引っ張られてサルが神殿まで出かけていったりしてな」

太郎はそんな冗談を言って笑った。

スフェノファの追っ手が森で振り回されたのは、Ｔシャツを着たサルを追っていたからだ。白金の思っていたように黒毛のサルだったので遠目で見た限りは、多少毛が薄いというか細身だという印象に映っただけだった。そこまで気がついた者もいなかったが。

白金の影響なのか人を極度に恐れるようになったそのサルは、できる限り人に近づかないようにしていた。だが、そうした負担が堪《こた》えたのかその後、森の中で他の魔物に喰《く》われて絶命した。その時に、Ｔシャツも破れてしまい反応が消えることになったのだが、二人とも知る由はない。今更の会話をしながら、二人はのんびりと街道を行く。

待ち合わせの方法は、アルブムたちに支店の基を持っていってもらって三、四日後を目処《めど》に合流という形をとった。支店の基は寝るときに外に出しておいてもらえるようにお願いした。それを目印にすれば白金が追いつけるのだと説明し、少し遅れて追いかけると伝えてある。

「ギリギリまで仕事を頼まれたので、それが終わったらすぐに追いかけます」

と理由を説明している。また、別々に街を出るほうが太郎の収納を隠すのにいいだろうと。支店の基はアルブムたちにだけ見えるようにしてある。白金が支店の基を感知しやすくするために、置く位置は、結界内にいるなら外に、極力寝る場所から離れたところに置いてほしいとお願いした。支店の基が消失したら、じきに追いつく知らせだとも言っておいた。支店の基を使って転移まがいのことができることまでは話をしていない。

アルブムたちは、二人は一日ぐらい出立を遅らせ、急いで追いついてくる術があるのだろうと思ったが、合流できるまでは街道沿いにゆっくり移動してきている。

無事に合流したのは四日目の朝だ。太郎たちは、三日後の朝にマグナを出て王都への街道を行き、夜陰に紛れ隣接する森へと入ってからトランクルームに戻る。二人の後をつけていた連中も確かにいて、森の中で消えてしまった二人に撒《ま》かれたと慌てたのだが、そんなことは知らない。

それからアルブムが支店の基を設置するまで待つ。支店の基はお願いしたように野営地の結界のすぐ外へ置かれていた。夜番はどうやらカアトスのようだ。そこからしばらく離れたところで夜を過ごし、翌朝になって彼らの出立前に、何食わぬ顔で合流する形となった。

さて、アンソフィータへの旅程は、街や村で宿に泊まれるとは限らない。それもあって役割分担をどうするかということになった。太郎も白金も護衛対象者というわけではないので、アルブムから仕事の分担を望まれた。そこで色々と情報を提供した結果、旅の間の料理番は太郎が引き受けることとなった。道中も美味しいものを食べたいと、キッチンの存在を明かしたからだ。合流した後の昼飯は、太郎が料理を振る舞ったのだが、パーティメンバーの皆が料理を気に入ったというのもある。アルブムとカアトスからの話を聞いていて、実は皆、興味を持っていたらしい。それで太郎には料理に専念してもらおうという話になったのだ。とにかく彼らはよく食う。シチューやスープなどを作ったとき、レプスのつぶらな瞳で見つめられると、太郎はついつい彼女には肉を多めによそってしまう。彼女は肉大好き女子だった。ヴルペスはハッシュドポテトがお気に入りだ。

皆、基本は肉好きで休憩に入るとなんだかんだと獲物を仕留めてきては、それを太郎に調理してもらうのを楽しみにしている。トランクルームについて深くは聞いてこない。興味がないわけではないのだが、必要以上に相手の能力について尋ねないのが探索者同士のマナーでもあるからだろう。さて、提供した料理のうち、一番受け入れられているのが、おやつに出した肉まんであろう。シムルヴィーベレ全員のお気に入りとなっている。

「タロウ！　これだけでも、商売になる。貸倉庫屋とは別に屋台とか料理店とかもやらないか？絶対流行《はや》る！　オレは毎日でも行く。投資だってするぞ」

とムスティが半ば本気で太郎を口説いてくる。因みにここでは肉まんと言っているが、豚の塩角煮と長ネギの千切りを饅頭《まんじゅう》に入れたものである。正確には角煮まんではある。

マグナにいたときに白金が狩ってきた角猪《つのいのしし》を醤油《しょうゆ》がないので塩と酒、ショウガなどで角煮にし、それを具にして肉まん型にしたものをしこたま作り、冷凍庫に溜め込んでおいたものを蒸《ふ》かしたのだ。ミンチにするのが面倒くさかったのでそうなった。

もう一つ、存在を明かしたものがある。トイレとお風呂だ。自分たちだけが使うのは難しいし、でも使わないのもなんだかなということで、公表した。これは特に女性陣に評判が良かった。

風呂にはなぜかアメニティグッズがついている。これもなくなれば補充されているというよくわからないシステムだ。バスタオルやフェイスタオルは脱衣所の棚にいつも数枚ずつ置いてあり、使ったら下に設置されているボックスに入れておくと、再び綺麗《きれい》なタオル類が供給される。

太郎は前に一度、自分の着た洋服も新しくしてくれないかとこのボックスに入れたことがあった。そうしたら、新しい・タ・オ・ルになって戻ってきた。太郎にとっては残念な、謎のシステムである。

現在、太郎のトランクルームのレベルは6になっている。6になってから増設された施設はランドリールームで、洗濯がとても楽になった。トランクルームの増設施設はもしかしたら、自分の願望が元じゃないかと思う太郎であった。

トランクルームについてすべての情報を開示したわけではないし、その気もない。だから夜は彼らと一緒に外で寝ている。万が一のために、シムルヴィーベレには気づかれないように支店の基を途中に置いては回収するという作業も続けている。

そうやって一〇日ほどが過ぎた。アンソフィータが近くなったせいだろうか。街中の住人の姿は人族以外のバリエーションが増えている。狼《おおかみ》や鳥などといった獣の姿の獣族が多く交じるようになり、コボルトやゴブリンなどの妖精族が街で店を営んでいるのも見かける。

「知っているかもしれないが、俺たちのパーティは皆獣族なんだ。マグナだとまだ人族が多くて、揉《も》めることがあるので人の姿になっている。ここまで来ると問題はなくなるので、元の姿に戻りたいと思う。まあ、驚くかもしれないが慣れてくれるとありがたい」

獣族は混族が進むほど人の形態に近くなる傾向があるという。そのため、人族は混族種族だと一般的には考えられているらしい。だが、人族を中心としたスフェノファ王国ではそれに否定的で、自分たちこそが始原種族であると主張している。そうして獣族や魔族を見下しているのだという。

そのため、今回のように人族の多い場所で仕事をする場合には、彼らは人化《じんか》することにしているそうだ。それと、マグナに住む獣族も人化している者もいたらしい。そのための魔導具があるのだ。もともとは、異人種同士が結婚するための方法として生み出されたという。形態によっては、子供をもうけるのに無理な場合があるからだ。どの種族も人型が最も負担なく変われるのだという。それが、人族以外を嫌う地域に行く場合に揉めごとを起こさないように使われるようにもなったのだそうだ。

特にアルブムは純血に近く、場所によってはそのままの姿では宿に宿泊拒否をされることもあるという。五人が腕に嵌《は》めていた腕輪の魔導具を外すと、その姿が徐々に変わりはじめた。服を着たままなので細かいところはわからないが、アルブムは全身が毛で覆われていき、顔つきも含めて虎の姿へと変わっていく。白地に黒い縞《しま》、二足歩行の虎だ。手は人の手のようになっている。もともと大柄で無骨な感じではあったが、元の姿は迫力がある。瞳の色である榛《はしばみ》色は変わらない。目の前で虎へと変化《へんげ》するその姿に、太郎はまじまじと見惚《みと》れていた。

(うわっ。ホンマモンのタイガーマスクだ。格好いい)

と心の中で一人盛り上がっていた。

カアトスは猫だが、耳と尾が生えた以外はあまり変わっていない。人と同じ薄毛のままだ。ムスティの姿も顔が人に近いが、全身は毛むくじゃらで獣耳のイタチの姿に。ニヤッと笑うと犬歯が少しデカくなっている。

レプスはバニーガール姿のウサギで長めの耳が可愛《かわい》らしく、耳と尻尾以外は人に近いという形態はカアトスと似ている。もともと瞳が大きかったのでそれが妙に似合っている。

ヴルペスは金色の毛に覆われた二足歩行のキツネだ。尻尾の先とシャツから見える胸元の毛は白く、耳の先が少し黒毛になっている。太郎が持つキツネというイメージはクールというものだったのだが、ヴルペスがもともと持っているほわんとした雰囲気のままの、人に騙《だま》されちゃいそうなキツネの姿だ。

彼らの変化した姿を見ても、白金はまったく動じた気配がないが、太郎は何かそわそわしている。

(やはり、人族が多い地域にいたから、こうした獣族の姿は受け入れにくいのだろうか)

アルブムは太郎の様子にそう思った。

「あの、さ。アルブム。えーと、駄目だったらいいんだが。その……」

非常に言いにくそうに太郎がアルブムに話しかける。

「なんだ」

やはり、人族の姿のままでいてほしいとお願いされるかとアルブムは考えていた。

「腕、触らせてくれないか」

その言葉の意味がすぐには理解できなかった。

「えっ」

「いや、すごく良い毛並みだよな。いや、ちょっと感動して。ああ、悪い。変なこと言ったよな。いや、忘れてくれ。いや、触ったらすごくもふもふしていて、気持ちが良いだろうなあと思っちゃって。いや、ホント、悪い」

アルブムに引かれたことで、自分の台詞がヤバかったことに気づき、一人頭を抱えてしまった太郎を周りは唖然《あぜん》として見ている。山田太郎《やまだ》、実は猫が好きだが飼ったことはない。友人の飼い猫を撫《な》でようとして、引っかかれた経歴の持ち主であった。だから、言葉の通じる相手ならば、同性ならば撫でさせてもらえないかなあと、頭とか尻尾とか駄目でも腕ぐらいならば、と妄想したのが口から出てしまったのだ。太郎は恥ずかしさのあまり頭を抱えて蹲《うずくま》ってしまう。

「タロウさん、俺たちが気味悪くないのか」

ヴルペスが聞く。

「へ、なんで？　いや格好いいとか可愛いとかは思うけど。気味悪いものなのか？」

「ま、そう言う奴もいるよな」

躊っていたところを、質問されて顔を上げた太郎の頭を、ムスティがそう言ってポンポンと軽く叩いた。

「多分、知らないから口走ったんだろうから言っておく。獣族は家族や恋人以外に自分の身体は触れさせない。男が男にそう言ったら変人だと思われるから、やめとけ」

そう続けてトドメを刺され、太郎は撃沈した。


まあ、そんなこんながありはしたが、太郎の台詞はなかったことにしてもらえた。その後、種族によって食べられないモノがないかとか、慌てて太郎が確認をとった。今更なのだが。

「ああ、オレたちは人族とあまり食事は変わらない。味付けぐらいだな。他の連中には駄目なものもあるらしいが。ああ、出たことはなかったが唐辛子が駄目だな、オレは」

とアルブムに簡単なことは教えてもらった。先ほどの触りたいという発言でわかるように、太郎には獣族の知識がないのが丸わかりだったからだろう。

「アンソフィータは獣族が多くいる国だ。多少は知っておいたほうがいいだろう」

アルブムの話によると獣族は大きく分けると獣人、鳥人、有鱗人《ゆうりんじん》に分かれているのだそうだ。太郎の感覚的には哺乳類《ほにゅうるい》、鳥類、爬虫類《はちゅうるい》だろうか。

彼らのように毛深いのは獣人とも言われ支族でいくつかに分かれているそうだ。鳥人というのは、羽毛を持ち嘴《くちばし》を持つ者たちだ。有鱗人は数が少ないそうだが、全身が鱗《うろこ》で覆われているらしい。

獣族とは別の種族に魔族と呼ばれる連中がいて、有鱗人ではないが彼らも鱗を持つ者だという。

ドラゴンの血統だという伝説を持っていて、鱗のタイプは有鱗人とは違うので、知っていればすぐわかるのだという。

「魔族の見た目は人族に近い。だがな、身体のどこか、背中とか二の腕などの一部が鱗に覆われているという。それと頭に角があるそうだ。ただその角は短くて毛に隠されていてわかりにくいと聞く。俺は見たことはない」

少し、残念そうにアルブムが付け加える。鱗、どんなのだろうと太郎が想像しているのがわかったのだろうか。

「タロウ、魔族のウロコを見るのも御法度だからね。見たいなんて言っちゃ駄目よ。気をつけてね」

ニッコリ、カアトスが付け加えた。

マグナを出立して二週間後、太郎と白金は、シムルヴィーベレと共にアンソフィータの国境にたどり着いた。ここから、シムルヴィーベレが本拠地としているダチュラに向かう。国境の街から離れるにつれて、街の佇《たたず》まいが明らかに変化していくのに驚く。

コニフェローファ国は長距離を走る定期便の馬車はゴーレム馬だったが、近距離の馬車などは動物の馬だった。通ってきた街並みはマグナとそれほどの違いは感じなかった。

それが、国境を越えてアンソフィータに入ると、雰囲気が変わっていく。アルブムたちの話を聞く限りでは、通ってきた街並みはいずれも中心的な市街地などではなく、いわゆる地方都市的な位置づけの街のようだ。

まず街並みだけでなく、街と街を結ぶ街道がきちんと整備されている。アスファルト道路（正確にはアスファルトではないのかもしれないが）になっていて、定期便のゴーレム馬車が通っている。道路には一定区間ごとに駅のような場所もある。都市の駅のみに停車する馬車もあれば、道路に設置されている駅にすべて止まるものもある。なんとなく高速バスのような感じだ。多分、駅のある場所の近くには村かなにかがあるのだろう。

ゴーレム馬車を乗り継いで、いくつかの街に宿泊もした。

「すまないが、この辺からダチュラへの直通の馬車がないものでな」

アルブムはそんな風に言うが、この世界に来てから馬車を乗り継ぐというのは太郎にとっては初体験だった。馬車はスフェノファでユセンからの帰りに乗車したが、ユセンと王都の行き来だけで他はどこにも止まらなかった。定期の馬車はあっても一日二本ぐらいだ。金額もそれなりに高いため、基本は徒歩になる。コニフェローファでも基本は徒歩で過ごしていた。マグナに行くために定期便の馬車を少しだけ利用したが、さほど発達していなかった印象だ。まあ、それは太郎自身あまり交通網がわかっていなかったからかもしれない。

アンソフィータで最初に宿泊した宿にも驚いた。

「俺らが知ってる生活環境と違うんだが」

宿のトイレは水洗で、トイレットペーパーもある。部屋はパーティで借りるようなタイプだった。ロッジのような感じで、一区画に共有の部屋が二部屋、その他に個室が八部屋ある。各部屋はスプリングがよく効いたベッドやサイドテーブルなどがあり、部屋の鍵はカードキーだ。共有の部屋には情報端末も備え付けてあった。街の情報収集やお店の予約などができるものらしい。その日のニュースなんていうのも見られる。宿にはコインランドリーまで設置されている。そこには魔導具の洗濯機と乾燥機が鎮座している。

コニフェローファ国では洗濯機は見たが、乾燥機はお初だ。スフェノファではほぼ見かけなかった魔導具が大盤振る舞いで使われている。それだけでなく各部屋には風呂まで付いている。

「風呂が個別になっているのは、泊まる獣族ごとに身体の手入れが違うからよ」

風呂が各部屋にあるのを珍しがっている太郎を見て、カアトスが教えてくれた。

「ほら、毛か羽毛か鱗かで身体の洗い方とかも違ってくるし、使う石けんも違うのよ。それで別々のお風呂を使えるようになっているの」

そこへレプスも加わる。

「今回の旅はタロウさんのおかげで野営の時もお風呂に入れて楽だったわ。身ぎれいにできたから。それにノミとかに集《たか》られなかったもの」

「そうなのよねえ、ダンジョン内は大丈夫なんだけど、野外で寝泊まりするとその心配が、ねえ」

女性二人でお風呂の話で盛り上がっていき、取り残された太郎はほっと息を吐く。

(お風呂、解禁にしておいてよかった)

と思ったとか思わなかったとか。

夜遅くにその街に到着したため気がつかなかったが、街並みもコニフェローファとは違っている。建築についての知識などはほとんどないので、どこがと言われても詳しくはわからないのだが、マグナではレンガ造りや石造りで、床や柱は木造だった。窓は縦長になっていてガラスは板ガラスだ。場所によっては木造の建物もあった。この世界の建物はそんなものなのだろうと、思っていた。スフェノファでも似たり寄ったりだったからだろう。ガラス窓は違ったけど。

ところが、アンソフィータの街並みは違う。自分が元の世界に戻ったのかと錯覚を起こしてしまうような建物が続く。レンガ造りの家も木造の家もある。だが、鉄筋コンクリートだよなと思わせる建物もあるのだ。大型の建物が百貨店だと教えてもらってびっくりした。向かった先は定期便ゴーレム馬車の乗り場だったのだが、高速バスのバスターミナルみたいで、バスタ新宿を思い出した。建物の柱が金属製なのに気がついて、ますます違いを実感する。

「ここは、この国の中心地、じゃないんだよな」

太郎の言葉を受けて、ムスティは肩をすくめる。

「ああ、ここはどちらかといえば地方都市ってやつだ。そんなに大きな街じゃねえ。コニフェローファから来た連中は皆驚くがね」

「馬車のチケット取れたわよ。次の街へ急ぎましょ」

複雑な心境で足取りが覚束《おぼつか》ない太郎は、そう言ってきたカアトスに急《せ》かされて、次の街へゆく馬車乗り場へと向かう。

そうやって、馬車を乗り継いでダチュラにようやく到着した。

アンソフィータのダチュラは、ダンジョン攻略のために作られたような街だ。近くには歩いていける一色級の小さなダンジョンや、半日ほどかければ行ける三色級のダンジョンがある。他にも定期便のゴーレム馬車で一日か二日のところにいくつかダンジョンがある。アンソフィータの中でも複数のダンジョンにアプローチできる街なのだ。だからこそダチュラは探索者の街である。そして、ダンジョン産の物品の取引が行われる中心地でもあり、多くの商会が拠点としている。

ダチュラにはシムルヴィーベレの拠点がある。共同で利用している建物があるのだとアルブムに説明を受ける。

「しばらくここに泊まればいい。客室があるからそこを使ってくれ。ギルドの話が本決まりになったら、家を探せばいい」

そういうことになった。

彼らの家に着く。なかなか大きな建物だ。高さ二メートルほどの塀に囲まれた敷地に三階建ての瀟洒《しょうしゃ》な造りの建物だ。その横に車庫のような平屋の建物がある。

「すごい立派な建物だなあ」

見上げて言う太郎に、アルブムは苦笑している。

「いや、これでも俺たちは金級の探索者だからな」

そう言って、締め切っている門の中央の部分に掌《てのひら》をつける。すると門がスルスルと左右に分かれて開いていく。

「掌認証！」

「よく知ってるな。登録されているのはメンバー全員だ。あとで、二人も追加で登録してやるぜ」

ムスティは驚きっぱなしの太郎の肩をポンポンと叩いて、家の中へと招く。

とりあえず今晩のご飯は、外で食事をしようということになり、カアトスお勧めのお店というのに行くことになった。家から予約をしたらしい。

「ダチュラはダンジョン産のドロップ品や魔晶石などを多く産出している。その関係で国の主要な商会なんかは、この街に支店を置いているんだ。商会によっては、この街が起点となっているところもあって、そういったところでは本店を置いている。あの一角は、商会が軒並み店を出しているところだ」

アルブムが指さす方向を見ると、街灯に照らされて意匠の凝らされた建物の並ぶ一角があった。その通りでは、道路が幅広くとられているだけでなく、歩道と道路の間には街路樹があって木陰も提供してくれる。一軒おきに駐車スペースと思われる場所も設置されている。

こちらからは見えないが、裏側は商会の搬入口などがあるという。道行く乗り物の多くはゴーレム馬車だが、自動車やバイクのように人が運転するものも多少見られる。子供たちがアウトランに乗って行き来している。あのスフェノファではお高かったアウトランは子供の遊び道具らしい。

聞くとゴーレム馬車は運転免許などが要らないし、行き先を登録しておくとその場所を指定するだけで目的地に移動してくれるのだという。行き先も数ヶ所登録しておくことができるそうだ。そのため、未だに自動車やバイクよりも、ゴーレム馬車の需要が高いという話だ。自転車やバイクは自分で細々《こまごま》と移動したい人向けらしい。

「え、個人でゴーレム馬車とか庶民が持ってるのか」

驚いた太郎に対して、苦笑してアルブムが答えた。

「ああ。オレたちのパーティが持っているのは自動車だがな。国内なら自分たちの自動車で移動しているよ。ムスティなんてバイクが好きで、自分で改造したりして乗ってるぞ」

車庫だろうかと思っていた建物は、本当に車庫のようだ。

周囲の建物は高くても五階建てぐらいだが、それはあまり高い建物を造らないように規制がかかっているからだという。

「又聞《またぎ》きだから詳しくは知らん。なんでも風だとか日照だとか色々と問題が生じるとかで、五階以上の高い建物は建てては駄目だという取り決めになっているそうだ。領主の設置した役場があって、建物を新しく建てるとか改築するときなんかは届け出を出すことになっている。役場から人が来てチェックをするらしいぞ」

街並みが整っているのは、まだ中心部しか見ていないからではないか。もしかすると中心部だけということも、なんて太郎は思ったのだ。

「いや、この街全体が割とこんな風だぞ。まあ、ここはダチュラの顔みたいな場所だから、特に見栄えが良くなっているがな。言われてみれば全部が整然としているわけでもないな。探索者がよく行くような飲み屋街や色街なんかはもっとごちゃごちゃしているところもあるし」

カアトスなどと少し離れたときにアルブムがこそっと耳打ちしてきた。

「あとで、オレのお勧めの店とか紹介してやるよ」

アルブムがニヤッと笑う。太郎は思わず頷いて、二人で拳を合わせた。

カアトスのお勧めの店というのに着いた。ちょっと小洒落《こじゃれ》たレストランというような雰囲気の店だ。依頼人などと打ち合わせで行くような店で、飲むよりも食べるほうが中心だと彼女が教えてくれた。

「いい、タロウ。言い方が悪いけど、こういう店によく来るような私たちが、貴方の料理を褒めているのよ。だから、もう少し自分の料理の腕に自信を持っていいのよ」

店に入る前にカアトスがそう宣《のたま》った。

（いやいや、野外の飯は多少難があっても美味しく感じるものだって）

そう思いはしたものの、カアトスが怖いので口にはしない。太郎だって学習するのだ。この店は出てくる食事のバリエーションも多く、味付けも指定できる。種族によっては色々好みがあるからその配慮であり、食べられないモノも言えば調整もしてくれるという。太郎たちはメニューを見てもよくわからないので料理はカアトスにお任せとした。

コース料理なのか最初に前菜とスープ、パンが運ばれてくる。前菜はサーモンのカルパッチョのようなもので、スープはポタージュだろうか。上品な味付けで美味しい。次に肉料理が数種類出てきた。皆、大食漢ですべてペロリと平らげる。太郎はステーキだけで十分だった。口直しのソルベが来て、デザートになった。太郎はコーヒーを飲みながら小さなケーキに手をつける。

「マグナの生活、食事だけじゃなくて全体的にツラくなかったか」

思わず聞いてしまった。アンソフィータに来て宿屋に入りその設備に驚き、街並みに驚き、この食事だ。生活レベルが違うのを痛感している。これならば道中に提供した太郎の料理やトランクルームの施設を喜びはしても驚かなかったことに得心がいく。彼らはそういうモノをすでに知っていたのだ。

「オレたちは探索者だからな。ダンジョンに潜ってるときは、最低限の生活に近い。ダンジョン内は使用できない魔導具もある。例えば通信系は総じて使えない。他国での食事も仕事だと思えば、なんとでもなる」

なんてことはないとアルブムは続ける。

「まあ、アンソフィータの人はあまりコニフェローファやその隣国のスフェノファに行きたいとは思わないわね。特にスフェノファは差別が激しいって知っているし」

レプスがポソリと追加する。

この国に来て、生活環境が現代のものへ一気に変わった感がある。話を聞くと、生活に関する魔導具はこの国ではそれほど高くないため、一般家庭でも魔導具の設備などは充実しているらしい。なんといっても自国でも生産・開発しているそうだから。

太郎は思った疑問を口にした。

「この生活の違いは、なんなんだ。俺はスフェノファも知っているけど、あそこはコニフェローファよりも魔導具が普及していなかった。アウトランはレンタルであったが、どうみてもここの人たちは自分で購入してるよな」

「アウトランはここでは子供の乗り物で、ある程度成長すると親が買ってくれたりするモノだね」

ヴルペスがコーヒーにミルクを足しながらそう言ってくる。

(自転車みたいなもんなんだな)

太郎は言葉には出さなかったが、使い方としてはそんなものだよなと納得するものがあった。

「コニフェローファ出身者が探索者になってダチュラに来ると、みんな魔導具の多さに驚くな。そうだな、一つは国交の違いだろうな」

アルブムはどう説明したらいいのか、少し考えて続ける。

「スフェノファの連中は人族以外に良い感情を持っていない。だから、国交があるのはコニフェローファぐらいだ。獣族が中心のこの国や魔族中心のグネトフィータとは没交渉だ。だけど、魔導具をはじめとした様々な技術やそれを下支えしている知識が最も発展しているのは、グネトフィータだ。次いでここかな。コニフェローファとこの国は国交がある。そこでグネトフィータ産の魔導具をうちの国を通して輸入している。グネトフィータからだと少し遠いのでね」

「コニフェローファはまだましよ。スフェノファは魔導具をコニフェローファから輸入しているもの」

カアトスが続ける。なるほど、スフェノファで魔導具が馬鹿みたいに高額だったのは、輸送コストや仲介料がかかるためだろう。正式な国交がないため、国二つを経て国交のあるコニフェローファに頼るしかないのだ。

それもあって、最新式の魔導具については情報不足じゃないかとも付け加えてくれる。もしかしたら型番落ちをコニフェローファは安く買ってスフェノファにふっかけているのかもしれない。

「ま、色々とあるのよ」

カアトスがその先は言葉を濁してこの話は終わる。キリが良いので店を出ることにした。

行きはまだ外は明るかったのだが、帰りはすっかり日も暮れて街灯が灯《とも》っている。

(道に街灯が灯るなんて、忘れていた)

太郎は明るく照らされる道を見ながら感傷に浸《ひた》っていた。

帰り道、行きには気がつかなかったが本屋を見つけた。太郎の興味を引いたのがわかったのだろうか。少し本屋に寄っていこうという話になった。

中に入り、また驚くことになる。日本で日常見かけた本屋のように書棚に本が並んでいる形で売られていたからだ。しかも、値段を見るとピンキリではあるものの、安い本は定食と同じ価格で買えそうだ。スフェノファでは、本屋は高級すぎて入ったことはない。マグナの本屋はそこまで入りづらくはなかったが、本はショーケースに収められているものや、奥から取り出してくるようなものが大半で、一冊の本の代金が最低でも宿代などを含めた三日分の生活費よりも高かった。

聞けば、ここでは本を読む人たちは多いという。魔物やダンジョンの情報収集や魔術などに関する本などといった仕事に関連するものだけでなく、様々な趣味などに合わせた本なども売っているのだとか。

「オレ、バイクの雑誌を購読してるぜ」

とはムスティ談である。ここは、おんなじ世界なのか？　と、太郎は首を傾《かし》げた。

「ほんと全然、生活が違うよなあ」

拠点へ戻ってから居間でなんとなく改めてお茶を飲んでいると、ボソッと太郎が呟いた。

「一番の違いは、やはり魔導具の充実度だろうな。生活の要だからな」

アルブムはやはり猫舌なのだろうか。お茶やスープの類いは、少し冷ましてから口にする。冷ましながら、そう返してくれる。

「スフェノファやコニフェローファでは、魔導具を作れないのか？」

「できなくはないが、難しいだろう。まず、魔導具を作るための素材を確保するのがな」

スフェノファにはダンジョンがない。一部を除いて出現する魔物たちはそれほどの素材を提供してるものがいないという。

「まあ、素材は創意工夫もあるだろうけど。そういう意味でも技術者が不足しているというのもあるかな」

ヴルペスが付け加えてくる。

「それって職人を招くとか、輸入した魔導具を解析したりとかして、自分の国でも作れるようにできないのか？」

不思議そうに太郎が聞く。

「まず理解できる基盤がなければ、解析しようがないのだろうな。あの国は魔導具の職人が育たないし、技術が広がらないんだよ。王族や貴族が強すぎてね」

そう言われてもピンとこない太郎に説明を付け加えてくれる。

「一般的な読み書きや計算などについては学校とかを作って教育はしているようだが、専門的な知識などは貴族たちが占有しているっていう話だ。だから、貴族の子弟で優秀な者が現れれば、解析が進むと聞いている」

それでもグネトフィータ側も魔導具の要のところについては、ブラックボックスになっている部分もあるようで、全部の解析までは難しいだろうと。

言われてみれば、自分がいた世界でだって国外に工場を作って生産するといっても、肝心要の部分は国内の工場で作るという話を聞いたことを思い出した。そうだよな、真似しやすくする必要はないんだよなと思い至る。

「コニフェローファじゃあ、それでも自分のところで開発しようとしているって聞いたなあ。ダンジョンがあって資源はあるからね。でも、最先端の魔導具を作るのはなかなか難しいそうだけど。技術を学ぶために留学するという話も聞くね」

ヴルベスはこうした話は詳しいようだ。

「スフェノファだと、もっと難しいね。あそこは王侯貴族にギルドだって逆らえない状況だから。ギルドが職人とかを守れないし。高度な技術を開発したとしても、下級貴族だった場合でさえその技術を取り上げられるとか、下手すると隷属化されることもあるって噂を聞くよ。技術がそこから広がればいいけど、独占されて終わりとかね」

ちょっと呆《あき》れ気味に肩をすくめるヴルペス。

「ああ、そういえばブリタニカ辺境伯領の話があったわね」

カアトスが思い出したように言った。

「え、あそこで何かあったんですか？」

知っている場所の話が出てきて、太郎は身を乗り出す。

「ええ。あそこはね、スフェノファの中で一番真《ま》っ当《とう》な地域だと言われているの。本当のところはわからないけど、あの地域は獣族が訪ねても問題はないって聞くわ。近くの森に住むコボルトたちとも対等な交易をしているとも言われているし。それで真面目に人を育てているのだけれど、それを王族に攫《さら》われたっていう話があるのよ。それで随分と揉めたって」

太郎は、あの神殿で会った辺境伯の姿を思い出す。実直な雰囲気の人物でアルディシア氏の話を聞いてもそういう人だという印象を受けていた。

「それで結界まで張ったという話だからな」

アルブムが苦々しく言ったのは、その内容からなのか口にしたお茶が苦かったのか。

「え、あの結界は魔物避《よ》けだと聞いたが」

「表向きはな。あの地域に悪意を持つ人間も弾《はじ》くと聞くよ。まあ国内でも色々あるんだろう」

アルブムがそれ以上は言葉を濁した。

「そうだ、予備があったのよ」

カアトスが腕輪を取り出して、太郎に見せる。

「それは？」

腕輪を見せて何がしたいのか、話の方向性との兼ね合いもわからず戸惑う太郎。

「隠蔽《いんぺい》の腕輪よ。貴方、自分のステイタスをまだ隠蔽できないでしょう」

驚く太郎を見て、綺麗なウィンクを決める。

「私、鑑定持ちなの。ダチュラで生活するならばあったほうがいいわ。スフェノファも懲りないわよね」

その台詞に太郎と白金に一瞬緊張が走る。

「あのね、ここまで来ればスフェノファは追ってこられないわ。だけど、異世界人というだけでちょっかいをかけてくるのがいるから、隠蔽しといたほうがいいわよ。鑑定持ちはそれなりにいるから」

本当は、相手に許しを得ないと鑑定してはいけないという暗黙の了解はあるが、だからといって見られないとも限らない。

「異世界人は国から狙われてるのよ。なぜならばグネトフィータの技術が優れている理由の一つが、異世界人だと言われているから。まあ、それがスフェノファの妬《ねた》みの原因でもあるんだけど」

カアトスが立ち上がり、太郎のそばまで行くとその腕輪を握らせる。

「それはね、迷い人とか、召喚されたって人たちが、皆人族なのに、他の国へ逃げてしまうからなの。色々あって最終的にたどり着くのがグネトフィータと言われているのよ。このアンソフィータの王都にも何人かいるらしいけどね」

そういえば、スフェノファ王城で迷い人がいるという話を聞いたことを思い出す。

「グネトフィータ以外の国だと新しい知識とか期待されて囲い込まれるのよう。で、なんだかんだ束縛が強いの。しかも、要求度が高くて。使えないと見なされたら大変らしいわ。勝手よねえ。そんなこんなで嫌になって逃げる先が大体グネトフィータなの」

白金はカアトスたちに敵意がないと早々に判断した。隠蔽の腕輪を渡すのは、他の連中から太郎の身柄を隠すためだと考えられるからだ。彼らにとって異世界人としての太郎よりももっと大事なことがあるのだから。

「次点ではこの国かしら。でも、束縛はそれなりにあるみたい。グネトフィータは自由だって聞くわ。あんまり技術がどう、知識がどうなんて言わないらしいし。なんか、グネトフィータは秘密裏にそういった人たちに対してスカウトを派遣するって噂もあるけど。それで、人が集まるグネトフィータの発展を見て、余計に次に来た迷い人への束縛が強くなって、でも自分たちの思うような能力を持っているとは限らなくて。散々いじめるから逃げられて。負のスパイラルが起こってるって聞くわ」

カアトスがニパッと笑う。

「だから、気をつけるのよン。攫われたりしないでね。私たちは貸倉庫屋に期待しているんだから」

太郎は、一緒にここまで旅をしてきたアルブムたちを信用して、自分たちのことを話すことにした。『巻き込まれた異世界人』がばれているのだから。それに、ここで彼らに話をすれば外部から見た勇者召喚などに関する情報が得られるはずである。今後、どうするかを考える上でもそれが欲しい。白金については一緒に勇者召喚されたということにしておいたのは、前に白金にステイタスのことを聞いたときに、太郎のステイタスの写しだと言われていたからだ。

「勇者召喚か」

自分たちでは、知っているのは噂話ぐらいだと前置きがあり。

スフェノファァは魔導具の技術や豊かな資源が欲しいため、なんとかそれを手にしようとして、たまに勇者召喚をしてはグネトフィータの魔王に戦いを挑ませているという話なのだそうだ。グネトフィータの魔王とは最も強い者がなる存在だからだ。

「彼らにしてみれば魔王を倒せば、その勇者が魔王になり、魔王の証《あかし》を手に入れさえすればグネトフィータを手中にできると思ってるのだと聞く。そうはいっても今まで一度も魔王を倒せたことはないそうなんだが」

だが、たとえ勇者が魔王を倒したとしても、グネトフィータは手に入らない。なぜならば、グネトフィータは専制君主制ではない。形式としては、国の象徴として魔王が存在しているものの、憲法が制定され官僚機構と議会が国を運営している。

最も強い存在を魔王として戴《いただ》いているのは、魔族は強き者でありその象徴が魔王だからだと言われている。従って、たとえ勇者が魔王を倒し、魔王に取って代わったとしても、グネトフィータの根幹にほとんど影響はない。魔王を倒せば、グネトフィータを従わせることができるというのは、スフェノファの勝手な思い込みのようだ。願望とも言う。

「自分たちの国の形式が専制君主制であることから、王を戴く国というのはいずれも同じだと思っているのだろう」

なんとも自分勝手な話ではある。太郎はもう一つ聞きたいことがあったが、口にすることはできなかった。

今までの勇者召喚や迷い人で、元の世界に帰った人はいたのか？

第六話　貸倉庫屋、ようやく開店です

探索ギルドの一角、今までは行き止まりで壁だったはずの場所に部屋ができ、その部屋には新たな受付窓口が設置された。新しくできた窓口には、『貸倉庫屋』と札が掲げられている。現在、ここが太郎《たろう》の職場となっている。

一晩で建物が増築されて、周囲から驚かれた。この新しく増築された部分は、太郎の支店を探索ギルドの建物に付与したのだ。ギルドの建物は三階建てになっているが、この増築された部分は一階建てになっている。支店の部分は現在、受付窓口や事務処理をする部屋とその奥に応接室、それからトイレが設置されている。支店の設備はそれが今のところすべてだ。この支店にはトランクルームをつなげていて、ここで寝起きしている。これらについてはきちんとギルドの許可を取って生活している。

さて、『貸倉庫屋』をはじめる少し前に話を戻そう。

アルブムたちはダチュラに到着して、まずは探索ギルドに出向いた。依頼のあった『火山の欠片《かけら》』を届けるためだ。依頼主はダチュラに本店を置くサイペルス商会で、奥方の病気に必要な治療薬に使うためだという。

『火山の欠片』の代金は、近年見つかっていなかったこともあって相場よりもやや高めに見積もられた額であった。見つけたらすぐに対応できるように、前金とともに代金はすべてシムルヴィーベレに預けられていたのだ。それだけ彼らが信頼されていたとも言える。自分たちで見つけられれば丸儲《まるもう》け、誰かが見つけたものを買い取る場合も相場と同じ金額ならトントン。高くふっかけられれば、依頼料を削って払うというものだったのだ。そうは言っても依頼者は、差額の部分は補填《ほてん》するつもりではあったらしい。

アルブムは最初、この代金をすべて太郎たちに渡すつもりでいた。ところが、『火山の欠片』の代金の半分でいいと太郎が言いだしたのだ。それでは『火山の欠片』の代金としては少なすぎるとアルブムは主張したのだが。

「アンソフィータまでの案内と、貸倉庫屋をするために探索ギルドに交渉するのを手伝ってほしい」

ということで、白金《しろがね》が話をまとめた。

アルブムはダチュラのギルドマスターに、自分たちが使った貸倉庫《トランクルーム》の使いやすさを力説し、ギルドが仲介することで安定的に提供すべきだと主張した。太郎たちが個人で開業するよりも、ギルドの仕事の一つとして組み入れたほうが探索ギルドにとっても、探索者たちにとってもメリットが大きいと。勿論《もちろん》、後ろ盾のない太郎にとってもメリットは大きい。

当初は懐疑的だったギルドマスターのケルクスは、シムルヴィーベレと同じ金級のパーティであるステラカエリに、その貸倉庫《トランクルーム》を利用してもらうことを提案し、その結果も参考にしてギルドの対応を決めるとした。彼らは依頼があってダンジョンに潜る直前だったのだ。

ステラカエリがダンジョンに行った一週間後、戻ってくるなり太郎へ本契約をしたいと申し出た。しかも、ギルドとは別に独立して仕事をするならば、いくらでも協力するとまで言いだす始末だ。今まで彼らは収納ボックスを利用していたのだが、この一週間で貸倉庫《トランクルーム》の使いやすさを実感し一気に傾倒したという。再びギルドマスターも含めた話し合いの場で、そんなことを言いだしたものだから、シムルヴィーベレと揉《も》めかけた。

「ギルドが申し出を受けないならば、自分たちこそがタロウの後ろ盾になる」

とアルブムも言いだした。彼らの様子を見たギルドマスターは決断した。

「わかった、わかった。タロウはまずはギルドの臨時職員という形で雇用しよう。で、貸倉庫屋をギルド内で開業してもらう」

アンソフィータで何の後ろ盾もない太郎が個人で貸倉庫屋を開いた場合、彼の能力を取り込むために誰がどう動くのか予想がつかない。下手なところに太郎を持っていかれた場合、大きな問題にもなりかねないとギルドマスターは考えたのだろう。彼の収納は無限ではない。だが、貸し出しできる収納という能力の影響は大きい。

そんな経緯を経て新しくできたのが『貸倉庫屋』部門だ。基本的な取り決めはしているが、貸倉庫についての全権は太郎にあり、現在のところギルドに間借りしているような形になっている。太郎はギルドの臨時職員扱いで、貸倉庫に関するところだけの担当という形だ。勿論、太郎は手続き上の書類仕事は完璧にこなしている。

そんなこんなで『貸倉庫屋』の札を掲げてから二週間が過ぎていった。客が殺到するかと思いきや、暇だった。仕事が失敗したわけではない。むしろ順調だ。アルブムたちの紹介もあり、ステラカリエをはじめとして期間は三ヶ月、八組の契約が成立した。いずれもダンジョンで活躍する金級や銀級だ。順調な滑り出しだと言えよう。

貸し出しの倉庫の大きさによっても料金は変わるが、費用はポーターを雇うのよりやや高めの値段にした。ポーターと違う点は、帰ってきてから支払う分け前の分担金が要らないことだろう。ダンジョンに行けるポーターはほとんどいないが、彼らの仕事を奪いたくないということもあり、あまり安い設定にはしなかった。契約金は一ヶ月分、以後は月ごとの支払いになっている。契約書を交わし、ギルドを経由して、各パーティのギルドに預けている貯蓄から天引きになっているので取りっぱぐれはほぼない。三ヶ月後に延長するかどうかを確認することになっている。

太郎の現トランクルームのレベルは7にまでなり、貸し出しできるトランクルーム数は六部屋となった。因《ちな》みにレベル7の増加施設は、客間だ。滞在型の自分のトランクルームに客を通さなくても済むようになったのだ。どんどん住環境が充実してきている。契約中の部屋数は全部で三部屋分だ。みんな大きめに借りていった。

ただ、ダンジョン攻略でも短期間で戻ってくる場合やそれほどレベルの高くないダンジョンに行くのであれば、必要はないだろうと現状思われているのも事実だ。今までポーターなしでもやってきているのだ。それもあってか八組の契約が成立して以降は、窓口は暇になっている。

アルブムたちは太郎の貸倉庫屋設立の後に、貸倉庫《トランクルーム》の正式な契約を済ませて準備をし、さっそくダンジョンに行っている。出かける前にムスティは宣言した。

「帰ってきたら肉まん食いに行くからな！　用意しておいてくれよな！」

ある意味ブレない。太郎の中のムスティは食いしん坊キャラ確定である。

今の太郎は、気分的にのんびりした生活ができている。今までの稼ぎと八組の前金でゆとりある生活だ。ギルドに設置した支店は、事務作業ができる部屋（受付窓口のある部屋）とトイレと応接室がある。なかなか充実している施設だ。住む場所は、支店の応接室からトランクルームへ通じるドアをつなげて、トランクルームで暮らしている。

ギルドマスターには、応接室を寝室代わりにしていると言ってある。自分たちで増設した部屋での生活なので、今のところ見逃されているという感じだろうか。支店の部分もレベルが上がると色々と新しい施設が増加されるらしい。今から楽しみだ。応接室はレベル6で増設されたものだ。そのうち、お金が貯《た》まったらどこかに家を借りてもいいかもしれないと思ったが、借りても多分、馴染《なじ》んでいるトランクルームで暮らすだろうから、必要はないかもしれない。ギルドでの寝泊まりが駄目だっていうことになったら、考えようと思っている。

生活習慣として、一つ付け加わったものがある。朝、太郎は白金に稽古《けいこ》をつけてもらっている。何かあったときに自分の身は自分で守れるようにと太郎から言いだした。それから、魔法も習っている。今のところは生活魔法を覚えている。体術に関して体捌きは上達したのだが、やっぱり剣術に関しては今でもまったく使いものにならない。どうにも一度ついた苦手意識は抜け切らないらしい。白金は、それに対して申し訳ないような表情をしてしまう。

「俺が苦手なだけだよ。まあ、他でなんとかなるさ」

そう、太郎は笑い飛ばしている。

トランクルームのレベルが5になった時点で、店員を作ることができるようになった。現在はレベル7だが、今でも店員の数は一人だ。店員はポンポン増えるわけではないらしい。店員スキルで小さな人形を作り、それに名前と性別と年齢を与えると人の形態になる。クロークという名前をつけ、黒毛の狼《おおかみ》族で二〇歳前後の青年にした。狼族にしたのは、太郎がアルブムの虎族の姿を見て格好いいと感動したからだ。容姿については白金に相談したが、止められることはなかった。白金からすればアンソフィータには獣族は多く、獣族の方がより馴染まれるだろうからいいと判断したためだ。太郎の行動が大きく本人の不利益につながらない限り、白金から余計な口を出すことはない。

貸倉庫の本契約は太郎しかできないが、それ以外の雑用はクロークがやってくれることになった。だから太郎は一人であちこち街中を散歩している。ギルドで何か必要な事案が発生すれば、クロークが呼びに来てくれる。トランクルームを通ればすぐに戻れることだし。白金はトランクルームに供給するための魔物を狩りに、週二で近くのダンジョンに日帰りで出かけている。それ以外は太郎の鍛錬や魔法の手解《てほど》き、もしくは太郎と一緒に受付窓口のある部屋にいる。

貸倉庫屋の札を掲げたギルドの窓口は、今日も暇だった。太郎と白金は受付窓口にいて、クロークは受付奥にある作業机の方に座っている。先ほどまでは作業をしていたが、それが終わったのか本を読みだしている。彼は暇な時間はずっと本を読んで色々と勉強しているようだ。太郎よりも勤勉かもしれない。

「アンソフィータに無事に着いたな」

貸倉庫屋の暇な受付窓口で太郎と白金が並んで座っている。

「そうですね」

「ようやく、トランクルームを使った商売をはじめられたな。スキルで貸倉庫屋ができそうだから、それで商売をしようと考えてから、長かったような短かったような」

太郎は、外をぼうっと眺めていた。受付の正面にはガラス窓がある。太郎たちが座っている場所からも外が見える。お客さんは来ない。他のギルドの部署とは少し離れているため忙《せわ》しなく働いている他のギルド職員と違ってのんびりしている。臨時職員という肩書きはあるが、基本的にはギルドから給金を支給されているわけではない。貸倉庫《トランクルーム》に関わることだけが彼らの収入につながる。

長期レンタルの貸し出しは八組で止まっている。もっと短い期間のレンタル契約についても仕組みを考えていくつか用意をしているのだが、まったく動いていない。しかし、収入とすれば八組で十分な金額が見込まれている。アルブムたちを見ていると、この先貸倉庫《トランクルーム》の利用がまったくなくなるということはなさそうだ。

「俺さ。向こうでしていた仕事はそれなりに忙しくてさ。で、こっちに来てからも真面目に働いていただろう。まあ、ちょっと引き籠《こ》もりになったりもしたけど。なんかこんなにのんびりしていて、いいのかなという気がする」

「今のところは、のんびりしていてもいいのではないでしょうか。貸倉庫《トランクルーム》の有用性が認知されれば、それなりに忙しくなると思います」

白金は太郎の方を見る。

「まあな。シャーロック・ホームズも探偵事務所を開いた当初は暇だったらしいしな。比べるのも烏滸《おこ》がましいけど。多分、ようやく落ち着くことができたんで気が緩んでいるんだ、きっと。それで、色々と考えちゃったりするんだよな。色々と……」

ふうっと大きく息を吐いた。

「なあ、白金。俺はさ、ここに巻き込まれて来たんだ。それでさ、なんとか逃げよう、生きていかなけりゃと思って今までやってきた。お前がいてくれたおかげで、ここまで来られた。でさ、ずっと気になっていることがあるんだ」

太郎はずっと窓の外を見ている。いや、もしかしたら何も見ていないのかもしれない。

「お前に聞けば、答えてもらえることなのかもしれない。それに気がついちゃったんだ」

軽く息を吐くと、おもむろに白金を見た。

「なあ、白金。教えてくれないか。俺は、俺たちは元の世界に戻れるんだろうか。その方法っていうのは、あるのだろうか。それともないのだろうか」

「元いた世界に帰りたいのですか？」

「沢山のものを置いてきている。仕事は無断欠勤でさすがにクビになってるかもしれないけどな」

白金はしばらく黙っていた。太郎はもう知っている。情報を深く検索しているときは、彼が止まったかのようになることを。その沈黙が長かったのか、短かったのか。白金が一つ瞬《まばた》きをした。

「マスター、私が今の段階で答えられる範囲では、不明、です。アクセスできる範囲にその回答がありませんでした。トランクルーム、もしくは鑑定のレベルを上げて虚空情報《アカシックレコード》へのアクセス範囲を拡げれば、欲しい答えが望めるかと推測します」

「そうか、まだ、わからないだけか」

こくりと白金が頷《うなず》いた。

「それじゃ、アルブムやムスティたちにも頑張ってもらおうか。色んなダンジョンのドロップ品をトランクルームに収納してもらって、レベルを上げてもらおう。それをけしかけるために肉まん投入だな。俺らも頑張って、トランクルームの契約数を増やしていくか。あ〜、鑑定も頑張ろう。他にレベル上げも考えるか」

そう言って、太郎は笑った。そんな太郎を見て白金はほんの少しだけ淋《さび》しそうな表情を浮かべたが、太郎が気づくことはない。

◆ ◆ ◆

このごろの太郎は、お菓子作りに凝っている。書類仕事をしていると甘いものが食べたくなるからだと主張している。だが、アンソフィータに来る途中で作ったパンケーキやワッフルを、カアトスとレプスに絶賛されたのがそもそものきっかけだ。彼女たちにしてみれば、甘いものが好きなので太郎に頼めば道中美味《おい》しいお菓子を作ってくれそうだと思って褒めた、という下心満載だったのだが。残念ながら、アンソフィータまでの道中では、卵や牛乳、砂糖など太郎が知っているお菓子の材料が補充できなかったので、初めの頃に何度か作っただけだった。実は肉まんは甘いものの代わりに提供した、苦肉の策。肉好き女子たちへの甘味代わりの肉だったのだ。

初めはそんなに手の込んだモノはできなかったのだが、運が良かったのか悪かったのか、ダチュラにある本屋で、お菓子作りの本を見つけてしまった。これで、代替品に何があるのかを知ってしまったし、手順などもわかってしまった。パンケーキからはじまったお菓子作りは、本とオーブンのおかげで、今ではちょっとしたパウンドケーキぐらいならできるようになってしまった。認めたくはないだろうが、それだけ暇だったとも言える。

そうはいっても現在は、レプスやカアトスはダンジョンだし、男三人で食べるのもなんだし、ということでギルドの職員さんに配ってみた。それまであまり話をする機会もなかったが、同じ職場で働いているのだからいいきっかけになるだろうという下心満載だ。

「もしよかったら、食べてください」

クッキーを袋詰めにして体裁を整え、お茶請けにと休憩室に持っていったところ。受付嬢さんの覚えがめでたくなり、なんとなくどう接していいのかお互いに気まずかった雰囲気が払拭《ふっしょく》されたのだ。お菓子様は偉大である。皆に「美味しかった」と褒められて、気を良くしてクッキーだけでなく、パウンドケーキやワッフル、マドレーヌモドキなども作って持っていった。パウンドケーキとワッフルはトランクルームに転がっていた昔買ったレシピ本をもとにしている。だけどマドレーヌモドキについては、マドレーヌもパウンドケーキと同じ材料構成だったはずという太郎のあやふやな記憶で作ってみたものだ。だからこれだけはモドキだ。あやふやな割には美味しくできて、これも受け入れられた。

先に言っておくが、休憩室はギルド職員全員が使う場所なので他の事務職や解体部署の人なども食べている。決して受付嬢だけに配っているわけではない。魔物売買担当のアークバ氏には小さな娘さんがいると聞いて、お土産にクッキーやマドレーヌモドキなんかの詰め合わせを渡したら、娘さんに大層喜ばれたそうだ。

さて、受付嬢たちの評判を聞きつけ、ギルドに併設されている喫茶室のマスターから、お茶請けにクッキーやパウンドケーキを店に卸さないかという話を持ちかけられる。マスターは簡単な調理はするもののお菓子などを作るまでは手が回らない。そこで、太郎に話が来たようだ。

「いいですよ。その話、受けましょう。そんなに沢山はできませんけどね。それとマスター、探索者に受けそうな食い物の提案があるんですが、それも扱いませんか」

肉まんをここで作製、販売することを唆《そそのか》した。ここで周囲が受け入れてくれるようならば、肉まんをあちこちで作ってくれるだろうと考えたのだ。他の場所でも肉まんが出るようになれば、某氏はどこでも食べられると喜ぶかな、と。作り溜《だ》めでき、腹持ちも良い肉まんが評判となってくれたなら。

自分の仕事が何なのか、このごろちょっと揺らいでいる気がしなくもないが、今日も太郎は夕飯の買い出しに出かけていった、その帰り道。何か声がするので路地裏をひょいっと何の気なしに覗《のぞ》くと、大人二人に囲まれた子供が見える。気になって近づいてみる。

「四の五の言わずにとっとと出せ」

「嫌だ。自分たちで稼げばいいだろう。お前らにやるために、稼いでるんじゃないやい！」

どうやら、年少組の稼ぎを狙ってその上前をはねてる連中がいるようだ。

「大人気《おとなげ》ないぞ。子供相手の強請《ゆす》り集《たか》りは。お巡《まわ》りさん案件だぞ」

ここではお巡りさんと言っても太郎しか知らないだろう。

「なに格好つけて出しゃばってんだ」

男の一人が太郎に殴りかかってきたが、太郎はそれをヒョイッと避《よ》けて足を引っかけて転ばせた。

（うわ、本当に動きが見えるし、身体も動くもんだねえ）

太郎は白金が頑張っているおかげでレベルが上がっている。動体視力が上がり、身のこなしも軽くなっていた。だから殴りかかってきた男の動きがよく見えている。

（白金相手に毎朝、鍛錬続けてきたけど、今まで喧嘩《けんか》一つしてこなかったからな。自分がどの程度なのかピンときてなかった。ホントに身体能力上がってるんだね。白金のおかげだけれども）

もう一人の男も軽くいなすと、形勢が不利とみたのか二人とも逃げ出した。大人の相手はしないらしい。太郎が子供に近づくと、子供の方は緊張しているのが見て取れる。

「怪我《けが》はないか」

「うん。おっちゃんありがとう」

「おっちゃん……。お兄さんと呼んでもらうと嬉《うれ》しいかな」

太郎の顔が少し引き攣った。すると、キュウと男の子のお腹が鳴った。

「お、腹減ってるのか」

太郎はトランクルームから余っていたクッキーを一袋取り出して、男の子に渡す。

「あげるから、食べな」

「ありがとう、おっちゃん」

だが、男の子はそれを開けようとしないで抱えている。甘いものじゃないほうがいいかと聞いてみる。

「みんなと食べてもいいかな。みんな、うちで待ってると思うんだ」

クッキーをもらって、少し緊張を解いたのかそう言ってにっこり笑う。

男の子はニルと名乗った。太郎は家まで送っていくことにした。ニルが話すには、彼らはこの先のハイツ通りに面してる家で暮らしているそうだ。前は面倒を見てくれる大人がいたのだが、その人が病気でいなくなってしまったのだという。家はそのままだが、食べ物や日用品などが足りないことがあるため、皆で手分けして街の雑用や薬草の採取などをしてやり繰りしているのだそうだ。たまに様子を見に来てくれる人もいるそうで、その時は色々と持ってきてくれるらしい。だが、その人も頻繁に来てくれるわけではないという。そこへ、このごろ嫌がらせのように先ほどの男たちが難癖をつけてくるようになった。

「あいつら、いつも言いがかりつけてオレらの金を取ってってたりするんだ」

「しょうもない奴らだな」

他にも色々と話をしながら、その家へ向かった。

「今、六人で暮らしてるんだ」

子供たちは皆、孤児だという。前に面倒を見てくれていた大人がここで暮らしていいと連れてきたらしい。ということは、ここは養護院かなにかなのだろうか。だが、ニルの話では判断がつかない。

「オレにもおっちゃんみたいに収納があれば、もっと稼げるのにな」

ぽつりとニルがこぼした。クッキーを出すのを見てそう思ったのだろう。

「収納があったら、何をするんだ？　ポーターか？」

「ううん、ポーターじゃない。また一五歳になってないし。一五歳未満で商業ギルドの仕事を受けるには、身元保証人っていうのが必要なんだよ」

大人のくせにそんなことも知らないのか、という顔をされてしまった。

「オレとセピウムは、薬師ギルドの無料講習受けて薬草の採取とかしてんだ。背負いカゴ借りてるけど、沢山は詰められなくて。収納持ってたら、もっと稼げると思うんだ」

ニルはちょっと悔しそうに口を引き結ぶ。

「たまにセピウムが角ウサギとかも捕まえるんだ。けど、一緒に持ってくの大変なんだよ。あいつら結構でかいし、重いし。セピウムはね、角ウサギとか捕まえるの上手《うま》いんだ。だから収納があれば、沢山捕まえて持って帰れるし、その分お肉も食べられる」

セピウムと角ウサギの話は自慢なのだろうか、楽しそうに話してくれる。自分を見上げて、一生懸命話をするニルがほんの少し、実家にいる甥《おい》っ子の姿と重なり、ほんわかしてくる。

「そっか」

「おっちゃん、あそこがオレらの家だよ」

ニルが指さす方向を見ると、周囲と比較すると小さめの古い家が見える。表通りに面した場所だ。どうやらそこがニルたちの家らしい。

ニルたちに、晩御飯をご馳走《ちそう》することになったのは、成り行きだ。実はニルの話を聞いていて思いついたことがあり、その話を聞いてもらうために懐柔しようと考えたからだ。太郎が夕飯をご馳走するといっても、そう凝った料理を作るわけでない。台所を借りたのだが、それなりの設備で子供たちも簡単な煮炊きをしている程度のようだ。トランクルームから材料を取り出して、サラダとスープ、ジャーマンポテトと肉まんにした。お腹が空《す》いているようなので、手早くできるものにしたのだ。肉まんは冷凍庫で凍らせておいたやつを蒸すだけだ。時々、肉まん食いたさに突撃してくるムスティのために、時間のあるときにまとめて作って冷凍保存してあるのだ。今回はそれを惜しみなく使った。いつまでも冷凍庫に入れてても悪くなるだけだし（本当に？）、ムスティは今、ダンジョンだ。帰ってくる前にまた作っときゃいい、そう心の中で色々と言い訳をしつつ、テーブルの上に料理を並べる。遠慮なく沢山食べてくれるように、肉まんやジャーマンポテトを山盛りにして。

「オレを助けてくれたおっちゃんなんだ」

「ニル、せめてタロウさんと言ってくれないか」

家に上がってきて料理まで提供する見知らぬ男に、他の子供たちの警戒心は最大値だったろう。質《たち》の悪い連中に絡まれている最中でもあるのだから。だが、美味しそうな匂いには抗《あらが》えなかったのか、ニルに誘われてテーブルの周りを取り囲む。

「いただきま〜す」

皆で席について、真っ先にニルが肉まんを手に取る。

「ボク、コレ見たことあるよ。探索者の人が食べてた」

一番背の小さな黒髪の男の子が肉まんを見つめて言う。

「沢山あるから、いっぱい食べてくれな。これは肉まんっていうんだよ」

美味《うま》い美味《うま》いと食べるニルの姿と太郎の言葉で、皆が手を出してきた。それでも一人だけ、太郎を警戒してか手をつけない子がいる。

「セピウム、これ美味しいよ」

ホワホワと温かい湯気がたつ肉まんをニルが勧める。

「ニル、薬でも盛ってあったらどうする気だ」

目の前で作ったものではないので警戒しているのだろうか。太郎は肉まんを取って半分に割って片方を食べてみせ、もう半分をセピウムに渡した。

「冷めても美味しいけれど、温かいほうが美味い」

キュウッと小さくお腹が鳴った音が聞こえる。ちょっと顔を赤くしてセピウムは太郎が美味しそうに食べるその姿をしばらく見てから、受け取ったその半分に口をつけた。一口食べると驚いたような顔をして齧《かじ》りついていく。

山盛りあった食事は、子供たちの胃の中にみんな消えていった。ニルよりしっかりしているというセピウムの見知らぬ男に対する警戒心は、肉まんの前にあっさりと敗れた。ニルもそうだが、案外簡単に警戒心を弛《ゆる》めた彼らに太郎は少し心配になったぐらいだ。まあ、シムルヴィーベレで一番猜疑心《さいぎしん》が強いというムスティを陥落させた角煮まんなので、何か獣族の心を揺さぶる味がするのかもしれないと思いなおす。

「ニルに聞いたんだが、薬草採集とかしてお金を稼いでるんだって。みんなそうなのかい？」

「薬草採集は僕とニル、シェーボとロイフォがやってます」

シェーボとロイフォが頷く。

「オリクとロータは、お使いをやってる」

ここにいる子供たちは皆人族の形態だ。混族なのだという。一番年上がセピウムで一三歳、次にニルとシェーボの二人が一二歳、ロイフォとオリクは一一歳、黒髪の肉まんを見たことがあると言っていた子供がロータで一〇歳だそうだ。皆で協力して一日頑張って収入を得ているという。加えて時たま来てくれる人が持ってきてくれる食料やお金などで、今のところなんとか生活が成り立っている状態らしい。

「実はさ。俺、探索者ギルドで仕事をしているんだ。さっき食べた肉まんを作ってるのも俺なんだよ」

ロータがきらきらした顔で太郎を見ている。

「料理つくる人なの。肉まんも他のも美味しかった」

「俺は料理人じゃなくて、別の仕事をしているんだ。それで君らにお願いがあるんだが、聞いてくれないか」

太郎は、自分がギルドで行っている収納の貸し出しの話、その中でも一日レンタルの話をした。

一日レンタルでは、ギルドで収納を借りるがその場所で登録したものだけは出し入れ自由だ。それ以外に採取したものなどは一度入れるとギルドに行かないと取り出せない仕組みになっている。自分が何をどれくらい採取したのかは、収納の鍵を触るとわかるようになっている。鍵をギルドに持っていくと採取したものの精算がなされ、お金をデポジットカードに入金してくれるというものだ。デポジットカードは個人が特定されているので盗まれても中のお金を使われることはない。レンタル料は採取したものの精算額の五パーセントで、デポジットカードに精算した金額を入金するときに引かれることになる。これはギルドの買い取りシステムを聞き取りし、トランクルームの能力を白金と話し合って、太郎が考案・設計した仕組みだ。

「ニルは収納があれば便利だと言っていただろう。どう思う？」

静かに聞いていたニルに話を振ってみる。

「便利かもしれないけど、オレらデポジットカード作れないんだ。あれ作るのにお金がかかるだろう」

その台詞《せりふ》に太郎はニコッと笑った。

「で、だ。実は、俺はこの商売をはじめたばっかりでな。みんな様子見していて、誰もまだ利用してくれないんだよ。商売あがったりだ。だから、肉まんを売ったりしている。そこで、君らにモニターになってほしいんだ。要するに、一日レンタルは使いやすくて便利だっていうのを、実際に使ってみて、使い心地を宣伝してもらいたいんだよ」

太郎が子供たちを見回して反応を見てみると、ニルなんかはそわそわして太郎を見てくる。セピウムはちょっと考え込んでいる様子だ。

「それで、宣伝してもらう代金としてデポジットカードの作成代金は俺が持つ。最初の三ヶ月は利用料を二パーセントに値引きする。どうだ、君らはデポジットカードを手に入れられる、俺は一日レンタルを宣伝してもらって、他の人に加入してもらえて儲かる。お互いに良いことずくめだろ。宣伝期間はとりあえず三ヶ月でどうだろう」

「いいのか、おっちゃん」

「おっちゃんはやめてくれ。俺は太郎っていう名前があるからそう呼んでくれ」

相手は小さい子だ。その子から見ればおっちゃんになるのも理解できないわけではない、ないのだが。ビミョウなお年頃だ。お兄さんが無理ならば、せめて名前で呼んでほしい。因みに実家の甥っ子には「たろちゃん」と呼ばれている。

「僕はそれをやってみたいです。タロウさん。よろしくお願いします」

セピウムは太郎に頭を下げた。

翌日の朝、ニルたちは探索ギルドの貸倉庫屋窓口に手続きをしにやってきた。色々と相談して二人一組で一日レンタルを借りることにしたらしい。デポジットカードも二人で一枚にした。全員分を勧めたが、それでいいという。借りる数に対応した報酬だからだとセピウムが断ってきた。オリクとロータの二人組は参加しないという。お使いでは、一日レンタルは使いにくい。言われてみればその通りで、いちいちギルドに来なくてはいけなくなるのだから、かえって効率が悪くなる。

「でも、皆でちゃんと宣伝するよ」

「期待しているぞ。それから、一日レンタルを使ってみて、使い勝手が悪いところとか、こうしたら便利だってことがあったら、教えてくれ。今後の改善の参考にするから。情報料も弾むぞ」

太郎は出かける彼らを笑って見送った。薬草は薬師ギルドだけでなく探索ギルドでも買い取りをしている。とはいえ、薬師ギルドの方が買い取り価格は高いので、ニルたちは今までは薬師ギルドに持っていっていたそうだ。それに薬師ギルドでは薬草についての簡単な講習会を無料でしてくれるということもあったからだという。

だからといって薬師ギルドに納品しなければならないという縛りはない。だから、より高くなるモノだけを受け取って薬師ギルドに持っていき、その他の種類は探索ギルドで買い取ってもらうことに相談して決めたとか。収納の一日レンタルは、大元のトランクルームを借り受けているのが探索ギルドになっている。主共有者がギルドになる。そして、一日レンタルを借りる探索者は従共有者ということになる。そのため、内容物のチェックといった繁雑《はんざつ》な作業をギルドがしてくれることになっている。ギルド側は、使用者が中に何を入れたかをチェックできるシステムになっており、違反物がトランクルームに投入された場合は、すぐにアラートが鳴る仕組みだ。これは単に悪用されないためのもので、例えば危険物などが収納された場合は、ギルド側に警告がなされ、内容物によっては取り出しの制限をかけ、ギルド内での取り出しのみとなる。これは説明書きにもきちんと記載されている事項である。こうした手順で、危険物の運び屋や、暗殺者などが死体の始末に使うなどといった物騒なことを回避するためのチェック機構なのだ。

ギルドでは一日レンタルの共有者の採取分についてはどれだけの物と量があるのかチェックでき

るが、取り出しは共有者の鍵が必要になる。一日レンタルの共有者は採取が終わったらそのままギルドに来て、どれを売るか売らないかを確認の後、精算してもらうという形になる。売らなかったものについては、売った場合の代金が精算額に加算される。貸し出し料金の精算額の五パーセントというのは、そうした事務の手数料としてギルド側が二パーセント、貸し出し人の太郎が三パーセント取るという話になっている。売買作業などはギルドの窓口でしてもらうことになる。まだ採算が取れるほど利用者がでるのかどうかがわからなかったので、料金としてはこの形にした。上手くいくようならば、料金については改訂していこうという話になっている。

「そうだ、お前たちに一つ助言がある。お前らに集《たか》る奴らがいたよな。もし、今度なんだかんだ言ってきたら、その一日レンタルの鍵を渡してやれ。これをギルドに持っていけば、今日の採取物の収入と引き換えになるものだってな」

受付の時に太郎は悪い笑顔で、ニルたちにそう言った。

今日は散歩にも夕食の買い出しにも行かずに太郎がのほほんと窓口に座っていると、白金がやってきた。

「タロウ、面白いことを考えましたね」

白金は二人っきりでなければタロウと呼ぶようにしている。そう太郎がお願いしたからだ。太郎はここに来てから髪を染めるのとヒゲをはやすのもやめている。今は叔父と甥という設定にはしていない。二人は共同経営者となっている。

「ああ、宣伝も兼ねてみんなで沢山稼いできてくれるといいんだがな」

ニルは収納があれば得られる金額も増えるはずだと言っていたが、本当のところどうなるかはわからない。ただ、太郎にできるのはこのくらいだろうと思っただけだ。

「あのニルは、薬師ギルドでもなかなか評判が良いようです。仕事が丁寧だという話です」

一体、いつの間にそんな情報を仕入れてきたのか。まあいつものことではある。

「そうなのか。あんなちっこいのに、頑張ってるんだな。あいつらが上手くいくようなら、薬師ギルドにも一日レンタルの声をかけてみようか。薬師ギルドは良いところだからな」

太郎はそう言って笑った。

「それからレベルが8に上がりました。貸倉庫《トランクルーム》を借りているパーティが頑張ってくれているようですね」

「なんか個人情報が筒抜けのような気がして申し訳ないな」

「実際に何を入れたのかまでわかるわけではないので、気にしなくてもよいのではないですか」

「まあな」

そんなやり取りをしていると、ニルと連れだってセピウムがこちらへ向かってくるのが目に入った。もう夕方近くになっているので無事帰ってきたようだ。探索ギルドの採取買い取り窓口で手続きが終わってこちらへ走ってくる。一日レンタル貸し出し窓口は太郎のところだが、お金のやり取りは通常の窓口になる。二人がこちらに来るのを見て、手続きが煩雑になっているかもしれない、少し考えたほうがいいかと思った。今の形式ならば太郎が直接対応しなくてもギルドだけで可能となっている。主共有者は、従共有者を追加指名することが可能だからだ。様子を見て使い勝手の良いように変更を考えてもいいかもしれない、そんなことを太郎は考えた。

「よう、お帰り」

太郎が彼らに向かって手を上げて挨拶すると、二人は嬉しそうに駆け寄ってきたが、近くまで来ると彼のそばにいる白金を見て少し戸惑った。

「ああ、こいつは白金って名前で俺の共同経営者だ。これからも会うことがあると思うから」

「白金です。よろしく」

にこやかに笑った美少年に、子供二人もちょっと見惚《みと》れているようだ。差し出された手に気がついて子供たちは慌てて手を服で拭いて握手をする。そう、この国には挨拶で握手をするという習慣がある。美少年は誰に対しても無敵だなと太郎が改めて思ったのは言うまでもない。

「タロウさん、今日の収入はいつもより良かったんです。今日はニルが薬草を採取して、僕は角ウサギ中心に狩りをしました。いつもより沢山とれました。ありがとうございます。一日レンタルの正規料金を払っても十分な収入になりそうです」

セピルムが丁寧に御礼を言ってきた。

「よかったな。でも、収穫が沢山あったのは、お前らが頑張ったからだろう」

「あの収納もすごいです。入れたときのままに状態が保持されてるなんて。時間停止の機能があるんですか」

ちょっと興奮気味のセピウムの質問に答えたのは白金だ。

「いえ、品質保持機能です。時間は停止していませんが、お預かりした状態をよりよく維持できるんです。それに設定さえキチンとできれば、乾燥したほうがよい品物は乾燥させることも可能ですし、冷蔵・冷凍することも可能です。よろしければ設定の仕方をお教えしますよ」

白金がにこやかに答えたので、ちょっと二人はびっくりしたようだ。借りたときに実践で覚えたほうがいいだろうということになり、それでは明日の朝、手続きをするときに設定の仕方を教えましょうということになった。

「まあ、何にせよ、頑張って稼いで、一日レンタルは使いやすいってみんなに宣伝してくれよな。期待してるぜ」

「まかせといて」

二人は元気よくギルドから帰っていく。その後ろ姿を見送る。

「白金、俺はトランクルームの品質保持の機能についてはは聞いてないんだが」

ちょっと不貞腐《ふてくさ》れたように太郎が言う。

「はい。レベル8になって機能が追加されました」

ニコニコと笑顔で白金が返してくる。

「俺にも後で使い方を教えてくれ」

トランクルームは預かる荷物によって、その対応を細かくしてくれるようになったらしい。本場？　のトランクルームも預ける荷物によって空調管理などをしているものもあるそうだから、異世界も負けていられないのかもしれない。その際、新しい使用方法などはアシスタントの白金経由で知ることになる設定になっているようだ。夕飯を食べながら、クロークと太郎は、白金に色々と教わることとなる。

　一週間もしないうちに、一日レンタルは思わぬところで有名になった。ニルたちを脅していた連中が捕まったのだ。太郎に言われた通りに、裏通りで脅されたときに一日レンタルの鍵を渡したという。鍵をギルドに渡せば今日の自分たちが集めた採集物を受け取ることができると説明したらしい。そこで、当たり前だがギルドで他人の収納物を強奪しようとした罪で捕まった。

　なるほど自衛のために一日レンタルを使うのもアリなのではという人たちが出てきた。表面上は平和そうに見えるのだが、裏では色々とあるのだろうかとその話を聞いて太郎は思ったが。

　ニルたちに近い年代の子たちが、グループでデポジットカードを作り、一日レンタルを借りてみようという話になったという。デポジットカードは皆で分担して一枚分を支払い、手数料を引いた後の金額を精算して、自分で稼いだ分はその場で引き出せばいいだろうと。それを聞いて、ギルドの採取買い取り窓口では手続きが面倒くさくなりそうだと、クロークを派遣して作業をさせることにした。

　ついでに、デポジットカードに紐付《ひもづ》けした簡単な作りの個人カードを作ることにして、個人の収入の入出金がわかるようにもした。後から、使い込まれたかどうかで揉めることがないようにと太郎が提案したものだ。一日レンタル利用者は採取買い取りの受付窓口に別の窓口を作ってもらい、そこで精算もろもろの手続きをする形に変えることにした。その窓口はクロークを担当とし、一日レンタルの予約と解約、精算などをまとめて行えるようにしたのだ。忙しいときには受付嬢が助っ人に入ってくれることにもなって、現在は一日レンタルの窓口はギルド側に設けられている。

長期レンタルの方は、太郎がそのまま貸倉庫屋の窓口でのほほんと座っている。加えて貸倉庫《トランクルーム》の使い方については、ニルたちがレクチャーを請け負ってくれている。一日レンタルを新たに借りる人たちに、白金仕込みの収穫物によって保存状態を変えられる設定方法などを教えるのだ。これについては一組いくらで太郎が依頼している。その方法をきちんと使えば質の良い状態での納品につながり、ギルドでの買い取り額が高めになるということで、皆熱心に聞いている。そうやって徐々に噂《うわさ》が広がり、採取組にとって一日レンタルは結構使えるぞと評判になってきているらしい。特に獣や魔物は討ち取ったその場で、そのまま冷蔵ができる。ギルド内でも良い状態で解体できると評判になっている。一つ一つは小口であっても、ちりも積もれば山となる。こうして一日レンタルの契約は少しずつ増えてきた。


ニルは、久しぶりに薬師ギルドに来ていた。

「よお、ニル」

ローリエがニルの姿を見ると駆け寄ってきた。薬草ギルドの無料講習会を一緒に受けたのがきっかけで友人になった子だ。

「お前このごろ薬草ギルドで見なかったけど、どうしたんだ？」

「ここのところ、ちょっと探索ギルドの方によく行ってたんだ」

今日、薬師ギルドに来たのは、理由があった。買い取りカウンターに向かいながら、ニルは近況を話す傍《かたわ》ら宣伝も兼ねて一日レンタルの話をしてみた。

「五パーセントかあ」

ちょっと考え込むローリエ。五パーセントがわからないわけではない。ダチュラでは学《まな》び舎《や》が作られていて、文字と簡単な計算ならば身につけることができる。

それだけのメリットがあるのかを考え込んでいたんだろう。それはそうだろう。普通の薬草だけならば、アガリがそれほど見込まれないときもある。ニルたちの場合は、セピウムが角ウサギなども狩るのが見込めるから、というので使ってみようという気になった部分が大きい。

考え込んだローリエを見て、手を取って引っ張っていく。

「ちょっと、ついてきてよ」

ニルは、ローリエを連れて買い取りカウンターまでやってくると、薬師ギルドに納品しようと持ってきたものをカバンから取り出した。

「君、これどこで取ってきたの。まだこんなに冷たいなんて」

氷華《ひょうか》、この辺りでは森の奥にある一年中氷の張る不思議な湖の縁にしか咲かない花だ。特殊な熱病の特効薬に使われる。だが、この植物の採取は難しい。熱に弱いために摘《つ》んですぐから冷却し続けないと傷んでしまい効能が下がる。氷につけておくと溶けた水にあたっても傷んでしまう。長距離を運ぶならば保冷剤によって冷却された収納ボックスに入れて運ぶしかない。それが、普通のカ

バンに入れて保冷剤だけで持ってこられるなんて、普通だったら考えられないことなのだ。実際は森の奥から持ってきたのではなく、探索ギルドから持ってきたのだが。一日レンタルは探索ギルドで取り出すしかないので、前もって保冷剤を用意してから出して持ってきたのだ。

「先に処理してください」

言われるまでもなく、すぐに奥に持っていかれた。

「お前、それって」

ローリエは先ほどの話で察した。百聞は一見にしかずというやつだ。ニルはニカッと笑ってみせる。

「使いどころをちゃんと考えれば、結構いけるぞ」

それから、カバンの中からいくつかの薬草を取り出す。見せられたのは、キチンと下処理がなされていてそれなりの高い買値がつくものだ。しかも傷つきやすいものもあるのに、いずれもすぐそこで採ってきたかのような綺麗《きれい》な状態だ。植物は採取してカバンなどに詰め込んでしまうと、多少なりとも傷がつくことがある。物によっては新葉の柔らかい葉が良いものなどがあり、気をつけていても傷ついたりしおれたりしてしまう。それらがまるで採取したてのようだ。

「こういうのを採取するなら、一日レンタルは使えるぞ。なんといっても保存・運搬用の道具がなくても運んでこれる。収納みたいなものだから」

薬草の状態を見て、ローリエはひたすら感心している。

「だけど問題があるな」

ローリエも気がついたらしい。

「そうなんだよ。探索ギルドから薬師ギルドに運ぶのが、ね」

先ほどの氷華だって、薬師ギルドで直接出せればもっと良い状態だったはずだ。二人して話しているところへ、声をかけられた。

「君、先ほどの氷華だがどこで採ってきたんだ。それからどうやってここまで運んだんだ」

奥から出てきたその人は、先ほどの受付嬢から氷華について聞いてきたようだ。ニルが一日レンタルの話をすると、質問攻めにされた。

探索ギルドのギルドマスターから太郎へ相談が持ち込まれた。

なんでもニルから話を聞いた薬師ギルドのギルドマスターから直々に話があって、「薬師ギルドで一日レンタルを利用したい」という申し出があったそうだ。

トランクルームのレベルが先日8まで上がり、店員の数も二人になっていた。それならばと、薬師ギルドに一日レンタルの出張窓口が設けられることとなった。探索ギルドと違ってレンタルスペースがそれほど大きくなくてもいいということで、その分だけちょっとお安めの価格設定になったとか。

✦　✦　✦

あれから、随分ニルたちと仲良くなった。彼らは自分たちの置かれている状況はあまりよくわかっていないようなので、太郎がギルドの職員に彼らのことについて聞いてみると、あの家は街で管理している養護院だということがわかった。

ニルたちが住むあの家は『クレナータの家』というらしい。そこは人族だけではなく、混族で人に近い形態をしている子供たちも預かる養護院だという。だからニルたちは、どの系統の血筋なのかはわからない子の方が多いそうだ。実際、種族がはっきりわかる場合はその種族の養護院があり、そこで面倒を見ることになっているのだ。なぜそんな風に分けているのかといえば、その種族特有の生活習慣や身体の手入れの仕方、風習があるためだ。それらを学ぶためにも種族ごとに別々の場所にしているのだそうだ。例えば食べられるモノとそうでないものの知識がある。獣族でもアルムたちはそういうのはないと言っていたが、種族特性のようなものを持っている者はいる。だから、子供の頃に食べ物については教えてもらう必要がある。皮膚に付くダニやノミなども種類が違い、対応方法も異なる。そうした親から子へと伝える知識を混乱することなく覚えてもらうために分けているという。

「前は人族に近い子供は空いている養護院に振り分けられていたのだけれど、クレナータという人が二〇年ぐらい前にかしら、人族に近い子たちも他とは性質が違うからってあそこで引き取るようになったの」

それまでは人族の形態をとる子供は、種族特性を特に教えなくても大丈夫だという考え方が主流だったそうだ。それについて、異議を唱えてクレナータは現在ニルたちが住んでいる家を作ったのだそうだ。そのクレナータという人はすでに亡くなっているという。後の管理をしていた人も病気だと聞いたので、もしかしたら引き継ぎが上手くいっていないのかもしれない。どこか確認するような窓口があるのだろうかと思って聞いてみる。

「そうねえ、役所に行くのがいいかもしれないわ。そういったことは領主様が作った役所で管理していると思うわ」

受付嬢のマネッチアさんが教えてくれた。

(もしかすると時々来るという人が役所の人かもしれないな。その人に聞いてみる手もあるよな)

ともかく、勝手に太郎一人で動くよりも、ニルたちに話を聞いてからの方がいいだろうと考えた。


太郎は、初めてニルたちが通っているという草原地帯にやってきた。何のためかといえば、表向きは市場調査である。実際に、採取組や狩人たちがどんな風に仕事をしているのかを体験して、より良い貸倉庫屋を目指すためという建前で来ている。本当のところは、ヒマな日が続いているので外に出て体を動かしてこようと思ったからだ。一日レンタルの仕事はクロークが手際よくこなしてくれているので、何も問題がない。本当のところ、それが少し寂しい気がする太郎ではある。

「いや〜、いい天気だね」

のんびり、ニルたちの後をついていく。今日は薬草の採取などの手伝いとして連れてきてもらったのだ。だから一日レンタルを借りていない。太郎だけは気分はピクニックかもしれない。それでも、白金に習った『気配察知』で周囲をうかがうのを忘れてはいない。気配察知は、割とすぐに身につくものらしい。範囲はそれほど広くはないのが玉《たま》に瑕《きず》だが、ニルやセピウムも使えるという。

魔物を倒すことなどで能力が上がるのは、異世界のお約束だろう。そうやって白金が一度習得した技術は、太郎が白金から習うという形式で効率よく身につけることができるようだ。それにコツみたいな部分が白金経由だとわかりやすくなっているという感じもして、なんともお得な気分だ。そういう意味では、太郎の能力の一部が白金と通じているというのがよくわかる。

魔法については、生活魔法をある程度習得したので、今は身体強化と結界を張る魔法を習っている。白金に言わせると、まずは身の安全からだそうだ。太郎は習っているだけなのだが、それなりに実戦で対処ができるようになっているようだ。力も強くなってきたし、体もそれなりに対応して動ける。彼自身が驚くほど身のこなしが良くなっているのは実証済みだ。やはり白金の経験値がすべて太郎の経験値となっているためだろう。太郎自身は魔物と対峙《たいじ》したことはないのだが、レベルだけは上がっている。そのことの影響が大きいのだろう。白金自身の能力上昇については、太郎がレベルアップすれば地力も上がるので変則的ではあるがレベルアップしているのと同様になっている。

（放置ゲーム？　みたいだよな。確か何かしなくても強くなってるってゲームだったよな、アレ。そう考えると、レンタルして他人が収納してくれた荷物でレベルアップしてるトランクルームも、その系統なのかなあ。そうはいっても、トランクルームのレベルと自分のレベルは別個なんだよな。それでも、これぞまさしくチート、ズルかもしれないなあ。こっちはありがたいけど）

何はともあれ今の太郎ならば草原ぐらいは問題がなかろうと、白金に送り出されてきた。加えて今回は、機会があれば新調したスリングショットの試し撃ちをしたかったというのもある。今日の白金は店番だ。そろそろ、ダンジョンに行っている長期契約したパーティが戻ってくるかもしれないと残ったのだ。大概のことは白金がいればなんとかなる。ちょっとムスティの顔が浮かんだが、手は打ってある。

「タロウさん、この辺りから薬草などを採取する地域になります。向こうに見える森林の奥には一色級《しききゅう》ダンジョンの入り口があるそうです」

セピウムが向こうに見える森林を指さした。ダンジョンの入り口があるという森林とダチュラの街の間は広い草原になっている。

「この辺りは、毎年春先に野焼きをしてるんだ。草地でなきゃ生えない薬草とかあるから」

ニルが物知り顔で続けた。

(街の防衛線でもあるのかな。薬草だけでなく見晴らしを良くしてるという意味合いもありそうだ)

太郎は辺りを見回しながらそんなことを考える。

「へえ。いつもどのくらいの範囲を回るんだ？」

「基本的にはこの辺りから、森林に少し入ったところまでです。森に入ったところにはいくつか樹木に赤い印が結びつけてあります。そこまでは安全性の高い範囲とされていて、僕らみたいな子供でも利用していい範囲です。森の手前の方だとそれほど危険な魔物が出てこないですから」

セピウムが森の方を指さしながら教えてくれる。

「そうはいってても魔物が出現することも稀《まれ》にあるらしいんですけどね。何か気がついたら、すぐに避難して周囲の人やギルドに報告することになっています。それに赤い印は魔導具でもあるそうで、力の強い魔物などが近づくと街に知らせが入って、わかるようになっているそうです」

三人は話しながら森林へ向かう道を歩いていた。ニルは話しながらでも周囲に目を配っていて、ひょいっと二人から離れていってはいくつかの薬草を採って戻ってくる。毎日ルートを替えていて、薬草が群生していても全部は採らないようにしているという。

セピウムが小さなナイフを投げて角ウサギを仕留める。草原には小型の獣が出てくる。角ウサギだけでなく、アカネズミやイタチなども出てくるそうだ。セピウムは種族特性なのか目が非常に良いため、小さな投擲《とうてき》用のナイフをいくつか持っていて小型の獲物を仕留めていく。二人と同行しながら、薬草採取はまだよくわからない太郎は、スリングショットで角ウサギを捕まえたりしていた。新調したスリングショットは大型のものなので、今日は前から持っていたものを使っている。タミヌスからずっと使ってきたもので手によく馴染んでいるし、腕前も上がっている。これに関しては自分でコツコツ積み上げてきたものだと自負していた。そうはいってもレベルアップの影響は勿論あるだろう。向かってくる角ウサギの額を狙って仕留めていく。

(動体視力が上がってるな。白金、結構狩りに出てるからな)

大型の動物は森からあまり出てこないのだが、角のない猪《いのしし》は人が少ないと草原に出てきたりすることもあるらしい。猪は成獣になると三メートルを超えるモノもいるというが、そういった大型のモノになるとあまり草原までは出てこないとセピウムが言う。ダンジョンが近いこの一帯では、小型の動物は感化されやすいため角付きになりやすい。角付きになってもすぐに魔物化するわけではないのだが、角がないものに比べると気が荒く、人に対して攻撃的になる傾向があるらしい。この辺りに出没するウサギは、角付きになることが多いとはいえ、精々そこで止まるそうだ。

この角付きで止まるものから、徐々に変化して完全に魔物になるものまで色々なパターンがあるという。小動物は基本的に人間が来ると勝手に逃げてくれるのだが、角ウサギは攻撃してくるので捕まえるのが楽だとはセピウム談だ。ニルに言わせれば角ウサギは厄介で、薬師ギルドの採取組が怪我をする主要因の一つだという。それもあって二人一組で行動しているのだそうだ。

太郎はニルがかなり薬草に詳しいと聞いていたため、色々と話を聞いて教えてもらう。

「取り尽くしちゃったら、次からなくなっちゃう。そう教わったんだ。だから少ない場所は手をつけないんだ」

何がどんなところに生えているのか、薬草の種類によっては採取する部分が違うとか、収納する度にそんな話をしていく。どのくらいのサイズならば採取するのかとか、根までが必要なもの以外は根を残すとか、花や実を採取するときにどのくらいの割合を採取するのかとか。薬になる毒草は、今までは手袋をして採取してそれぞれを別々の袋に入れていたらしい。だから、袋が十分にないときは諦めていたのだという。だが、一日レンタルを使えるようになってから、別に保管する必要がなくなって色々と採れると喜んでいる。毒草に喜ぶって、と太郎はちょっと引いてしまう。

「薬になる毒草は、薬師ギルドで高く売れるんだよ」

ニルは薬草についてかなり多弁だった。そんな話をする中でふと太郎が口にする。

「もしかすると、同じ植物でも草原の真ん中にあるのと、森の端にあるのとかで買い取り値段が変わったりするんじゃないのか？」

「うん、そうなんだ。薬効が違うんだって。色味が違うからわかるんだって言われた。オレが見てもどこが違うのか、色味なんてわかんないけどさ。鑑定の人もわかんないらしいけど、薬師の人はわかるんだって言ってたよ。タロウさんは色味とかわかるの？」

「色味はわかんないなあ。でも、ここに来るずっと前の仕事でな。植物の成分分析とかしてたんで、場所によって成分が違うことがあるっていうのは聞いていた」

「せいぶんぶんせきって何？」

「そうだな。薬草には他の草が持っていないモノが含まれているから薬草になってるだろ。そういった草の中に含まれているモノとかを成分っていうんだ。例えば、噛《か》むと苦いとか辛いとか甘いとかって感じるモノかな。苦いと感じるものが草に含まれているから、苦いわけだろ。で、薬草の薬になる成分が、育ったところで量が違うかどうかっていうのとかを調べてたんだよ、仕事でな」

「へえ〜、薬師ギルドでせいぶんぶんせきっていうのを聞いたことなかった。そういうのがあるんだ」

ニルがちょっと驚いたような顔をした。

「ああ、それは俺の故郷の仕事だったしな。マイナーな仕事だから、この国ではやってないかもな」

ついつい話してしまった内容に少し慌ててしまう。

（あはは。そういえば、薬師ギルドで仕事してたけど、そんなの扱ってなかったなあ。なんか、薬とか作るのには調合とかいうスキルがどうとか言ってたな。つい、話しちゃったよ）

太郎は苦笑いするしかなかった。

「そんな仕事があるんですね。僕も初めて聞きました。僕、タロウさんは料理人をしてたんだと思ってました。オリクとロータも料理を教わってましたし」

セピウムはちょっと意外そうな顔をする。

「いやいやいや、料理するのは嫌いじゃないけど、本職じゃないよ。ただ、そういった実験とかやってたんで、細々《こまごま》と手順や材料を考えて作業すると落ち着くんだよ。今は実験とかできないからなあ。でも、習い性になってるのかもな。料理も再現性が高いからな。代償行為みたいなもんかな」

顔の前で軽く手を振って訂正をしておく。

「じっけん、だいしょーこーい？　うん。いいや。タロウさんは細かいことをするのが、好きなんだね」

ニルは考えるのを放棄したようだ。

「ニルは食べるのは好きだけど、自分が料理するのとかあんまり興味ないもんな」

セピウムはそんなニルをクスクス笑って見ている。

「だから皿とか洗ってるじゃん」

ニルはプクッと頬《ほお》を膨らませた。

獲物や採取物の収納時には、二人に収納方法を指定してもらいながら進めていく。割と細かく分けていて仕事が丁寧だ。作業を続けて、昼頃になったので食事をしようということになった。トランクルームから敷物と座卓を出し、その上にお弁当などを広げた。座るのにクッションも出した。

やはり、気分はピクニック？

「タロウさんの収納って、なんかすごいですね」

次々に出てくるものを見ながら、セピウムは半ば呆《あき》れ気味に言っている。

「そうか。この方が食べやすいだろ」

太郎はマイペースにセッティングしていく。

「なんか外での食事じゃないみたいだ」

ワクワクしながらニルは並べられていくスープとお弁当を見ている。スープは作り置きを携帯コンロで温める。お弁当はサンドイッチだ。タマゴサンドに、野菜サンド、ローストビーフサンドもある。おかずには二人が気に入っている唐揚《からあ》げやキャベツとタマゴの春巻も用意してある。この前、家に遊びに行ったときに作ったら皆に好評だったので今日も作ってきた。ちょっとゆっくりめに、美味しくご飯を食べる。食事をしながら、クレナータの家の話になった。

「タロウさん、一昨日《おととい》、いつもの人が来ました」

実は、太郎はセピウムとニルに今度、いつもの人が来たら、色々と話したほうがいいとアドバイスをしていたのだ。きっとその人は役所の人で、ニルたちの家のことをよく知っているはずだからと。

「タロウさんの言う通り、役所の人だったみたいです。うちの担当で、ファグスさんっていうんですって」

ファグス氏は、セピウムたちと話をして初めて現状がわかったらしい。何も聞かれなかったので、この家の必要なものを取り寄せる手続きとかが滞っていたのがわかっていなかったらしい。前の管理人は病気で入院しているため、子供たちの様子見で彼は訪れていたというのだが。

「ファグスさんは、ちょっと強面《こわもて》の人なので僕ら怖かったんですけど、タロウさんに言われて話してみたら、いい人でした」

自分が至らなかったと散々謝られたそうだ。それで色々な手続きの仕方とか生活に必要な品物などの請求と受取方法など説明してくれたという。聞かれるまで、そういうことを伝えるのが疎《おろそ》かになっていたことに気がつかなかったらしい。お金や食料などを置いていったのは、子供たちだけなので、余分にあったほうがよいかもしれないと、持ってきてくれたものだったらしい。

『気が利かず、申し訳なかった。何かあれば役場の自分のところまで来てくれ』

そう謝って、自分との面会標を置いていってくれたよ。そうセピウムが結んだ。

「オレらもあの人に話を聞いてみればよかったのかもしれないって思った。色々と物を置いていってくれたりしてたけど、あんまり信用してなかったんだ。クーラさんの知り合いの人としか思ってなかったし」

クーラさんとは、前の管理人の名前だ。

「だって、あの人、見た目怖いしさ。口調もキツくて言ってる言葉が小難しいんだもの。オレ、最初は怒られてるのかと思ったんだよ」

口をとがらせて主張するニルを受けて、太郎は笑ってしまった。

「それじゃあ、お互いに仕方がなかったな」

クレナータの家の前管理人は、細々《こまごま》と子供たちの生活の面倒を見ていたし、ある程度の教育もしていたようだ。早いとこ管理人の再選出が決まるといいのだが。

食事の片付けをしていると、太郎の気配察知に引っかかるものがある。森の方からこちらに向かって、猪が駆けてくるのが見えた。食事が終わってから来るとは、礼儀正しいお相手なのかもしれない。まだ離れているが、はっきり見えるほど大型だ。セピウムはすでに気がついていたようだ。太郎の気配察知、実はあまり性能が良くないのか。

「ニル、セピウム」

セピウムはナイフを構えた。ニルは二人の邪魔にならないように後ろに下がった。太郎は大型のスリングショットを取り出すと、何発かを猪に向けて撃ち放った。本来、試し撃ちしたいと思っていた新作のスリングショットだ。弾は特別あつらえにしてもらって銃の弾丸の形を多少真似ているので、撃つのにはちょっとコツがいる。弾が当たり、しばらくして大きな音をたてて猪が倒れた。

「おお、上手いこと頭に当たったか」

太郎たちは仕留めた猪に近づき、死んでいるのを確認する。猪の額からは、血が流れている。いつでも撃てるようにスリングショットを構えていたのを下ろす。練習でかなり精度を上げてはいたが、ここまで本番でできるとは、本人もびっくりだ。太郎がスリングショットで攻撃しつつ、隙《すき》を見てセピウムが急所を狙いに行くという手筈《てはず》だったのだが、何発か撃った弾の一つが上手いこと額に的中してくれた。

「こんなに大きいの、ここでは初めて見ました」

体長は二メートルを超えている。セピウムの話を受けて、ギルドに報告するため解体せずにそのまま持って帰ることにした。勿論、トランクルームで冷蔵保存である。

「ギルドで見せて話が終わったら、解体してもらってトンカツを作ろう。それで、皆で食べよう。トンカツ、どのくらい作れるかな」

「トンカツってどんな料理なの」

ニルたちはトンカツを知らないという。

(ああ、そっか。ムスティやアルブムたちに好評だったんで忘れてたけど、コニフェローファでもトンカツってなかったな)

ということは、この国でも分厚い肉を揚げることが一般的ではないのかもしれないと太郎は気がついた。シムルヴィーベレの誰かからグネトフィータではトンカツや唐揚げがあるという話を聞いていたので、ここにもあるものだと思い込んでいたようだ。

「タロウさんが作るんなら、きっと美味しいよね。楽しみだ」

「おう、美味いから沢山食べような」

先ほどまでの緊張感はどこへいったのか、三人はニコニコしながらトンカツの話題に花を咲かせる。

太郎がニルたちと出かけたその日に、アルブムたちが帰ってきた。そんなこともあろうかと、貸倉庫屋の受付には白金が待機している。当たり前の話だが、貸倉庫の手続きは白金でもなんら問題はない。継続確認の手続きを済ますだけだったのだから。

「なんで、タロウがいないんだ！　肉まんを食べるのをどれだけ楽しみにしてたと思う！　裏切り者～」

ムスティが血の涙を流す勢いで（大げさ）、叫んでいる。ニッコリ笑った白金が、喫茶室に行くことを勧め、アルブムがガッカリしたムスティを引っ張って連れていくと。

「タロウから聞いてるぜ。うちの新しいメニューだ。感想を聞かせてくれ」

喫茶室のマスターが、ムスティの前に山盛りの肉まんをどどんっと出す。色とりどりの肉まんがそこにはある。茶色や黄色の肉まんを初めて見たムスティはちょっと言葉を失っている。

「肉まんはな、今ではここで販売しているんだぜ。まあ、いつもの肉まんも勿論美味いが、今日は特別製の肉まんの登場だ。饅頭《まんじゅう》の上に焼き印が押されているだろう。焼き印ごとに味が違っているんだそうだ」

マスターは得意げに説明している。自分が留守中にムスティが帰ってきたら蒸《ふ》かして出してくれと、太郎が頼んでいったのだ。シムルヴィーベレが入ってきたのを見て、マスターは蒸かしはじめてくれたらしい。折角《せっかく》なので、商品にはなっていない色々なバージョンを太郎があらかじめ作っておいたものだ。スタンダードな塩角煮で作った肉まんはもとより、醤油《しょうゆ》を使った角煮のものもある。角煮ではなく挽肉《ひきにく》を使ったもの（こちらが本来は肉まんだと言えよう）や、肉、野菜、チーズを混ぜたもの、トマト味、スパイスを色々と混ぜたものなどいくつもある。肉まんというには怪しいが卵とチーズの組み合わせもある。

「こっちの皿は、肉まんというより野菜まんと甘味だな」

野菜をみじん切りやペースト状にしたものでつくった饅頭で、どちらかといえばおやきに近い。こちらは中の野菜の色を皮にも取り入れてカラフルなものになっている。肉が苦手な人たちがいると聞いて、作ったものだ。野菜まんの焼き印は使った野菜のマークになっている。あとは、餡子《あんこ》など甘味が入っているものだ。これだけ様々なものを作ったきっかけは、輸入雑貨店でグネトフィータ産の醤油を太郎が見つけたのが発端だ。それで醤油を使った角煮を作りその肉まんを作った。

「ピザまんも食べたいな。チョコレートのも好きなんだよな」

調子に乗った太郎は、色々な店を回って食材を見つけまくり様々な中華まんシリーズを作ったのだ。残念ながらチョコレートは見つかっていない。現在のところ、試供品として作っただけなので それぞれの数はそれほどない。自分がいないときにムスティが帰ってきても、これだけ出しときゃ黙るだろうというノリで作った部分もあったりする。

「おお、すげえ。さすがタロウだ。でも、オレ、肉がいいな」

さっきまで、裏切り者呼ばわりして罵《ののし》っていたのを忘れたかのように、各種肉まんを取り揃《そろ》えた皿を引き寄せて、一番上にあった肉まんを手に取る。そこへステラカエリのメンバーが入ってきた。

「なんだ、その白いのの山は？」

彼ら四人もダンジョンの探索から戻ってきたところだった。

「そうか、お前らは知らないんだよな」

ムスティはふふんっといった表情でステラカエリの連中を見る。

「タロウの有能さは貸倉庫だけじゃないのさ。太郎の作った肉まんは美味いぞ。これはオレのための特別なものだからやらんが」

ムスティがホクホク顔で答える。

「お前って、そういう奴だったか？」

ちょっと呆れたように見られたが、気にした様子はない。

「ふん。なんとでも言え。これだけは、譲らん」

「そう言われるとな、欲しくなるもんだ」

ステラカエリの虎の獣族であるティーガルが手を伸ばし、皿から一つ拝借しようとしたが、ムスティに防がれた。ムスティは斥候職でかなり素早い。二人は無言の攻防戦を繰り広げはじめる。能力の無駄遣いである。

「お前さん方、この店の新商品だよ。注文しろよ、出すからよ」

マスターは、苦り切った物言いをしながら笑っている。二人を無視して、他の連中がものは試しと注文する。

子供のようでいて高度なやり取りを繰り広げているムスティたちを眺めながら、少し離れた席からカアトスとレプスはコーヒーを飲んでいた。ここのマスターはコーヒーや紅茶を淹《い》れるのにこだわりがあるのだ。そこへステラカエリの女性陣のアイリスとラーナも加わった。

「まったく、子供じゃないんだから。いつもじゃれ合って」

四人の元へ、オリクとロータがやってきた。彼らは太郎からお菓子や肉まんの作り方を習って、今は喫茶室で仕事をしている。

「カアトスさんとレプスさんですよね。タロウさんから、お二人が来たら提供してほしいと頼まれていました。もしよかったら、アイリスさんとラーナさんも召し上がってください」

女性陣には、生クリームたっぷりのシフォンケーキとマドレーヌモドキが提供された。シムルヴィーベレとステラカエリはダチュラをホームとする金級パーティなので、そのメンバーの名はよく知られている。

オリクはお菓子作りの才能があったのか、あっという間に喫茶室のパティシエとして納まっている。肉まんをはじめとした軽食については、ロータが手伝っている。もともとクレナータの家では家事などは順番に担当していたのだが、料理が好きな二人が作ることが多かった。ロータは一番年下だが、ニルよりも上手に包丁を扱う。それもあって太郎に料理を習いだし、喫茶室を紹介されたのだ。それで現在は商業ギルドのお使い業から、喫茶室の料理人へとシフトしている。

これまでギルドに併設されていた喫茶室は、打ち合わせのための場所として存在していた。だから出てくるのは、飲み物と簡単なサンドイッチぐらいなものだった。食事をとるなら外にいくらでも店があるし、外の店だと酒も飲める。騒動の元になるとして、ギルド内では飲酒厳禁になっているため、ここは酒を出さない喫茶室なのだ。また、喫茶室になっているこの場所は実は非常時に使う場所でもある。日常では机と椅子だけを並べた状態で、簡単な打ち合わせや職員がお昼のお弁当を食べる場所としても使用されている。ひとたび非常事態が起きたときには、ここの机や椅子をどけられ、探索者たちの集合場所や人の避難場所、治療場所などに変わるのだ。だから、もともとこの場所での喫茶室はさほど重要視されていなかった。

それが、太郎のお菓子が提供されたことで、休憩時間に職員が利用することが増え、打ち合わせ以外でも利用されるようになった。打ち合わせなどで利用した依頼人にも好評で、区画を少し広げてテーブル席も増やし、テラス席も新しく設けることとなった。外のテラス席は、ギルドに関係のない人などがよく利用している。仕事が拡張されたことで人員募集しようかという話になり、太郎の推薦でオリクとロータの二人が採用されることとなったのだ。

「皆さんは、甘いものもお好きだと聞いています。よろしければぜひ、感想を聞かせていただけませんか。何か改良点とかあれば、教えてください」

女性陣四人は大喜びで甘味に舌鼓を打つ。他にどんなお菓子が加わったのか、オリクに色々と聞き出している。流れに乗り遅れたかに見えたヴルペスは、いつの間にかハッシュドポテトを食べてご満悦だ。これも新メニューで加わっていた。彼は無口なので、存在感が薄いと思われがちだがこういうところは抜け目がない。そんな皆を半ば呆れながら、眺めていたアルブムはステラカエリのリーダーであるセラサスに声をかけられた。


「どうだった、今回は？」

「ああ、思った以上に色々とできたし、稼げたな」

アルブムはまんざらでもない顔をした。

「貸倉庫《トランクルーム》のおかげで、物資も余裕をもって持っていけたし、ダンジョンのドロップ品とかの回収も上々だった。今回は試用期間ということで、色々と試してみた」

「お前のところはどうだったんだ？」

アルブムの問いに、セラサスはちょっと顔をしかめる。

「ああ。今回は少々トラブルもあってな。貸倉庫《トランクルーム》を借りてなければ、ヤバかったかもしれん」

「何があったんだ？」

セラサスたちは、『氷結のダンジョン』に向かっていた。氷原をひたすら進むダンジョンだ。物資の問題で二の足を踏んでいたのを今回チャレンジしたのだという。貸倉庫《トランクルーム》のおかげで食料や燃料など、十二分に用意して持っていけたからである。

問題があったのは、その帰りのことだった。ダチュラに戻る道程の途中に寄った開拓村が盗賊に襲われ、その村であてにしていた食料などの補給ができないどころか盗賊退治に関わることになってしまったという。余分に持っていったものでギリギリなんとか間に合った。

「まあ、食料はなんとかなるんだがな。外に出て狩りでもすりゃ肉は手に入る。運が良ければ、中でドロップする場合もある。でも薬品や備品関係は、どうしてもな。今回はちょっと欲張って医療品関係なんかを多めに持っていったから助かったんだが」

運が良かったとセラサス。

「贅沢《ぜいたく》な望みだが、ダンジョンの入り口とかダンジョン内に店とかあって、場合によっては補給できたらいいのにな」

いつの間に注文したのか、アルブムはチーズ入りの肉まんをパクリと口にした。

「ああ、そうだな。魔晶石やなんかと引き換えに治療薬や補充品が手に入ればありがたいよな」

「食事処《どころ》なんてあったら、最高だよな。携帯食は飽きる」

アルブムはダンジョンに行く前の旅程での太郎との食事を思い出していた。

「そんなのがあったら、ダンジョンに引き籠《こ》もる奴がでてくるかもな」

誰かを想像したのか、セラサスがクスクスと笑う。

「違いない」

貸倉庫《トランクルーム》の使い心地の話から、話がどんどん広がっていく。二人とも半分冗談のつもりでのこうだったらいいなという、もしもの話だ。

「面白そうですね」

第三者の声に二人は驚いて、その声の主の方を向く。一体いつ来たのだろうか。気配を感じなかった。二人の後ろには白金が立っていて、にっこり笑っていた。

「お話し中にすみません。タロウが戻ってきましたので、お知らせしようかと思って。でも、その話をもう少し伺っても？」


太郎たちは猪を獲《と》ったところで戻ろうということになった。この猪にどのくらいの脅威があるのかわからなかったので、とりあえずギルドに早めに報告をしたほうがいいだろうと判断したためだ。猪については、草原に出てくることもあるのは知られている。それでも、これだけ大型のものが出現するのは珍しいので、今後注意を促しておくというのがギルドの返答だった。

スリングショットの弾は上手い具合に頭に当たって止まったため、内臓には傷がつかず無駄になる肉はなかった。肉は皆で食べるということで、肉以外の素材を引き取ってもらった。トンカツはここではそれなりに知られている食べ物で、ラードで揚げるのがスタンダードだ。ニルたちが知らなかったのは大量の油を使うのでクレナータの家では調理していなかったからだろう。太郎たちに遅れて、別ルートで薬草採取に行っていたシェーボとロイフォも戻ってきた。

「タロウ、アルブムさんたちが戻ってきてますよ。ムスティさんには喫茶室の方へ移動してもらいました」

ギルドに戻ると白金がそう教えてくれたので、それではダンジョンから帰ってきた皆にも振る舞おうということに。白金がアルブムたちに声をかけてくれるというので、解体場から喫茶室の調理場に回る。解体場から外に出るとすぐに調理場の裏口につながっているのだ。秘密というわけではないがニルたちもいるのでトランクルームのキッチンを使うのは控えた。

「マスター、肉獲ってきたんだけど。トンカツ作っていいか？」

どんと大きな肉の塊をいくつか置いていく。

「ああ、構わないよ。随分と沢山の肉だな。よければ喫茶室でも注文取っていいか」

「いいですよ」

あとで、この時に了承したのをちょっと後悔する羽目になる。肉を切り出すところからはじめて、衣をつけてラードで揚げていく。まずは、ニルやセピウムたちを席に着かせて、トンカツを提供する。

「俺も、食いたい」

それを見ていたムスティが肉まんだけでは飽き足らず、トンカツを所望する。それにつられて、喫茶室にいたメンバーも食べるという流れになっていき、それではと太郎が再びトンカツを揚げだす。いくつも揚がってくると、その匂いにつられてギルドの職員や他の探索者たちが顔を出す。マスターも手伝いに加わり、カツサンドを作る。オリクやロータもそばにやってきて手伝いを買って出る。結局、ニルたち以外には喫茶室での販売となり、カツサンドが次々と売れていく。喫茶室でおかずにして食べたいという人には、トンカツとキャベツの盛り付けで。野菜多めでとの注文にはサラダにトンカツの角切りしたのをトッピング。外のテラス席にいた街中の人も、美味しそうに食べるギルド内の人たちにひかれて、カツサンドの注文がまた増える。トンカツと組み合わせるソースも大根おろしにタルタルソース、プチトマトを加えたソースの注文が入る。

「チーズが入ったのが食べてみたい」

とポツリと言ったアルブムの言葉を拾ったオリクがチーズ入りトンカツまで提供する始末。気がつけば、そろそろ夕食時だったので皆お腹が空いていたのだろう。持ち帰り用にパッキングしたらそれも売れていく。

「肉への支払いを計算しても、これでコーヒーの良い豆が仕入れられる」

と、マスターは上機嫌だ。トンカツを揚げたのは太郎とオリクだ。太郎はラードの匂いでお腹イッパイになり、それほど食べられなかった。同じくトンカツを揚げていたオリクがパクパク食べる姿を見ていると、それだけでもお腹が膨れそうだ。

（これが、若さか。俺だって大学の頃だったら……）

と心の中で密《ひそ》かに落ち込んでいたが、その隣に座ったムスティはご満悦だ。

「肉まんもカツサンドも材料は肉と小麦だよな。で、この違い。両方違って、両方いい」

こいつはどれだけ食べるんだ？　そんなことをちょっと遠い目をしながら思う太郎であった。

「じゃあ、あのトンカツの元の猪はタロウが仕留めたのか」

「ああ。あんなに上手くいくとは思わんかった。脳天に命中したおかげで肉は問題なかった」

新調したスリングショットを取り出す。

「これのおかげだよ」

スリングショットは、もともと太郎が持っていたものと比較して大きく頑丈な作りになっている。

「ムスティに紹介してもらった鍛冶屋さんに作ってもらえたからな。感謝してるよ」

白金との鍛錬を覗いたムスティは、太郎の実戦的な武器を作ってもらうために、鍛冶屋を紹介してくれたのだ。今回は、新しいスリングショットでの初実戦になった。前に使っていた小型のものであれば、大きな猪は仕留められなかったかもしれない。

「そうだろう。あのオヤジの腕は確かだし、割と色々とこちらの要望を聞いて工夫してくれるからな」

肉まん片手に、ムスティが言う。彼は今日、どれだけ食べているのか。

（食い溜めスキル、とかいうのがあったりして）

太郎はそう思いはしたが、依頼されない限りは、人のステイタスは覗かないことにしている。非常に興味はあったが。

「いや、訓練というのは大事だな。上手くいってよかったよ。今回はニルやセピウムも一緒だったしな。直線で進んでくる対象だったのも運が良かった。それにしても、あんなのを積極的に仕留めてくるんだから、狩人にせよ探索者にせよ、すごいな」

感心したように言う太郎に対して、ムスティはニヤリと笑う。

「他人事《ひとごと》のように言うなあ。お前さん、何かスキルが増えてるかもしれないぜ。あとでいいからちょっと鑑定してみろよ」

そう言ってバンバンと太郎の背中を叩《たた》く。

「え、スキルってそんな簡単に増えるモノなのか？」

「ああ。ずっと鍛錬しているとスキルが身につく場合がある。絶対じゃないがな。でも、あんなの一発で仕留められたなら、関連するスキルがあるかもしれない」

舌打ちが後ろから聞こえた。そちらを見ると笑顔の白金がいた。太郎のスキルの第一人者を自負している白金の笑顔がちょっと怖い太郎だった。隣で話をしていたムスティはそんな白金を見て少し引いた。

(他のスキルに厳しいよな、白金。いや、でも確認はしとかないと。あとでちょっと見てみよう)

心の中ではそう思いながら。

「えっと。白金さん。今日は色々とありがとうございました。で、何かありましたか？」

太郎がちょっと丁寧に話しかけてしまうのは、仕方がないかもしれない。笑顔のままの白金が答える。

「ええ。ちょっとご相談をと思いまして。単刀直入に言います。ダンジョンでお店を開くために、ダンジョンに行きましょう」

「はい？」

白金が何を言っているのか、ちょっとよくわからない。

「詳しくは、あとで説明します。とりあえず、ダンジョンに連れていってもらうことが決まりましたので。大丈夫です。すぐという話ではないです。ちゃんと段階を踏みますから」

アルブムとセラサスもにっこり笑って、白金の後ろに立っている。

（それ、相談じゃなくて決定事項ってことですよね。何故《なにゆえ》にダンジョン？）


白金は、今日帰ってきたアルブムたちが話をしていた内容を太郎に伝える。支店をダンジョン内に作らないかという話だった。

「それ、ダンジョンの出入り口じゃ、駄目なの？」

太郎は、一応抵抗してみたが却下された。太郎が渋った最大の難点は、ダンジョンの中で支店として成立させるためには、太郎自身がその場所に行かなければならないという点だ。そのために、まずは太郎の慣れとレベル上げも兼ねてダンジョンに入ろうというのだ。

「いやいやいや、ダンジョン、無理だから」

「大丈夫だ。あんなでかいやつを仕留めてきたじゃないか」

ムスティは太郎の背中を再びバシバシ叩いて保証してくれる。太郎にとっては全然嬉しくない。

太郎を置いて、話はトントン拍子で進んでいく。簡単に説明されたダンジョン内に置く支店のあらましはこうだ。支店は貸倉庫屋としてのものではなく、物品の販売と魔晶石やドロップ品の買い取りをするものだ。貸倉庫《トランクルーム》は、ダンジョン内でわざわざ借りることはないだろう。でも、荷物になるが収入にもなる魔晶石やドロップ品の買い取りとポーションなどの販売は商売になることが見込まれる。

「お弁当販売も欲しい！」

と横にいたムスティに提案されたが、周囲は放っておいた。カアトスが付け加える。

「甘い携帯食とかあったらいいわね」

なんといっても太郎たちは支店間で行き来ができる。もしくはギルドが貸倉庫《トランクルーム》を借り受ければ、買い取りした品物は直接ギルドで取り出すことも可能になる。品物をその場で買い取りしてもらい、代金はデポジットカードに入金することも可能だ。勿論、物々交換でもいい。販売品については、在庫がなくなればギルドですぐに手に入れられる。この行き来ができるのは太郎と白金と店員だけだが、ギルド直結なので何かあったときの連絡係にもなれる。良いことずくめだろう、と白金が説明をする。

「善は急げとも言うからな。前準備もあるだろうから一〇日後を目安に出発しよう」

アルブムの台詞からしてすでに決定事項である。白金も同意している。

(すぐじゃないって、言ってなかったか？　一〇日後ってすぐって言わないか)

部屋に戻り、太郎は駄目元で白金に言ってみる。

「白金、別に俺自身がダンジョンに、行かなくてもよくないか？　お前が行って、支店の基を置いてくる。その後俺が支店から出て、それで支店を展開すればいいんじゃないか？」

ダンジョンに、できれば行きたくない雰囲気満載の太郎、それに対して白金は冷静に告げる。

「他の場所でしたら、それも可能でしょう。でも、ダンジョン内で支店展開するためには、残念ながらマスターが直接、その場に赴く必要があるのです。ダンジョンは空間的な位相が違うためです。行き来だけなら可能なのですが、もし、ダンジョンに私が置いた支店の基からマスターが出たとしても、支店を展開することはできないのです」

白金の言葉にガッカリした太郎であった。

今後、トランクルームのレベルが上がれば支店の数も増える。魔力《マナ》が充実しているダンジョン内に支店を置けば、それを吸収してトランクルームの機能も充実するはずだと白金は主張した。それもあり、ダンジョン支店の話を持ってきたのだと。それに今だったら、金級の探索者が同行を申し出ている。浅い階層でもいいからと言ってくれている。こんなチャンスはそうそうないだろう。まさしく、ダンジョン行くなら、今でしょう！　ということらしい。太郎が同行しても大丈夫なダンジョンを選ぶと言った。支店は今のところ一つしかないので、そのダンジョンで試験的に開業してみようという話だ。レベルが上がれば支店の数も増える。それによって今後の展開を考えましょうと。

白金の説明を聞いてみれば太郎にとっても決して悪い話ではない。商売の幅が広がり、レベルも上げやすくなる。だがしかし、場所はダンジョンだ。魔物が跋扈《ばっこ》するダンジョンという未知な場所に挑むというのは、と尻込みする太郎だ。

「とりあえず、スキル増えたか見てみようか」

現実逃避のため太郎が自身を鑑定すると、スキルが確かに増えている。

名前：山田《やまだ》太郎
職業：巻き込まれた異世界人
スキル：鑑定　レベル5／錬金　レベル2／投擲　レベル1
固有スキル：トランクルーム　レベル8

「錬金？　なんだこりゃあ？　なんでこんなものが生えた」

「これは、ややこしくなりそうですから、黙っていたほうがよろしいかと」

白金が調べてみると太郎の錬金は料理から派生したらしい。行動は料理だが、太郎自身が意識したのが実験だったたためだろうとのことだった。

「なんで素直に料理じゃないんだろう」

「まあ、他のスキルはどうでもいいではありませんか。投擲はスリングショットに良い影響を与えると思いますので、よかったですね。ダンジョンにも行くことですし、有用なスキルかと」

白金は、太郎と一緒にダンジョンに行けるのが嬉しいのだろうか。いつも他のスキルに冷たいのに、投擲だけは認めたようだ。


翌日、受付にいた太郎のところにムスティがやってきた。

「よう、じゃあ行こうか」

と受付に入ってきて太郎の襟首を掴《つか》む。

「んじゃ、白金、タロウ借りてくぞ～」

ずるずると引きずって連れ出す。

「はい、よろしくお願いします。いってらっしゃい」

訳もわからず、太郎は送り出された。

「これからのお前さんの予定な」

太郎のダンジョン行きに同行するのは、シムルヴィーベレに決定している。それで、今日は装備を購入し、明日と明後日《あさって》に初級ダンジョンに行く。その案内の担当はムスティだという。初級ダンジョンの攻略具合を見て、支店を置くダンジョンと階層を決定するそうだ。

「本人を置いて、話だけがどんどん進んでいる。俺の気持ちとか、覚悟決める時間とかはどこだ！」

叫びながらも、なんとなくゲッソリした太郎。

「いやー、信頼されてるね。そんなんなくても大丈夫だってよ。ギルドも乗り気だ。ギルドマスターも『期待している』って言ってたとよ。人間、踏ん切りが大事だぜ～」

ムスティはゲラゲラ笑っている。笑いながらも、二人の鍛錬を覗いたことのある彼は、強《あなが》ち無理な話だとは思っていない。ただ、実戦経験を欠く太郎がどこまでできるかは、なんとも言えない部分がある。だから初級ダンジョンに繰り出すのだ。そんな話をしながら、まずは防具屋だ。この店はムスティの馴染みの店だ。初心者用でもしっかりしたものをと、硬革鎧《こうかくよろい》やらブーツ、鉢金、手甲《てっこう》など、一式をあっという間に揃えてもらった。

「ダリさん、裏を貸してくれ」

太郎が支払いを済ませると、さっそく一式を身につけさせられ、店の奥へと連れていかれた。奥は修練場のようになっていた。

「買った品物の具合なんかを確認するのに使ってるのさ」

ムスティは楽しげに言う。

「じゃあ、軽く手合わせしてみっか」

ムスティとの簡単な手合わせで、装備をつけても無理なく動けることを確認した。さすがに体術に関しては白金にしごかれて、随分と動けるようになっている。

「よし、明日からが楽しみだ」

翌日は、ダンジョンにドナドナされた太郎だった。

「ここは一色級の中でもほんと、簡単なやつだ。たいしたモンは出てこないがな。スリングショットはまずは小型の方でいいぞ」

出てくるのは、獣系で角ウサギや小猿の集団、角狼《つのおおかみ》の類《たぐ》いだという。

「四階層までしかない。ずっと洞窟で最下層には薬になるコケがあるんだ。それを採りに入ることがあるぐらいだろうな」

太郎が前でムスティが後ろになり、洞窟の中を進む。太郎は探索をしながら慎重に進んでいく。探索に引っかかった魔物は接近戦になる前にスリングショットで仕留める。ダンジョン内の魔物たちは討ち取られるとホロホロと崩れて消失し、ドロップ品を残す。多くは核である魔晶石を残すのみだ。小猿は集団といってもここでは三匹から五匹ぐらいで、太郎が討ち漏らして近づいてきた連中は、ムスティが仕留めていく。端から見る分にはなんら危なげなくサクサクと進んでいるのだが、太郎は緊張しっぱなしだ。

「もうちょっと、気楽にいけ。オレが一緒にいるんだから、このくらいは大丈夫だって」

ムスティはガチガチの太郎に声をかけているが、聞こえているのかどうなのか。ようやく最下層手前まで来た。

「じゃ、休憩な」

結界石を使って安全圏を作り出す。

「この辺りだったら、結界石で十分休息できる」

とはムスティ談だ。魔物のレベルが高いものの場合は、この結界石では防げないものがいるのだとか。

「ダンジョンて、こわ」

そんなことを口にする太郎を見やる。

「タロウ、お前ってアンバランスだな」

ムスティが真面目な声で言ってきた。

「アンバランス？」

「ああ、そうだ。スリングショットを撃つときは至って平静になるのに、ダンジョン内を歩くときや魔物が現れた瞬間は、緊張しまくってる」

そこまで言うと、ふっと笑う。

「知らない人間が見たら、ビビってるのは演技かと思うぜ」

「いや、俺はホントにビビってんだよ！　ダンジョンなんて入ったことないからな」

ちょっとむくれた太郎が返す。

「ムキになるなって。わかってるよ、小心者のタロウさん。お前はいざとなると度胸が据わるんだろうさ」

楽しそうに笑い声を上げる。

「でも、お前さんの性格は探索者には向かないな。良く言えば慎重すぎる。わかってたけど、ちょっと残念」

「アルブムなんかすごく冷静で、慎重に見えるけどな」

太郎が不思議そうに言うと、ムスティはぶっと吹き出した。

「うちのメンバーで一番キレると怖いのは、アルブムの旦那だぜ。何かあったとき、真っ先に駆け出すのも旦那だ。だから調整役のカアトスがいつも大変でな」

ムスティの台詞と、いつも見ているアルブムが結びつかないが、付き合いが長いのは彼の方だ。

そうなのかと思うしかない。でもぶっ飛んだアルブムとそれを止めようとするカアトス、見てみたい気もする。ムスティは持ってきたりんごをぽいっと太郎に投げてきて、自分の分にかぶりつく。

「アルブムの旦那も、思い切ったことを考えるよな。ダンジョンに店なんて」

「一体どのダンジョンを考えてるんだ？」

フム、とちょっと小首を傾けるムスティ。

「あの様子だと、できれば四色、まあ最低でも三色か」

「勘弁してくれ。そんなおっかないところ。一色とか二色じゃ駄目なのか」

ちょっと太郎の顔色が悪くなる。

「駄目だね。初心者が出入りしているところに、そんな便利なものは置いてはおけない」

ムスティはちょっと肩をすくめて答える。

「なんでさ」

「そもそも上級のダンジョンはシビアだ。かなりハードな状況が続くんだ。初心者のうちに便利さに慣れてそれが当たり前だと思ってたら、上にチャレンジしたときに死ぬだけだ」

言われてみればその通りだ。だからアルブムたちが想定しているのは、中級者から上級者が挑む踏破されていないダンジョンが理想なのだろう。できれば癖があって攻略しにくいエリアであり、長年ダンジョンに潜っているような連中が行き来をしている場所。

「ま、大丈夫だ。そんなに変なところにはしないさ。お試し期間なんだから。それになんてったって俺たちがついているから。あとはお前さんがダンジョンに慣れるだけだ」

ウンウンと一人で頷き楽しそうに言う。そんなムスティを横目に見ながら、ボソッと太郎は零《こぼ》す。

「そうは言ってもさ」

「だって、白金も乗り気なんだろ。諦めろって」

一息ついたところで、装備などの再確認をしてムスティが休憩の終わりを告げる。

「じゃ、再開しようぜ」

そう言って、最下層へ向かう。最下層のボスは狼だという。

「ダンジョンコアさえ壊さなきゃいい」

白い大きな角のある狼と、それよりも小柄な黒い狼が五匹。小柄といっても普通の狼よりは一回り大きい。太郎はスリングショットを大型のものに替える。

「黒いのは任せな、デカいのを仕留めろ」

ニヤリと口角を上げたムスティが両手に小太刀を握って斬り込んでいく。太郎はスリングショットを構えた。

「うおう、やっと外だ」

ヘロヘロの太郎がダンジョンから出てきた。

「よし、三時のおやつだ」

ボスを倒し、そこで昼食を食べて軽く昼寝をした。ボス部屋はボスを倒すと半日はリポップがないそうなので、休憩がてらゆっくり過ごしていたのだ。

「お前って、本当によく食うな」

「美味いものはいくらでも入る」

ムスティは通常営業だ。一服してから、ギルドへと戻ることにした。

✿ ✿ ✿

受付にはゲッソリした太郎がいた。昨日、一昨日《おととい》、一昨昨日《さきおととい》とムスティと共にダンジョンに行っていたのだ。結局、一色級ダンジョン二つを踏破する羽目になった。

「よっしゃ、及第点だ」

嬉しそうにムスティが言っていたが、何が及第点でどこのダンジョンになるのかは、まだ聞いていない。疲れ切って頭が追いつかなかったからだ。

(泊まりがけで二日もダンジョンに籠《こ》もって攻略って、何させるつもりだよ。初心者なんだよ、こちとら)

「こんにちは、お久しぶりです。なんかお疲れさまですね」

セピウムとニルがやってきた。

「お、こんにちは。ちょっとムスティにしごかれてな。えらい目にあった」

くてっとしたままで机に突っ伏している太郎だ。

「シロガネさんから聞いたんですが、タロウさんは、今度お店の関係でダンジョンに行くって。それでですか」

「それで、です」

セピウムは、少し思案げな顔になった。

「ん、どうしたんだ？　何かあったのか？」

そんなセピウムを見て、太郎が身体を起こす。

「オリクとロータがタロウさんとシロガネさんを呼んで、うちで食事会をしませんかって。二人が腕を振るいますって」

ニルが元気よく話してしまう。セピウムは色々と考えていたようだが、ニルは世話になっている太郎との食事会は良いことだと単純に考えているのだろう。ペロッと話してしまったニル。セピウムは忙しそうな太郎に遠慮して言いづらかったのに、そういったことをまったく考えていないニルである。そんな二人が微笑《ほほえ》ましくて笑みがこぼれる。

「おう、楽しみだな。ご馳走になりに行くよ。でも、五日後にダンジョンに行くことになってるんだ。日程はダンジョンから帰ってきてからでいいか。ダンジョンから帰ってくる楽しみができてよかったよ」

そこまで言うと、途端にげっそりした表情に戻る。

「そんな楽しみが先に待っていると思えば、ダンジョンに行く気にもなるよ」

遠い目をした太郎だった。そんな太郎の表情もまったく気にせずにニルが嬉しそうに言う。

「ダンジョンから帰ってきたら、ダンジョンの話を聞かせてね」

それを聞いてセピウムも頷く。そんな二人を見て、ダチュラの男の子はダンジョンの話が好きなのかと思う。

ニルたちが帰っていく後ろ姿を見送りながら、相変わらずデロンとした太郎がぼやく。

「ダンジョンかあ」

太郎はタミヌスやマグナで確かに探索ギルドの仕事をしていたが、裏方のような仕事ばかりだった。だから、ダンジョンについてはイメージがボンヤリとしていて、的確な知識はあまりない。

「そういえば、前に白金が言ってたよな。ダンジョンって消滅させちゃいけないって。ダンジョンコアさえ破壊しなければいいのか？」

後ろで何か作業している白金に問いかける。

「そうですね。この世界では、常に一定数のダンジョンが維持されています。だから、余程《よほど》のことがないと、ダンジョンを消失させることはしません。次にどこに現れるか、わからないですからね。わかっているのは、魔力《マナ》の力が強い場所にできるだろうということです。そのため、スフェノファではダンジョンがないのだと言われているそうです。特にアンソフィータとグネトフィータは至るところに魔力《マナ》の濃い場所がありますから、この街の中心に現れる可能性だってあります。それとボスは倒してもある程度の時間が経《た》てばリポップしますので、ボスを倒す分にはまったく問題ないと言われています」

白金は淡々と太郎の言葉に答えていく。

「ああ、確かに最初に入った場所では、半日リポップしないからってムスティと飯食ったな」

今更のように太郎が言う。その時のことを思い出したのか、ちょっと疲れた表情になっている。

「みんな、なんでダンジョンなんかに入るんだろう」

ほとんど独り言に近かったが、律儀《りちぎ》に白金が答える。

「理由はいくつかあります。大きなところでは、ある程度魔物を間引いておかないと、魔物が溢《あふ》れ出すことが稀にあるためです」

「うわ。そうか、魔物の暴走《スタンピード》、あるんだ」

うんざりしたような表情の太郎だが、白金は淡々と続ける。

「滅多にはないそうです。それは、どのダンジョンも探索者がマメに入っているからという話です。起きるとすれば、ダンジョン内に変異体と呼ばれるモノが出現した場合でしょうか。なぜそんなモノが出現するのかはわからないそうです。あとは、何かの弾みで下層の強力な魔物が上層に上がってきた場合ですか」

「そういうこととは、関わり合いになりたくないなあ」

「まあ、ダチュラは探索者が定期的にダンジョンに入っていますから、余程のことがない限りは大丈夫だと言われています。探索者の数も多いですし」

一体、先ほどから白金は何をしているのかと後ろを覗いてみると、クナイのような投擲用のナイフをいくつも磨いている。

「どうしたんだ、そのナイフは？」

太郎が聞く。

「スキルに投擲がありましたでしょう。スリングショットだけでなくナイフなども試してみてはいかがかと思い、用意しています」

ナイフを確認し、ナイフホルダーに収めていく。

「ダンジョンは魔力《マナ》の濃い場所にあります。その場所で魔物を仕留めることで、普通の場所で鍛錬しただけでは得られない力を得ることができるのです。その積み重ねによって、より強い魔物に対抗できるようになります」

ニコニコしながらナイフホルダーを太郎に渡す。

「ぜひ、タロウにもそうやってより強い存在になっていただければと思います。まあ、太郎自身が倒さなかったとしても、そばで魔物が倒されれば多少の恩恵にもあずかれます」

私もいますので安心してください、と言っているような笑顔を向けてくる。

「なるほどね。そうやって探索者の皆は強くなっているのか」

ナイフホルダーを受け取りながら、白金が自分に期待していることをなんとなく察した。この先、この世界で生きていくのならば、やはり強さはある程度必要なのだろう。だから、白金は今回のダンジョン行きを考えたのかもしれないと。色々と心配かけてるんだなあと思いはするが、それでもダンジョンに行くのに積極的にはなれそうにもない。

「ま、アルブムたちは金級の探索者って言ってるし、それを護衛につけてダンジョンに行くなんてラッキーっちゃラッキーなんだろうな」

ダンジョン行きに何か諦めをつけた太郎であった。

やってきましたダンジョンの入り口。今回の太郎に同行するのはシムルヴィーベレと白金。連れてこられたのは、四色級ダンジョンだった。

別名、多様ダンジョンという。ダチュラに近い未踏ダンジョンで、このダンジョンを利用する探索者は多い。実は、一層から五層まではさほど強くない動物系の魔物が中心になっている。また、一層と二層は草原になっており、様々な薬草を採取することもできるのだそうだ。そのため、一色級から二色級ダンジョンを攻略した探索者ならば二層までは探索に入ってもなんとかなるそうだ。だが、容易なのはそこまでで、三層からは動物系も大物が出てくるようになる。六層から一〇層にかけては、頑強な虫系の魔物中心となり、それなりの火力があるパーティでないと進むことは難しい。ここでは虫の外骨格が多くドロップし、頑強な防具や武器の材料になるらしい。一一層から一五層はアンデットが中心で吸血鬼が出現する層になるという。

太郎が、一一層より下の吸血鬼はどんな姿なのかを聞くと、どうもチュパカブラのような感じのもののようだ。伯爵やコウモリとは関係がなさそうだ。

「とりあえず、目指すのは一〇層を考えている。あとは、中に入ってからタロウの状態の様子見で決める」

ということで、とりあえず一五層までの話を聞いた。このダンジョンは、現在は三七層まで確認されているという話だ。それよりも下の話をして太郎にビビられても困ると思ったのかもしれない。

一層、二層はお散歩のような気軽さで進んでいく。アルブムたちの気配で、弱い魔物は近づいてこないらしい。

「ダンジョンの魔物は、人なら何でも襲ってくるのかと思ってた」

太郎が周りを見回す。先日ニルたちと訪れた森林に近い草原を歩いているような気分になる。ダンジョンの一層は遠目に森林が見える草原地帯で、見上げれば青空が広がっている。慣れるために探索をかけ続けているので、何かが逃げていくのだけはなんとなくわかった。

「ここのダンジョンの一、二層に出てくる魔物ぐらいだよ、寄ってこないのは。格があまりにも違うのがわかるのかね。向こうも無駄死にしたくないんだろう。だから、この二つの階層は、ダンジョンじゃないんじゃないかという話も出ているくらいだ。出てくる魔物も、角ウサギとか、スライムとか、大猪ぐらいだからな。だが、三層から下は自分よりも強いかどうかに関係なく、襲ってくる」

アルブムは散歩しているかのような調子だ。

「錫《すず》に上がるかどうかの見習いの子たちがよく来ているよ。薬草採取もあるが、魔物も弱い。強くなれば襲ってこなくなるから」

「この層はね、目安にもなっているわ。この層で魔物に襲われなくなって初めて一人前って言われるのよ」

シムルヴィーベレの面子《めんつ》は街中を歩くかのように足取りが軽い。

「ふうん」

太郎は、道すがら目についた草花をいくつか採取していった。

「お、薬草採取か？」

太郎の手元をムスティが覗いてくる。

「うんにゃ、香辛料になりそうヤツな。鑑定で引っかかった」

薬草が生えていると聞いて、何か使えるやつはないかと鑑定してみたのだという。

「お前さ、本当に料理人関連のスキルとか出てるんじゃねえの」

呆れて突っ込みを入れてくる。

「残念。そんなのない。そんなこと言ったら、世にいる料理好きはみんな料理人のスキル持ちになるじゃねえか」

ムスティと太郎がそんなやり取りをしながら歩いていくと、草原の外れの崖にたどり着いた。その崖の一角に洞窟があり、その奥に下層へ続く階段がある。

「一層から一〇層までは、進むと崖にたどり着く。その崖にこうして下に続く道がある」

アルブムが洞窟を示して、説明をする。

「上層に行ける階段も崖にある。この崖はぐるっとつながっている。万が一、一人ではぐれた場合は、この崖を見つけて、階段を見つけて上層へ上がれ。まあ、一、二層は草原が広がっているから見つけやすい」

三層への階段を見つけたその場所で、昼を食べることになった。

「タロウの昼飯、楽しみだ」

今回の食事当番も太郎が引き受けている。ダンジョンということもあり、それほど手間をかけるモノは用意していないし、今回の昼は出発前に作ったサンドイッチだ。キュウリやレタス、トマトといった野菜が沢山入ったサンドイッチは太郎や白金ぐらいしか手をつけていない。前回人気だったカツサンドやローストビーフのサンドイッチ、タマゴサンドやハムサンドなどお肉系は不動の人気のようだ。ヴルペスはサンドイッチよりもおかずに持ってきた揚げたジャガイモの甘辛煮を嬉しそうに食べている。

(元が肉食系か草食系かは関係ないんだなあ)

ニコニコと嬉しそうにローストビーフのサンドイッチを食べるレプスを見ながら、ちょっと引っかかるのはいつものこと。ウサギさんはお肉がお好きなのだ。

二層は一層と同じ草原だったが、三層の階段を下りると目の前に広がるのは、鬱蒼《うっそう》とした森林になった。広葉樹が多く茂り、所々に亜高木が分布している。下生えは背の低い草本が多い。獣道のような道らしきものがあり、そこを進んでいく。道は単調な一本道というわけではなく、いくつか分岐がある。先頭を行くアルブムは、迷うことなく進んでいく。ここからは魔物が襲ってくると注意を受けた。ここに出現するのは小鬼《こおに》や角大猪《つのおおいのしし》、大猿《おおざる》、森狼《もりおおかみ》などだという。

「三層は、単体でやってくる。稀に二、三頭で襲ってくることもあるがな。下に行くほど、数が増える。それで、オレたちの方でも勿論対処するが、太郎がどれくらい対応できるかも見たい。チャンスがあれば、スリングショットを使ってみてくれ」

支店を置き、その中にいるとしても、場所はダンジョン内だ。何が起きるかわからない。だから、太郎と白金がある程度対応できそうな場所に支店を置ければとアルブムは考えている。その判断は白金に任せてはいるのだが。

「わかった」

その後、度々魔物が出現したが、気配察知の範囲が一番狭いのが太郎だった。当たり前といえば当たり前だろう。それでも、対応するためにスリングショットを構えるのに間に合うぐらいで、この層では小型のスリングショットで十分対応できそうだ。

「まあ、ムスティの話に聞いていたが、五層までの魔物にはそのスリングショットは通用しそうだな」

少し安心したのか、アルブムの声が柔らかい。四層目も三層目とあまり変わらなかった。大角熊《おおづのくま》と新たに出くわしたぐらいだ。そうやってようやく下に続く階段がある崖までたどり着く。

「今日は、ここで休息をとろう。崖付近は、比較的魔物の出現率が低い。ここで結界石を置いて、夜営だ」

アルブムが宣言し、四隅に結界石を置いてテキパキと野営の準備をしていく。そんな皆を見ながら、一人バテバテなのは太郎だけだ。常時探索を展開して魔物に対応したことで、精神的にも肉体的にも疲れ切っていた。シムルヴィーベレと白金のみならば、この階層で野営にはならなかっただろう。

「タロウ、無理しなくていい。休んでいろや。素人にしちゃ、ここまで来たのは上出来、上出来」

ムスティが笑いながら声をかける。

「で、休んだ後でのご飯を楽しみにしてるぜ」

「おう」

そう答えるのがやっとであった。太郎はダンジョンに入るに当たり、食事を用意すると主張していた。寝る場所やダンジョン内での行動については諦めているが、昼間はともかく全食が携帯食は自分が嫌だったのだ。かといって、調理する時間などはとれそうもない。少なくとも最初は疲れて調理するのも大変だろうと想像していた（実際、そうなっている）。でも、料理をそのまま持っていくこともできない。トランクルームの機能で時間停止でもあれば別だが、そんな都合の良いものはないからだ。冷蔵・冷凍はあるが、温かいまま保存する方法はない。色々と考えていたら、スライムで作った密封できる袋を見つけた。それをフリーザーバッグ代わりにし、シチューなどを入れてパッキングして冷蔵保存することを思いついたのだ。最初は冷凍保存しようと考えていたのだが色々と設定をいじくっていたら、真空で保存ができることが判明した。

「なにそれ？」

と驚いたが、真空で冷蔵がかけられるというのならば、それで保存だ！　ということになった。冷蔵ならば冷凍よりも遙《はる》かに早く温めて食べられる。トランクルームは『保存すること』にその存在をかけているのだろうか？　まあ、それはそうだろう。

ということで、今晩はバッグのシチューを大鍋に移して温めることにしている。パンは堅焼きパンを用意してある。お茶などは、カアトスが用意してくれた。

「タロウと一緒だと、ダンジョン内とは思えない食事だな」

ヴルペスの呟《つぶや》きに一同が頷く。

「商売をしていなければ、パーティに誘いたいところだ」

アルブムの言葉に、太郎が答える。

「そうかあ？　シムルヴィーベレの寄生になっちゃうだろう、俺。荷物持ちと料理ぐらいしかできないんだから」

「一応、自身の危険をある程度回避できるだろう。それにその二つはかなり重要事項だ。それがわかっていないのは、探索者としては三流だぞ。単純な話、より多くの成果を持って帰ることができれば、収入と直結する。体調などを保持するためにも食事は重要だ。それを軽んじるヤツは少なくともウチにはいないよ。探索者の仕事は、魔物を狩るだけではないからな。強さならばダンジョンで経験を積めばそれなりにつく」

「アルブムは、ポーターをずうっと欲しがっていたのよねえ」

少し苦笑いが混じったような声色でカアトスが添える。

(でもさ、現状、足手まといだからな。なんか申し訳ないような気はするよなあ)

そんな太郎の気持ちを察したのだろうか。

「あのね、私たちの仕事にはダンジョン内の護衛っていうのもあるのよ。今回みたいな依頼は珍しくはないわ」

レプスが話を切り出す。

「ダンジョンで魔物を倒すと、倒した魔物の魔力を受けて身体が強くなるって話を知ってる？」

「それは、白金から聞いた」

頷く太郎。

「それを期待してダンジョンに入る人たちもいるの。身体が弱い貴族の嫡男とか、裕福な商家の子供たちの護衛をするという仕事なの。その子にトドメを刺させて、ある程度強くさせるまで付き合うのよ。彼らはトドメを刺すことしかしない。で、金を払っているんだからすべての段取りを組んでもらうことが当たり前だと思っているのよ」

肩をすくめて、レプスが続ける。

「軍閥貴族なんかだと、体を丈夫にするだけじゃなくて、ある程度強くなるまで付き合わされたりするそうよ。まあ、そういう場合は、積極的に動いてくれるけど、かえって邪魔になったりするのよね。それに色々と文句も多いんですって。今回のギルド側での依頼も、内容的にはタロウさんの護衛なのよ。だから、気にすることはないわ」

「そうだね。ここでタロウが僕らと同じようにできちゃったら、僕らの立場ないよね」

ヴルペスが続ける。

「そうよう、アルブムやムスティはタロウがダンジョン内で仕事するから心配で、何だかんだやらせてるけど、本当だったら、貴方《あなた》はふんぞり返っててもいいのよ」

カアトスがコロコロ笑って二人を見る。アルブムもムスティも明後日の方向を向いている。

「じゃあ、ムスティさんに肩でも揉んでもらいますか？　タロウ」

白金が笑ってその話にのった。

「いいぞぉ、明日のために筋肉を揉み解《ほぐ》してやろう」

ムスティが両手を掲げて、指をワキワキさせて近づいてこようとする。

「やめてくれ、そんなことされたら明日、かえって動けなくなる！」

賑《にぎ》やかな夕食となった。では休もうということになったが、野営の見張りの順番には太郎は入っていない。

「今回は、タロウの護衛でダンジョンに来ているんだから。当たり前だろう」

と言われてしまった。申し訳ない気もしたのだが疲れていたのだろう、横になった途端にぐっすりと朝まで眠ってしまった。


翌朝、簡単な朝ご飯を食べて五層への階段を下りていく。

「ここには、ラプトコルが出るようになるから、気をつけろよ。でけえトカゲなんだが、こいつは攻撃力も然《さ》ることながら、持ち物を盗むんだ」

このラプトコルはヴェロキラプトルに近い形態をしている。恐竜のヴェロキラプトルは、盗みなんかしないだろうが。初めて見たラプトコルに太郎は腰につけていたナイフホルダーを盗み取られたが、白金が即座に首を飛ばし、取り返してくれた。

魔物たちや植物などを見ていると思うのは、元いた世界との近さだ。調味料や食品なども、日本で対応する名詞や言葉として太郎には聞こえているのは、言語翻訳の能力だろう。本当に同一なのかは疑わしいところだが、味や効能などの近いモノを当てているのでは、と彼は考えている。一年の長さや季節も似ている。多分太陽との距離や公転周期などが同じなのだろう。獣族や魔物などを見ればまったく異なる世界だが、似ているモノ、同じようなモノも多い。これは、世界の位相として近いからだろうか。ダンジョン内だというのにそんなことが頭の中にふと浮かぶ。パラレルワールド、何かの選択が異なったために違う方向性に向かっていった世界というやつか。ここと自分の世界の最も違うものは魔力《マナ》だろうか。だが、確かめようもないことを考えても仕方がないかと、太郎は頭の片隅でそう思う。そうだ。今はそれどころではない。

そもそも、今更なぜそんなことを太郎が考えてしまったのかというと。キノコ、キノコ、キノコ。シメジにシイタケ、マイタケ、エリンギ、サルノコシカケ、ヤマドリタケ、ヤマイグチ、ナメコ、ヤマブシタケ……。鑑定が囁《ささや》く。持っててよかった鑑定スキル。森の中に、美味しいキノコが点在している。そして、

「セミタケだ」

どデカいセミタケの根元を掘ると、一抱えもあるどデカいセミの幼虫が。勿論、セミタケだけ採取した。夢中になってキノコ狩りに励む太郎をアルブムたちは呆れて見ている。五層に来てからキノコを見た太郎のテンションが高い。しばらく行くと、太郎が立ち止まった。一点を見て動かない。

「コルディセプス・シネンシス、か」

これは冬虫夏草《とうちゅうかそう》と呼ばれているキノコだ。元いた世界では薬効成分があるとか言われていて、高級食材扱いされている。中国に旅行に行った友人に「滋養強壮にいいんだそうだ」と太郎はお土産にもらったことがあった。

落ち葉の中から掻《か》き出すと、キノコの下には干乾《ひから》びたイモムシが付いている。イモムシもさっきのセミタケと同じでばかデカい。キノコ本体もそれに対応してどデカいので探しやすいときている。その後、ハナヤスリタケやサナギタケも見つけ、大喜びの太郎に、一同は引いていた。

現在、太郎たちは虫系の魔物が跋扈《ばっこ》する六層に来ていた。三メートルはありそうなカマキリや一メートルほどのカブトムシやクワガタといった魔物たちが飛び回っている。外骨格の彼らの装甲は、種類にもよるがかなり硬い。太郎の大型スリングショットではカマキリは撃ち抜けたものの、カブトムシなどでは頭や前翅《ぜんし》の部分では弾が弾《はじ》かれてしまう。腹側の柔らかい部分にはなんとか傷つけることはできたが。警戒して進もうと思いきや、キノコの山に目を奪われてしまった太郎であった。本来ならば、キノコ狩りに勤《いそ》しむ太郎は危険なはずだ。ところが、キノコが密集しているところでは、魔物があまり出現しない傾向があるとかで、太郎の奇行が見逃されている感もある。それを聞いた太郎は、キノコをもう一度鑑定しなおしてみた。

「エゲツない」

冬虫夏草たちは、『魔物喰《ぐ》らい』と出た。虫系への寄主特異性を持ち、人には問題がないという。他のキノコも多かれ少なかれ、菌糸を伸ばしている相手は虫系の魔物のようだ。そういえば、とカアトスが言う。

「ウチの方の言い伝えだけど、キノコは人がダンジョンに持ち込んだという話があったわ」

「ああ、ダンジョンに迷い込んだ子供が、持っていたキノコを蜂の魔物にぶつけて助かったっていう昔話があったね」

「なるほど。だから食用キノコばっかりなんだな」

太郎はそう独りごちるが、そんな納得をしていいのか？　他のキノコも次々と詳しい鑑定をしていくと、すべて食用と出ている。しかも虫系の魔物の寄生に特化しているとも。寄生先は植物では、ないんですね……。

その鑑定結果を得て、スリングショットの弾のいくつかをキノコのヒダの部分にこすり付けてみた。まだ胞子があるかもしれない。胞子付きのスリングショットの弾に当たった虫の魔物は倒れても消えなかったものもあったが、多くはグズグズと溶けてしまって地面にシミのみを残す。どういう仕組みなのか、まったく歯が立たなかったカブトムシの硬い翅《はね》も撃ち抜いた。虫なら何でもいいのか？　でも寄主によってキノコの形態、違っていたのかね。それに溶けちゃってるけど、姿の残っているセミタケやサナギタケとは何が違うのだろう。

「胞子が体内に入ると、グズグズ？　表面に付くと姿が残る？　寄生種が決まっていて、それだと姿が残る？」

ブツブツ言いながらグズグズになった虫系の魔物を観察する。今まで倒してきたものの中には、セミの幼虫やイモムシ系はいなかった。ということは、成虫だとグズグズ？　色々と考えてしまう。

「タロウ、これ以上は胞子付きの弾は使用しないでくれないか。それを使うと魔晶石すら取れない」

否やはなかった。太郎は嬉々《きき》としてキノコを採取してはトランクルームに入れていく。どの虫にも胞子弾は万遍《まんべん》なく効いているのは確認できた。

きっと昔話には根拠があったのだろうが、キノコを使うと魔晶石もドロップ品も得られないので、キノコの効能は忘れられたのだろう。あと検証するならば、倒した魔物の跡からキノコが生えるかどうかだ。ダンジョン内でなければ、目印を残していけるのだが。

「どんな虫にも効くならば、いざというときのためにキノコは使えるかもな」

今晩は、九層へ続く階段のある崖の前でキャンプを張ることになった。

「♪キノコ、キノコ、ダンジョンのキノコ、キ・ノ・コ♪」

鼻歌交じりで、太郎が調理をはじめた。通常は匂いの問題などがあるため、調理などしない。だが、トランクルームのキッチンでするならば何の問題もない。身体が慣れたのか、それほど疲れを感じなくなっていたのと、採取したキノコを食べてみたいと、トランクルームのキッチンを展開し、スープを作ってご機嫌で皆と囲むことになった。

「お前、やっぱり料理人とかの方が合ってるんじゃないのか？」

ムスティが、スープを配るご機嫌な太郎に突っ込んだ。

「何を言う。誰だって新しい素材があれば、チャレンジ《実験》してみたくなるのは自明の理だ」

嬉々として太郎が答える。

「すごい自明の理ね」

カアトスがちょっと引き攣《つ》りながら笑うが、目はスープに向けたままだ。

「ダンジョン内のキノコはともかくとして、アレを食べたという話は聞かないな」

ヴルペスがボソッと口にする。

「鑑定では美味と出ていた。苦手なら、手をつけなくていいぞ。カアトスだって鑑定持ちだろ、自分で確かめてみればいい」

「私の鑑定は、食べられるかどうかなんて出ないわ」

「へえ〜、人によって鑑定結果が違うのか」

「そうね、得意分野があるみたいね。太郎の鑑定を聞いてそう思ったわ」

スープだけでなく、蒸した干し肉と野菜を挟んだパンもある。採取したシイタケやヤマドリダケなどの炒め物も作った。ちょっと？　大きめのエリンギはステーキにした。スープの中のキノコがサナギタケでなければ、皆違和感なく口にしたかもしれない。あのどデカい何かのサナギにくっついていたのを見て、平気で調理するのは太郎ぐらいかもしれないと皆思ったが、口にはしなかった。

「いただきます」

ニコニコと真っ先にスープを口につけたのは白金だった。無言で食べ進め、珍しく真顔でおかわりをした。太郎も口をつけると、あっという間に食べておかわりをする。夢中になって食べている二人を見て、残りの五人も口をつけた。結局、スープは一滴も残らなかった。

「サナギタケの類いを見つけたら、全部採取だな」

皆、大きく頷いた。太郎にしてみれば滋養強壮にいいだろうとちょっと入れてみたのだが、この美味しさは嬉しい大誤算だった。

「ポーションとかに加えるといいかもしれない。薬師ギルドに提案してみよう」

ウッキウキの太郎の様子に周囲は呆れかえるばかりだ。

「ダンジョンって危険だけど、来る価値あるんだな。なんかやる気が出てきた。ダンジョン、少しだけ楽しくなってきた」

　完全に食い気で発言する太郎。ムスティが太郎の台詞に呆れた顔をする。

「お前のモチベーションになるもののポイントが理解できねえ」

「タロウが楽しそうなら、それでいいじゃないですか」

　ダンジョンに連れてこられて、初めて楽しそうにしている太郎を眺めて白金は嬉しそうに笑う。

　そんな白金の表情を見て、太郎はふと気がつく。

（そういえば白金、随分と表情が豊かになったよな。丁寧な口調はあんまり変わらないけど、声にも感情がこもっている気がする）

　最初の頃の白金はほとんど無表情だった。簡単な意思表示としての表情はあったが。なにかとってつけたような感じで、人形みたいなところは拭《ぬぐ》えなかった。それが随分と表情豊かになったものだ。人の行動にどういう理由があるのかも聞かなくなっている。

　マグナでは太郎のために探索者たちを叩きのめしてきたと言ってきたとき、自分の情けなさも募ったが、自分を慕ってくれる白金に嬉しさも感じていた。マグナからダチュラへ来て、太郎が積極的に人と関わっているせいか、白金も色々と交流範囲が広がっている気がする。

（ここに来られて、よかったよな）

　今は自然に笑っている白金の頭をつい撫《な》でてしまう。

「タロウ、どうしました？」

　急に頭を撫でられて、キョトンとした表情の白金。

「いや、なんだ。なんとなくお前の頭を撫でてみたくなった」

「へんなタロウですね」

なんとなく嬉しそうにして自分の頭を撫でる太郎に、白金が不思議そうだ。

「いや、こういうのもいいなと。こんな風に、ここで仕事をしていくのもいいもんだってちょっと思ったのさ。キノコ、美味かったしな。まあ、ダンジョンの中でなければもっといいんだけどな」


翌朝、目が覚めたら、トランクルームのレベルが9に上がったと白金からの告知があった。

「部屋数が九室になりました。増加施設は薬剤室です。また、支店には仮眠室が追加されました」

野営テントはシムルヴィーベレと分かれていて今は二人なので、この時に伝えるのがよかったのだろう。

「薬剤室って、何に使うんだろ。錬金のせいかな？」

寝ぼけた頭で施設が増加するよりも支店数が増えてほしかったかなと太郎は思ったが、こればかりは仕方がない。

「皆さん、頑張ってくれてありがとうございます」

太郎は、街の方向？　と思われる方に向けて御礼をした。気は心というやつか。

(薬剤室は、何か作業場に使えるかな。どんな設備だろ。ダンジョンから戻ったら見に行くか)

色々気にはなったのだが、帰ってからのお楽しみにしようと思った。

朝食の後、九層を経て一〇層へと下りていった。サナギタケのおかげだろうか、みな調子が良い。太郎も足取りが軽い。

一〇層。そこは砂漠で、遠目にいくつかの砂丘が見える。上階の森林エリアと違って、暑くて立っているだけでも汗が出る。階段の降り口から砂に一切覆われていない白い石畳の道が真《ま》っ直《す》ぐに延びている。道の先には大きめの丘が見える。道の幅は、二人横並びでギリギリ歩ける程度か。

「砂漠？　まだ虫系魔物のエリアなんだよな。ここは、どんな場所なんだ」

太郎の問いにアルブムが答える。

「ああ、ここで出現するのは砂虫だ。形態はデカいミミズみたいな感じだな。あとは砂トカゲやムカデ、サソリなんかも出てくる。ここは少し変わっているんだ。この石畳の道を真っ直ぐ行くと、一一層への階段にたどり着く」

そう言ってアルブムは道の先にある丘の方を指さした。

「道を歩いていると砂トカゲやムカデなんかがやってくる。それで戦っているときに、道を踏み外して砂地に踏み入ると砂虫が襲ってくる。しかも道から外れると、道が認識できなくなる。砂地にいれば、次々に砂虫に襲われる。だから、道の目印としてアンカーを打ちながら進む。ここだと数時間で消えてしまうから、マメに設置しないといけない」

アルブムがそう話している脇で、レプスが自分の貸倉庫《トランクルーム》からやや太めの長い真っ赤なアンカーを取り出す。慣れた手つきで道の中央に素手で打ち込むと、アンカーのトップにあるO字型の部分に銀色の紐を通して結びつける。銀色の紐は太陽の光を浴びてキラキラと輝いている。それから自分の貸倉庫《トランクルーム》から取り出した魔物避《よ》けの香水を自分とアンカーに振りかける。

「見晴らしは良いから、アンカーや人の姿はわかりやすいのよ。うちのパーティでは私が道標《みちしるべ》になるの」

レプスがそう言って周囲を見回す。役割分担はすでに決まっているようだ。魔物避けも多人数で使用すると、どういう作用なのかここではかえってトカゲが寄ってきやすくなるのだそうだ。だから道標となる一人だけが使うのだと言う。

「タロウはレプスのそばにいてね。レプスのそばなら、近寄ってこないから。まあ、近づいてきたやつがいてもレプスがペシャンコにしてくれるわ」

いい笑顔でカアトスが言い添えた。太郎はレプスが軽々と手にしているモーニングスターメイスを一度見て、視線を逸《そ》らせた。ペシャンコは、ここにくるまで沢山見た。

一列になって、進んでいく。先頭からムスティ、アルブム、ヴルペス、カアトス、レプス、太郎、白金の順だ。レプスと太郎はカアトスから少し離れて移動し、白金も太郎とは距離を取っている。レプスは定期的にアンカーを打ち、紐をくぐらせ、魔物避けを自身とアンカーに振りかける。太郎には匂いがわからなかったのでレプスに聞いてみた。

「人には匂いが感じられないの。だからマメにかけてるんだけど。でも、魔物には嫌な匂いがするそうよ」

そう教えてもらった。

砂トカゲは、まんま銀色のデカいトカゲだ。砂の中からモソモソと現れる。最初に現れたそいつは、一刀のもと頭をスパンッとムスティに斬り落とされた。後方で音がしたので振り返ると、砂トカゲとサソリにトドメを刺した白金が見えた。常に襲ってくるということでもなく、断続的に魔物は数匹の群れで現れる。

しばらく進んだ先で、ヴルペスが砂トカゲに絡まれて道を外れた。砂トカゲはヴルペスの長剣で即座に刻まれたが、少し離れた場所の砂地が動く。そこから巨大な青光りするミミズのようなものが出現し、彼に襲いかかる。

（チンアナゴ？　ミミズのチンアナゴ？）

砂からニョキッと出現したその様相が、太郎には水族館で見たチンアナゴに見えた。チンアナゴよりも遥《はる》かに凶暴で、動きは速そうだが。

鋭い牙を持つ顎《あご》でヴルペスに噛みつこうとしたが、彼は短剣と長剣を器用に使ってその頭を跳《は》ね上げた。

「ムスティ、オレが行く！」

高く跳ね上がった頭は次の瞬間、脇から跳んできた白黒の何かによって抱えられ、その勢いのまま青光りした胴体が砂から引きずり出された。白黒の物体はアルブムだ。彼はストンと一旦《いったん》は砂漠に着地したようだが、すぐに砂虫の胴体の上に飛び乗り、その大剣で素早く砂虫の頭部を落とした。

胴体を伝ってアルブムが道まで戻ってきた。砂地を直接歩かなければ砂虫は出てこないようだ。

「タロウ、コイツを収納してもらってもいいか」

青光りするそれの尻尾を掴んで太郎のところまで持ってきた。頭部は肩に担いでいる。太さにして七、八〇センチメートルぐらいだろうか。胴体の長さは、一〇メートルぐらいありそうだ。太郎は二つ返事で引き受けて、尻尾と頭を預かってヒョイッと収納する。

「砂虫って、ダンジョンの中で遺骸《いがい》が残るのか」

「いや、この青光りしたレア種だけだ。それにこれは遺骸ではないんだ。ドロップだよ。他は、赤茶色の姿をしていて魔晶石を置いて消滅するだけだ。ごく稀に外殻をドロップすることもあるが」

アルブムは嬉しそうに話す。

「こいつは青艶砂虫《あおつやすなむし》と呼ばれていて、外殻だけをドロップとして残すんだ。アルブムが砂ン中から引きずり出したのは、そうすると動きが鈍くなるっていうのもある。いつもならごく一部のお持ち帰りしかできないから、いつも全身を引きずり出すわけじゃないんだ。まるっと持って帰れるなんて感動もんだな」

ムスティが興奮気味に捲《まく》したてる。

「そんなにイイものなのか？」

「この外殻を銀でも鉄でも金属に混ぜると、ミスリルほどの強度を持った素材になるそうだ。そのくせ柔軟性も増して加工もしやすいってダリさんが言ってたぜ。良い防具や武器になるんだと。その他にも錬金術師が色々な物質を作り出す素材にもなるそうだ」

「青艶砂虫は頻繁には出ない。しかも丸ごと持ち帰った者は今までいないはずだ。いつもなら頭部と胴体の一部だけだからな。それだけだって結構な稼ぎになる代物だ」

近寄ってきた砂トカゲの首を刎ねながら、アルブムは上機嫌だ。もしかしたら青艶砂虫を使った新しい武器や防具のことでも考えているのかもしれない。アルブムは武器オタクなところがある。

その後も砂トカゲやムカデなどは襲ってくる。それで戦闘中に砂地に出てしまうこともあり、砂虫も絡んできたが、青くないものばかりだった。それらは引きずり出されることなく、カアトスのペンデュラムに込められた魔法陣からの風の刃《やいば》や炎の刃にトドメを刺され、砂上に魔晶石を落とすばかりだ。カアトスが言うには砂虫の外殻は硬く物理耐性はかなり高いそうで、魔法で切り裂くほうが簡単なのだそうだ。砂地に落とされた魔晶石をカアトスはペンデュラムを鞭《むち》みたいに使って器用に回収していた。


ようやく、道の末端である岩山の麓までたどり着いた。色が同じだから砂丘かなと太郎は思っていたのだが、ここは岩山だった。この麓に一一階層へと続く洞窟の入り口があり、ここから下に行ける階段が続いている。道を歩いている間ずっとこの岩山は見えていたのだが、これが道から逸れると見えなくなるという。どんな仕組みなのか太郎は興味を持ったが、それを確かめるべく砂地に出るのは遠慮した。太郎がそんなことをすれば、砂虫のご馳走になるだけだから。

洞窟の入り口周囲は白い石畳が敷かれていて広場のようになっている。ここを行き来する探索者の邪魔にならなさそうな端の方で、太郎は支店を設置するのに良さげな場所を探す。

「支店はここに置くんでいいかな」

「ああ。ここなら、いいんじゃないか。支店を展開してみてくれるか」

アルブムの意見を聞いてから場所を決めた。皆にそこから離れるようにお願いし、太郎は支店の基を置いた。太郎がそこから少し離れるとしばらくしてそれが仄《ほの》かに光りだす。その淡い光の中、シュルンと二階建ての店舗が出現した。

それを確認すると、アルブムはアンカーを打った地点まで走って戻っていき、道から外れた。外れたのがこちらでわかったのは、巨大な砂虫がアルブムに襲いかかったのが見えたからだ。それを一刀両断し、また戻ってきた。

「道から外れて岩山は見えなくなったが、ちゃんと店は見えている」

どうやら目論見《もくろみ》は成功したようだ。パーティの面々も嬉しそうだ。

「下に行く階段の目印にもなると。それで、ここに店ってことか」

「それもある。それと、この下の階層はアンデッドが出るんだ。中でも吸血鬼は人気者でな。質の良い魔晶石を落とすから、ここで買い取ってもらえればありがたい。貸倉庫《トランクルーム》を持っていれば荷物は持てるが、補充とか必要になることだってあるからな。加えて、このダンジョンはまだ攻略がされていない。最下層までたどり着けていないんだ。だから、攻略の一助にもなってくれるだろう」

ダチュラ以外の探索者が来ることも多いそうだ。その中でこの砂漠は、ちょっとした難所になっているという。攻略方法は確立されているとはいえ、何かあったときの目印としてもこの支店は十分有効だろう。

太郎は支店の前に立つ。後ろにはシムルヴィーベレの面々と、白金がいる。

いつだって新しいことをはじめるときはワクワクするものだ。この世界に連れてこられて色んなことがあったけれど、この国に来てようやく貸倉庫屋をはじめられた。挙げ句の果てにダンジョンにまで来る羽目になったが、美味しいキノコだって見つけた。人間万事塞翁《さいおう》が馬なんてことは言わないし、元の世界に帰れるかどうかもわからない状況だけど。それでも隣に白金がいれば、この先もきっとなんとかやっていけるんじゃないだろうかと、太郎は感じた。

店の扉を開いて、振り返って皆の方を見ながらにこやかに宣言する。

「ダンジョン支店、開店です。それでは最初のお客様方、ようこそいらっしゃいました。店内にお入りください。開店記念に冷たいお飲み物とお菓子をご馳走いたしましょう」

番外編

これはオリクとロータがギルドの喫茶室で仕事をはじめる前の話。

太郎《たろう》は、たまにクレナータの家に遊びに行く。暇すぎてお菓子を作りすぎたとき、ギルドだけではなくニルたちにもお裾分けをするために。ニルやセピウムたちは戻ってくる時間がその日によってバラバラだが、お使い組のオリクとロータは三時過ぎには家に戻っている。だから、大体はその二人に会って、お菓子を渡している。

その日、いつものように太郎が訪ねると、玄関から顔を出したオリクはエプロン姿だ。

「お、もう夕ご飯の支度かな？　忙しいときに、ごめんな」

オリクは白い三角巾を頭につけていて、真っ赤なくせっ毛をまとめている。いかにもご飯の支度をしていますという感じだ。

「いえ、いつもありがとうございます。きょうは早く戻れたんです。で、ちょっと早めだけどもう用意しておこうかなって」

ロータが奥から顔を出している。彼も黒い髪を三角巾でちゃんとまとめている。ピョコッと顔を出した様はなかなかに可愛《かわい》い。

「今日は何を作るんだい。俺、時間があるから手伝うぞ」

太郎は、持ってきたバスケットをそのまま抱えて一緒にキッチンへと入る。いつも二人で作っているのだろうが、小さな子二人で作るのがちょっと気になったからだ。そういえば、ニルは料理が壊滅的に駄目だとセピウムが言っていたのを思い出す。

「今日は、ミートパイとサラダを作ろうと思っています。ジャガイモもあるので、ポテトサラダでもいいかなと」

話を聞くと、どうもこれからパイ生地を作るらしい。だが、パイ生地って冷蔵庫で休ませたりして時間がかかる気がするが、と太郎が口にする。

「冷蔵庫に入れるの？　なんで？」

ロータは不思議そうな顔をする。

「そっか、タロウさんにもらったパイがサクサクなのは作り方が違うからなんだ」

話を聞くと、いつも作るパイ生地は硬いしサクサクでもないし、膨らまないと言われた。

「でも、家で作るのはそういうモノだと思ってた」

ロータがモジモジしながらポツリと言う。

「ああ、材料は冷やしておいたほうがいいんだって。サクサクさせるにはバターが溶けないようにするのがコツなんだってさ」

そんなロータの頭を撫《な》でながら、太郎は周りを見回す。どうやら今から材料を揃《そろ》えて作ろうとしていたところのようだ。

「今度一緒にパイ生地作ろうか。俺のやり方になるけど教えるよ」

「でも、今日のご飯……」

オリクは今までのパイ生地そのままで、ミートパイを作るのが何か申し訳ないような気がしはじめた。太郎の言い方からこれからパイ生地を作るのでは、ちょっと間に合わなさそうだとも察してしまう。

「よし、今日の晩ご飯はハンバーガーなんかどうだ！　ほら、パンケーキバーガーだ」

「パンケーキバーガー？」

「甘さ抑えめのパンケーキにハンバーグやレタスを挟んで食べるんだ。美味《おい》しいぞ。材料このままで作れるし。どうだ、作ってみないか」

太郎はニコニコ笑いながら二人に勧める。ちょっとシュンとしてしまった二人は、「美味しい」という太郎の言葉にその気になったようだ。オリクは手際よくタマネギやニンジン、ピーマンなどをみじん切りにしていく。もともとミートパイの中身に入れるつもりだった野菜たちだ。

「ニルはね、ニンジンが嫌いなの。でも、こうやってみじん切りにすると気がつかないで食べるの」

みじん切りになっていくニンジンを見ながらロータが太郎に説明をしてくれる。

「そっか、だからニルたちが帰ってくる前に下準備してたんだな」

「うん。そうなの」

ロータは重々しく頷《うなず》く。

「ロータはタマネギが嫌いなんだけど、みじん切りにすると食べられるんだよね」

それを見ていたオリクは笑ってそう付け加える。

「タマネギ、嫌い。シチューの大きなタマネギは美味しくないモン。でもミートパイにはタマネギのみじん切りがあると美味しいの。きっとタマネギは小さくなったほうが美味しくなるのよ」

まるでタマネギの真実を解き明かしたかのように言うロータに、太郎もオリクも苦笑いだ。

「それと、タマネギを炒めて入れるから味が変わるのよ」

みじん切りにされた野菜たちは、ロータによって炒められていく。彼もなかなかに手際が良く、慣れているのがよくわかる。

太郎はボウルに挽肉《ひきにく》を入れると、さっと塩を振って軽く混ぜると冷蔵庫に仕舞う。

「え、タロウさん。お肉使わないんですか？」

「あ、ちょっと休ませるだけだよ。塩が浸透すると肉がよくくっつくんだって聞いた」

「へえ」

炒めた野菜たちも冷ます時間があるので丁度よかろう。三〇分ほど経《た》ってから、肉と野菜、パン粉にタマゴなどを混ぜ合わせて、同じサイズでパテを作っていけばよいだろう。

「二人とも、手慣れてるな」

感心したように太郎が口にする。

「はい。いつも夕飯は作っていますから。それに僕もロータも料理するのが楽しいんです。皆に美味しいって言ってもらえると嬉《うれ》しいですし。もっと色々と作れるようになりたいなって思います」

それから慌てて付け加える。

「でも、シェーボやセピウムなんかは朝ご飯やお弁当を作ってるんです。夕飯を作るのは、僕ら二人とも一番早く仕事が終わるからです。片付けだってしてもらってますし」

それを聞いたロータはウンと頷く。

「ニルはご飯作りには関わらせてあげないの。ニルが加わるとヒサンだから」

皆で上手《うま》くやっているんだと言いたいのだろう。押しつけられているわけではないと。誰かに何か言われたことがあったのだろうか。

パテはオリクとロータに任せて、太郎はパンケーキの準備をと思ったのだが。ちょっと考えてパンケーキよりもこっちがいいのでは、と勝手にイングリッシュマフィンにすることに。トランクルームのキッチンには電子レンジがあるので、発酵時間を縮められるはずだ。こちらにもドライイーストとかベーキングパウダーに相当するモノはあるので、キッチンには揃えてある。

「ちょっと、用意するものに気がついた。パンケーキの下準備に調達しないとならないものを取りに行ってくる。すぐ戻るから。こっちの方は任せてくれ。二人はお肉の方を進めておいてくれな」

太郎は、外に出るかのようにしてトランクルームへ。砂糖と水を入れて電子レンジで加熱し、そこへドライイーストと強力粉の三分の一を加えて混ぜる。そこから残りの強力粉を塩、サラダ油を入れて生地を混ぜる。それを温度設定したトランクルームに入れる。それから、またクレナータの家のキッチンへと戻る。トランクルームの詳細について知っているのはシムルヴィーベレだけだ。秘密にしておきたいというわけでもないが、コニフェローファでは秘密にしていたのが習い性になっているだけである。それに、知らなければ何かあったときに巻き込まれずに済むかもしれない。

「お帰りなさい。早かったですね。何も持っていませんけど、何が足りなかったんですか」

お使いに行ってきたにしては、ちょっと早い戻りだなとオリクが首を傾《かし》げる。

「ああ。生地はトランクルームに入れてきた。ドライイーストを使って生地を発酵させようと思ってちょっと色々と設定をしてる」

パンケーキよりもハンバーガーに合う生地にしようと思っていること、その発酵についてちょっと必要なものがあったこと、今は温度設定したトランクルームに入れといたので、一五分もすれば発酵すると説明をした。

「トランクルームって、料理にも使えるのですね」

「ああ、焼くとか煮るとかはできないけどね。一定の温度で発酵させるとか、冷蔵しておくとかなら便利だよ」

「すご～い」

ロータは尊敬の眼差しを向けてくる。ニルやセピウムが一日レンタルの話をしていても、太郎とは結びついていなかったのかもしれない。

発酵が済んだ生地とともに、オリクたちが作ったパテのサイズよりもちょっと大きめのセルクルが必要だ。セルクルをアルミホイルと厚紙で作る。急造のセルクル作りは二人にも手伝ってもらった。セルクルに分けた生地を丸めて入れると、またトランクルームで発酵させる。

「さあ、バンズの方から焼いていこうか」

この家のキッチンはもともと管理人さんも子供たちへ料理を出すために使っていた場所だ。だから、オーブンも何もかも揃っているし、一〇人程度には対応できるようになっている。でかいオーブンでまずはイングリッシュマフィンを焼いていく。パンの焼ける良い匂いがしてくる。

パンと並行して太郎はスープも作っていく。簡単なナスとチキンのトマトスープだ。スープストックはいつも作って用意してあるのを使った。本格的なコンソメスープは知らないが、野菜と肉を焼いて煮込んでミキサーにかけたモノだ。冷凍保存しておけばすぐにスープにできる。トランクルームの冷蔵庫にあるストックを、入ったついでに持ってきたのだ。

パテの準備もできたので、あとは皆が帰ってきたら焼いていこうとなったところで、玄関から声がする。

「ただいまあ」

「ただいま、お腹減ったよ」

「今日の晩ご飯はな～に」

「ただいま」

どうやら丁度よいタイミングで皆が帰ってきたようだ。探索ギルドで一緒になって帰ってきたのだろう。

「良い匂いがする」

キッチンに次々と顔を出す。オリクはパテをオーブンで焼いていき、ロータはバンズを二つに割って、野菜を用意する。

「あ、タロウさん。こんばんは」

「お邪魔しているよ」

鍋をかき混ぜながら、帰ってきた面々と軽く挨拶を交わす。

「レタスやキュウリ、トマトはハンバーガーで使っちゃいますね。ジャガイモは茹《ゆ》でましょうか」

オリクがちょっと考えてそう言った。

「ジャガイモ、揚げるか？」

それを受けて太郎がそう提案する。子供たちだけだと油の処理もあり、危ないということで揚げ物はしていないと前に話していたことを思い出したのだ。それを聞いたオリクもロータも嬉しそうにして賛同する。

食卓のテーブルにはイングリッシュマフィンのハンバーガーとくし形のフライドポテト。それからナスとチキンのトマトスープ。スープを見たシェーボの眉が八の字になる。後から聞いたのだが、シェーボはナスが苦手だそうだ。ハンバーガーは一人三つで、そのうち一つにはチーズが挟まっている。食後のデザートには太郎の持ってきたパウンドケーキが待っている。

それでは、いただきましょうというところで玄関の呼び鈴が鳴る。

「あ、俺が出るから先に食べてて」

太郎が立って、玄関に向かうとそこにいたのは白金《しろがね》だった。

「タロウ、いつまで経っても帰ってこないで。今日は打ち合わせがあると言っていたじゃないですか。まったく、ギルドマスターが待ってますよ。迎えに来ました」

「ああ、ごめん、忘れてたわ。でも、俺、これからみんなと夕飯を……」

「散々相手を待たせておいて、自分だけ食事ってないでしょう。ああ、ニル、ゴメンね。タロウは急ぎ帰らないといけないので、タロウの分は皆で分けて食べてください。では、お邪魔しました」

何事かと顔を出してきたニルに、にこやかに挨拶をすると太郎を引きずって帰っていく白金。

「俺のハンバーガ～！」

パイ生地の作り方を教えたのがきっかけになり、お互いに時間のあるときには料理を教えるという話になった。勿論《もちろん》、他の子たちにも声をかけたが、オリクとロータ以外はあまり興味がなさそうだ。興味という点では、二人にも違いがある。オリクはお菓子作りに、ロータは料理ならなんでもいいみたいだ。

「肉まんを作ってみたいです」

というオリクの希望を受けて、今日は肉まんを作る材料を持ってクレナータの家へと来ている。

「肉まんて、お肉入りの饅頭《まんじゅう》ってことだから、中身の餡《あん》は色々と変えてもいいんだぞ」

そんなことを口にしたら、ロータがえらく乗り気になっている。

「え、ボク、色んなの入れてみたい！」

と言いだす。そこで、生地を多めに作って中身を色々と作ってみようということに。

「甘いもののスタンダードは餡子《あんこ》かな」

そう言って太郎が餡子を取り出す。二人とも餡子というのは聞いたことも見たこともないという。

黒い塊に興味津々で、指でつついてみたりしている。

「真っ黒なのね、何でできてるの。本当に食べられるの」

そう不思議そうに言うので、ロータにホンのひと欠片《かけら》を食べさせてみた。

「すごい、甘い。ボク、コレ好き！」

同じくひと欠片を食べたオリクは、ちょっと首を傾げる。気に入ったというよりも、これは何だろうと考えている風だ。二人とも別々の反応をしていて、ちょっと笑ってしまう。

太郎も、輸入雑貨店でグネトフィータの食材を見るまで餡子については忘れていたのだが、今日のために醤油《しょうゆ》を買いに行くと、餡子が売っていたのでついでに買ってきたのだ。

輸入雑貨店はその時によって品揃えが変わる。それでも太郎が馴染《なじ》みになったためか醤油だけはマメに置いてくれるようになった。それ以外にも味噌《みそ》や乾燥昆布、今回の餡子など色々と食材を仕入れてくれている。

「絶対、グネトフィータには日本人がいるはずだ」

と太郎は確信している。それがあっての、今回の餡子である。最初はあんまんと肉まんを作ろうと思っての最初の台詞《せりふ》だったのだ。

「餡子はそのまんまでもいいけど、ごまを磨《す》り潰《つぶ》して入れてごま餡にしても美味しいんだ」

輸入雑貨店で購入したすり鉢とすりこ木を使って、ごまを磨り潰してごま餡も加えた。

「そうだ、お野菜を磨り潰して入れてもいいかも。ニルのためにニンジンの肉まんを作るの」

ロータはパンと掌《てのひら》を打ち合わせる。名案だと言わんばかりに目を輝かせている。

「あー、ニンジンは癖があるからニンジンだけ磨り潰すとすぐわかるぞ。色んな野菜と混ぜたほうがいいよ」

ロータはなんとしてもニルにニンジンを食べさせたいのだろうか、そう疑問に思っているとそれを察したのだろう。

「タロウさん。ニンジンは身体にいいから食べたほうがいいって、ロータはどこからか聞いたみたいです。それでニルに少しでも食べさせようって。ニル、ロータの面倒をよく見てるので」

小声で、オリクがこっそりと教えてくれた。ちょっと微笑《ほほえ》ましくなる太郎だった。それではニンジンを無理なく食べられるものは、と考える。

「おやきみたいなのでもいいかも」

思いついた太郎は、みじん切りにしたナスとベーコンで味噌炒めを作ったり、みじん切りのニンジンとダイコン、ゴボウ、ベーコンなどを醤油で炒めたものを作ったりした。こちらは同じ生地だけど、一回フライパンで焼いてから、蒸《ふ》かすことに。

気がつけば、山盛りの饅頭たち。肉まん、あんまん、ナントカまん、おやき。

「あー、これだとどれがなんの中身なのかわからないか」

ポリポリと頭を掻《か》く。同じ具材の饅頭はものにもよるが三つを目安に作った。半分こにして食べれば、色々と食べられるだろうから、と。作りすぎてしまった分は、冷凍して後日蒸かして食べようということにした。

「人によっては罰ゲーム、なんてことにならないといいですね」

一つ一つをラップに包んでいきながら、オリクは眉を八の字にする。

「大丈夫なの。大きなタマネギが入ったのはないもの。みんな美味しいよ」

ロータはニコニコしている。どうやら中身は全部チェックしていたらしい。だが、シェーボはナス、セピウムはピーマンが苦手だと聞いたことがある。今回、ピーマン入りはないが、太郎のおやきにはナス入りがある。それでもみじん切りだから大丈夫だろうか。
とりあえず、味見をしようということで、ランダムに一人一つずつ選ぶ。太郎が当たったのは野菜の千切りとチーズが入っているもの、ロータはあんまんで、オリクは鶏肉と野菜を炒めたものが当たった。その場のノリで作った割には、美味しく出来ている。

「こうやって、料理をするのがお仕事だと楽しいかな」

ちょっとオリクがこぼす。

「なんだ、お使いの仕事、何かあったのかい」

太郎に聞かれて、そんなことはないとオリクは首を振る。

「何かあったとかじゃなくて。料理してるのが楽しいなって。だから、そういう仕事があるといいかなあと。僕ら、一五歳になったらここを出るんだよってクーラさんに言われていたんです。それで、そういう仕事に就けたらいいなと」

だから、太郎に料理を教えてほしいと言ってきたのだろうか。

現在、この家には管理人は不在だが養護院であるというのは確かだ。本来ならば、ここの管理人が将来の仕事の手配などを行うことになっているのだろうが、その管理人が不在ということで不安もあるのだろう。彼らは週に二回、学校のような場所に通っているがそれ以外は仕事をして収入を得ている。ロータが幼いため、その面倒を見るためにオリクは一緒にお使いの仕事をしている。

「オリク、君はなかなか腕が良いから、俺も料理を教えてて楽しい。きっといい料理人の仕事が見つかるさ」

そう言いながら、オリクの頭をポフポフと軽く叩《たた》く。

「そうよ、オリクもロータも料理は上手なの。だから、肉まんをもう一つ食べたい」

そう主張するロータは頭を太郎に向けてくる。これには思わず笑ってしまい、太郎はロータの頭もポフポフする。

「じゃ、もう一個ずつ食べようか。でも、夕飯もちゃんと食べるんだぞ」


太郎は、久しぶりに探索ギルドの喫茶室へ顔を出した。いつもは納品だけなのだが、今日はついでにコーヒーをご馳走《ちそう》になっている。

「で、だ。喫茶室を広げようっていう案が出てきた」

喫茶室のマスターは、カウンター席に座る太郎にコーヒーをサーブしながら話をしだした。太郎が提供したお菓子だけでなく、肉まんも人気になっているそうだ。これらは太郎の作り置きをその度に蒸して出している。

「そうなんだ」

太郎はコーヒーに牛乳を入れながら何の気なしに相槌《あいづち》を打つ。太郎は猫舌で、コーヒーも紅茶も牛乳を入れて冷ましてから飲んでいる。だからわざわざ温めたミルクとか持ってこられると、ちょっとがっかりするのは公然の秘密だ。それでマスターは冷たい牛乳を小さなピッチャーに入れて出してくれる。

「ギルド職員が食事する場所の提供とか、打ち合わせ場所として、ココは出来たんだよ」

カウンターからぐるっと見回すと、テーブル席は半分以上うまっている。昼休みはとっくに過ぎているのにだ。前はこの時間はガラガラだった気がするのだが。それに、どう見ても探索ギルドとは関係なさそうな女の子たちも陣取っている。

「で、一般客も入ってきててなあ」

そう言いながらも手を動かして、出来上がったコーヒーやらサンドイッチやらをトレイに載せてウェイトレスのアルバイトの子が持っていく。前は受付嬢が暇なときに臨時で手伝いをしてくれていたらしいが、受付も喫茶室も忙しいときは、マスターが全部やることになり、てんてこ舞いになったので短期で雇ったのだという。

「なに、俺が暇そうだから手伝えってか」

周囲を見ていた太郎は、マスターに向き直って問う。

「いや、それは無理だろ。お前さん、時間があればお菓子とか作って、ここに提供してもらっているしな。まあ、手伝いが欲しいっちゃ欲しいんだが。できればここの専任の方がいい」

まあ、そうだろうなと思いつつも先を促す。

「それで、どう広げるんだ」

ギルドの建物には余裕はないだろう。いくら何でもギルドの受付などを縮小したら本末転倒だ。

「ああ、それは外になる。少し、一階部分の建物を広げて調理場を別に設ける形になる。それから通りに面した部分をテラス席にする予定だ。一般のお客さんは、テラス席で対応しようってことになった。来月には工事に入るんで、その関係でしばらく喫茶室はお休みだ。今度は調理場も少し広くなる」

どうやら、もう話は本決まりのようだ。ギルドの喫茶室のある側は空き地に面していたから、そこに増築するのだろうか。

「そうなんだ。じゃあ、来月からしばらく喫茶室用のお菓子は要らないんだな」

「いや、増築はすぐ済むぞ。ま、一週間てとこかな」

そういえば、腕の良い魔法使いの大工だと、短期でできるとか聞く。探索ギルドならばそういう伝手《つて》があるのだろう。

「なんだ。じゃあ、お菓子の納品はそんなに変わらないか」

「そうだな。そういえば、ここの仕事をしてくれる奴も募集をかけようという話になった。今のバイトの子は今月いっぱいなんだ。次の仕事までのつなぎだったんでな。今度は長期で調理が好きな奴が来てくれると嬉しいかな」

マスターは、太郎と話しながらまたコーヒーとケーキを用意している。ケーキは太郎の焼いたパウンドケーキに生クリームを添えたものだ。どうやら、あの一般客のお嬢さん方が注文したもののようだ。

「俺は、できればコーヒーだけ淹《い》れていたいんだよ。サンドイッチ以外にも何かできないかとか言われてもさあ。お菓子はお前さんので十分だと思うんだ。簡単な食べ物を作れるぐらいでも十分なんだが。誰かいないかな」

そうぼやくマスターを見ていて、ふと思いつく。

「俺に心当たりがある。ちょっと当たってみてもいいか。で、調理場なんだが、設計がまだ間に合うならば、お菓子も作りやすくしてくれるかな」

「お、色々作れそうな人なのか」

「それは、俺が保証するよ」


そうして、オリクとロータは、ギルドの喫茶室での仕事を引き受けることになった。太郎は前回の反省を生かし、肉まんには種類ごとに焼き印を押すことにした。

キャラクターデザイン

Character Design

サイザワ

ニル

アルディシア

アンヌ

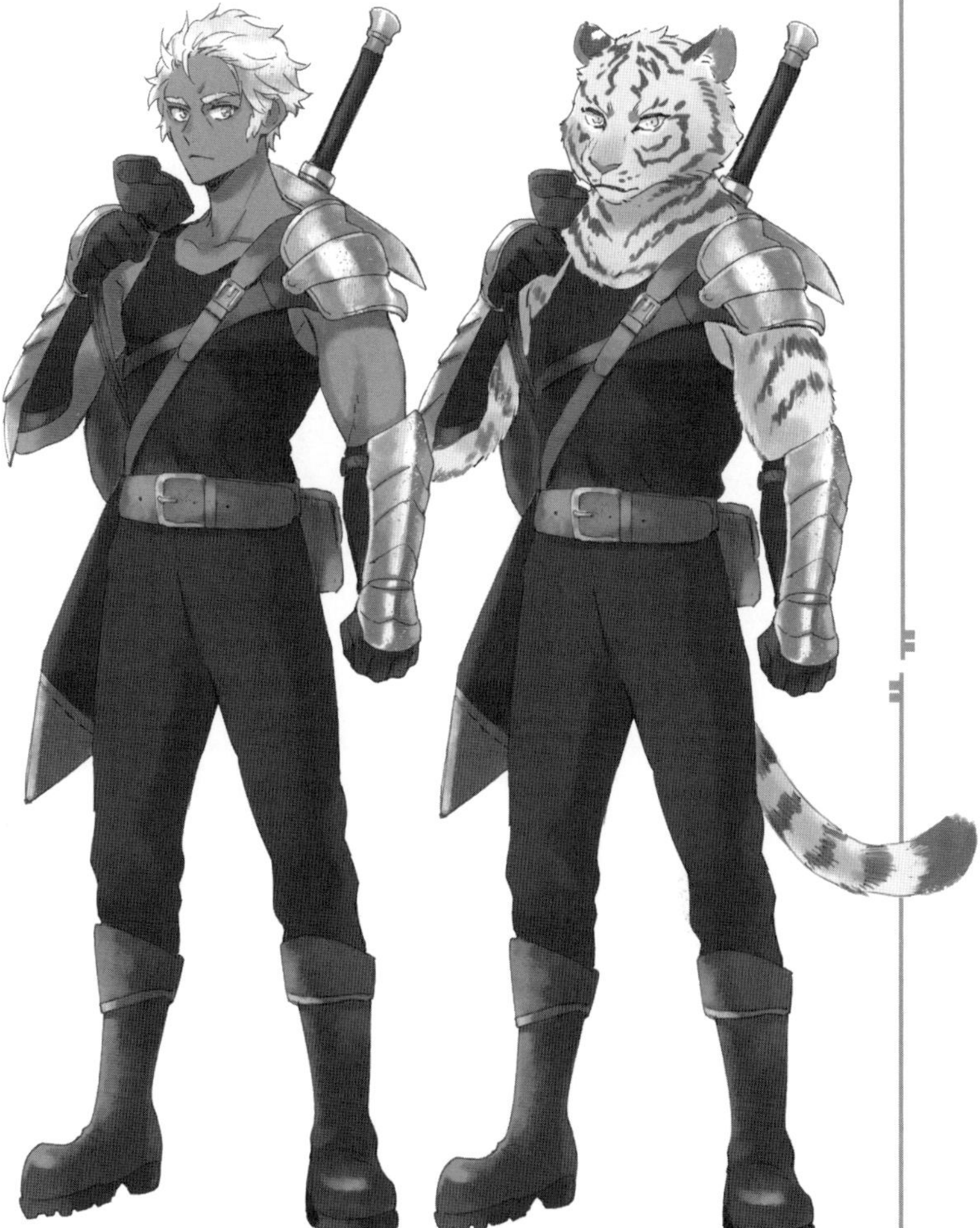

アルブム

探索者パーティ シムルヴィーベレ

ムスティ　　ヴルペス

探索者パーティ シムルヴィーベレ

探索者パーティ シムルヴィーベレ

MFブックス

異《い》世《せ》界《かい》で貸《かし》倉《そう》庫《こ》屋《や》はじめました 1

2025年1月25日　初版発行

著者　凰百花
発行者　山下直久
発行　株式会社KADOKAWA
〒102-8177　東京都千代田区富士見2-13-3
0570-002-301（ナビダイヤル）
印刷　株式会社広済堂ネクスト
製本　株式会社広済堂ネクスト
ISBN 978-4-04-684144-5 C0093　Printed in JAPAN
©Ootori Momo 2025

●本書の無断複製（コピー、スキャン、デジタル化等）並びに無断複製物の譲渡および配信は、著作権法上での例外を除き禁じられています。また、本書を代行業者等の第三者に依頼して複製する行為は、たとえ個人や家庭内での利用であっても一切認められておりません。
●定価はカバーに表示してあります。
●お問い合わせ
https://www.kadokawa.co.jp/（「お問い合わせ」へお進みください）
※内容によっては、お答えできない場合があります。
※サポートは日本国内のみとさせていただきます。
※ Japanese text only

企画　株式会社フロンティアワークス
担当編集　正木清楓／河口紘美（株式会社フロンティアワークス）
ブックデザイン　鈴木 勉（BELL'S GRAPHICS）
デザインフォーマット　AFTERGLOW
イラスト　さかもと侑

本書は、2023年から2024年に「カクヨム」で実施された「MFブックス10周年記念小説コンテスト」で特別賞を受賞した「異世界で貸倉庫屋はじめました」を加筆修正したものです。
この作品はフィクションです。実在の人物・団体・事件・地名・名称等とは一切関係ありません。

ファンレター、作品のご感想をお待ちしています

宛先
〒102-8177　東京都千代田区富士見2-13-3
株式会社KADOKAWA　MFブックス編集部気付
「凰百花先生」係「さかもと侑先生」係

二次元コードまたはURLをご利用の上
右記のパスワードを入力してアンケートにご協力ください。

https://kdq.jp/mfb
パスワード
iz2kp

● PC・スマートフォンにも対応しております（一部対応していない機種もございます）。
●アンケートにご協力頂きますと、作者書き下ろしの「こぼれ話」がWEBで読めます。
●サイトにアクセスする際や、登録・メール送信時にかかる通信費はご負担ください。
● 2025年1月時点の情報です。やむを得ない事情により公開を中断・終了する場合があります。

忘れられ令嬢は
Wasurerare Reijou ha Kimamani Kurashitai
気ままに暮らしたい
はぐれうさぎ
イラスト: potg
転生少女、謎の屋敷で初めての一人暮らし。
侯爵家の令嬢、七歳のフェリシアは、父の再婚に伴い家を出る。与えられたのは、領地の辺境の、森の中の屋敷。しかしそこに侍女たちはやってこず、彼女は図らずも、謎の屋敷で気ままな一人暮らしをすることになる。
MFブックス新シリーズ発売中!!
MFブックス

転生薬師は
昼まで寝たい
クガ
[ill.] ヨシモト
異世界転生し「薬師の加護」を授かったトール。
理想のスローライフのため安息の地を目指し旅に出るが、
道中様々なトラブルに巻き込まれ、終いにはラグドールに
似た喋る猫(?)が旅についてくることになって……。
薬を一瞬で調合!?
戦闘でも大活躍!?
薬師の加護で、
異世界のんびり
スローライフ!
(願望)
追い求めるは、
スローライフ!
やってくるは、
厄介事!?
MFブックス新シリーズ発売中!!
MFブックス

MFブックス
MFブックス新シリーズ発売中!!

王都の行き止まりカフェ『隠れ家』
守雨
イラスト：染平かつ
〜うっかり魔法使いになった私の店に筆頭文官様がくつろぎに来ます〜
Story
マイは病気で己の人生を終える直前に、祖母から魔法の知識と魔力を与えられ、異世界へ送り出された。
そうして転移した彼女は王都にカフェ『隠れ家』を開き、
美味しい料理と魔法の力で誰かを幸せにしようと決意する。
MFブックス新シリーズ発売中!!

辺境の村の英雄、42歳にして初めて村を出る
岡本剛也
illust.桧野ひなこ
story
魔王領と王国の間に位置するフーロ村。
グレアムはフーロ村で生まれてからずっと、人知れず国を救ってきた。
彼は怪我のせいで42歳にして初めて村を出る。
冒険者として第二の人生を歩み始めたグレアムは、尋常ではない強さで周囲を驚かせていく!
MFブックス新シリーズ発売中!!
MFブックス

MFブックス

MFブックス既刊好評発売中!!

毎月25日発売

盾の勇者の成り上がり　①～㉒
著:アネコユサギ／イラスト:弥南せいら

槍の勇者のやり直し　①～⑤
著:アネコユサギ／イラスト:弥南せいら

フェアリーテイル・クロニクル　～空気読まない異世界ライフ～　①～⑳
著:埴輪星人／イラスト:ricci

春菜ちゃん、がんばる?　フェアリーテイル・クロニクル　①～⑩
著:埴輪星人／イラスト:ricci

無職転生　～異世界行ったら本気だす～　①～㉖
著:理不尽な孫の手／イラスト:シロタカ

無職転生　～蛇足編～　①～②
著:理不尽な孫の手／イラスト:シロタカ

八男って、それはないでしょう!　①～㉚
著:Y.A／イラスト:藤ちょこ

八男って、それはないでしょう!　みそっかす　①～③
著:Y.A／イラスト:藤ちょこ

アラフォー賢者の異世界生活日記　①～⑲
著:寿安清／イラスト:ジョンディー

アラフォー賢者の異世界生活日記 ZERO ーソード・アンド・ソーサリス・ワールドー　①～②
著:寿安清／イラスト:ジョンディー

魔導具師ダリヤはうつむかない　～今日から自由な職人ライフ～　①～⑪
著:甘岸久弥　／イラスト:景、駒田ハチ

魔導具師ダリヤはうつむかない　～今日から自由な職人ライフ～　番外編
著:甘岸久弥　／イラスト:縞／キャラクター原案:景、駒田ハチ

服飾師ルチアはあきらめない　～今日から始める幸服計画～　①～③
著:甘岸久弥／イラスト:雨壱絵穹／キャラクター原案:景

治癒魔法の間違った使い方　～戦場を駆ける回復要員～　①～⑫
著:くろかた／イラスト:KeG

治癒魔法の間違った使い方 Returns　①～②
著:くろかた／イラスト:KeG

マジック・メイカー　ー異世界魔法の作り方ー　①～③
著:鏑木カヅキ／イラスト:転

回復職の悪役令嬢　①～⑤
著:ぷにちゃん／イラスト:緋原ヨウ

かくして少年は迷宮を駆ける　①～②
著:あかのまに／イラスト:深遊

竜王さまの気ままな異世界ライフ　①～②
著:よっしゃあっ!／イラスト:和狸ナオ

最強ポーター令嬢は好き勝手に山で遊ぶ～「どこにでもいるつまらない女」と言われたので、誰も辿り着けない場所に行く面白い女になってみた～　①
著:富士伸太／イラスト:みちのく.

忘れられ令嬢は気ままに暮らしたい　①
著:はぐれうさぎ／イラスト:potg

転生薬師は昼まで寝たい　①
著:クガ／イラスト:ヨシモト

住所不定無職の異世界無人島開拓記 ～立て札さんの指示で人生大逆転?～　①
著:埴輪星人／イラスト:ハル犬

精霊つきの宝石商　①
著:藤崎珠里／イラスト:さくなぎた

怠惰の魔女スピーシィ　①
著:あかのまに／イラスト:がわこ

王都の行き止まりカフェ『隠れ家』　～うっかり魔法使いになった私の店に筆頭文官様がくつろぎに来ます～　①
著:守雨／イラスト:染平かつ

辺境の村の英雄、42歳にして初めて村を出る　①
著:岡本剛也／イラスト:桧野ひなこ

苔から始まる異世界ライフ　①
著:ももぱぱ／イラスト:むに

異世界で貸倉庫屋はじめました　①
著:凰百花／イラスト:さかもと侑

俺の愛娘は悪役令嬢　①
著:かわもりかぐら／イラスト:縞

物語を愛するすべての人たちへ

KADOKAWA運営のWeb小説サイト

「」カクヨム

01 - WRITING

作品を投稿する

誰でも思いのまま小説が書けます。

投稿フォームはシンプル。作者がストレスを感じることなく執筆・公開ができます。書籍化を目指すコンテストも多く開催されています。作家デビューへの近道はここ！

作品投稿で広告収入を得ることができます。

作品を投稿してプログラムに参加するだけで、広告で得た収益がユーザーに分配されます。貯まったリワードは現金振込で受け取れます。人気作品になれば高収入も実現可能！

02 - READING

おもしろい小説と出会う

アニメ化・ドラマ化された人気タイトルをはじめ、
あなたにピッタリの作品が見つかります！

様々なジャンルの投稿作品から、自分の好みにあった小説を探すことができます。スマホでもPCでも、いつでも好きな時間・場所で小説が読めます。

KADOKAWAの新作タイトル・人気作品も多数掲載！

有名作家の連載や新刊の試し読み、人気作品の期間限定無料公開などが盛りだくさん！
角川文庫やライトノベルなど、KADOKAWAがおくる人気コンテンツを楽しめます。

最新情報は
𝕏 @kaku_yomu
をフォロー！

または「カクヨム」で検索

カクヨム

「こぼれ話」の内容は、
あとがきだったり
ショートストーリーだったり、
タイトルによってさまざまです。
読んでみてのお楽しみ！

アンケートに答えて著者書き下ろし「こぼれ話」を読もう！

よりよい本作りのため、
読者の皆様のご意見を参考にさせて頂きたく、
アンケートを実施しております。

奥付掲載の二次元コード（またはURL）にお手持ちの端末でアクセス。

↓

奥付掲載のパスワードを入力すると、アンケートページが開きます。

↓

アンケートにご協力頂きますと、著者書き下ろしの「こぼれ話」がWEBで読めます。

- PC・スマートフォンに対応しております（一部対応していない機種もございます）。
- サイトにアクセスする際や、登録・メール送信時にかかる通信費はご負担ください。
- やむを得ない事情により公開を中断・終了する場合があります。

オトナのエンターテインメントノベル MFブックス 毎月25日発売